樂 府

·

心里满了，就从口中溢出

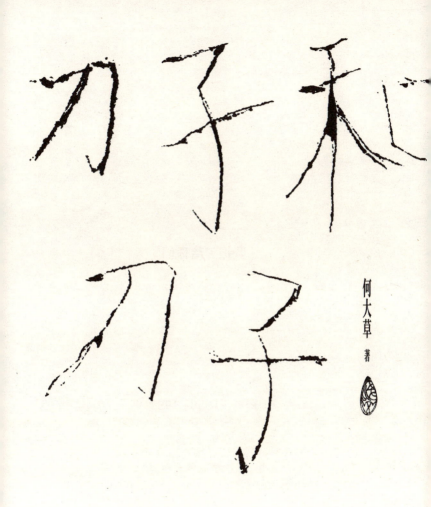

刀子和刀子

何大草 著

北京联合出版公司
Beijing United Publishing Co.,Ltd.

我把刀给你们。

——

顾城（1956—1993）

目录

1
麦麦德的孩子

如果我告诉你，虽然我是女孩子，可我的吉祥物是一把刀子，你不会吓坏吧？哦，我已经从你的眼里看到了惊讶和不安。是啊，女孩子的吉祥物应该挂在脖子上，一串珍珠、一颗玉坠、一只十字架，或者是一张小男人的小照片……可我不是的。我的刀子藏在别人看不见的地方，是那种真正的刀子，冷冰冰的、沉甸甸的，出鞘时带着不易察觉的风声，有金属的酸味，就像是淡淡的花香。换一句话说，我喜欢刀子，如同一个花痴迷恋着花朵。事实上，在我的故事里，很多时候也总是有花的，只不过当花枯萎的时候，刀子还在花丛里闪烁着安静的光芒。泡桐树老了，南河干枯了，瓦罐寺坍塌了，可我还是我，刀子还他妈的是刀子啊。

十二岁的时候我有了第一把刀子，十八岁的时候我有了另一把刀子。

两把刀子都是生日的礼物。

十二岁的刀子是土耳其的弯刀，十八岁的刀子是德国的猎刀。至少陶陶送我猎刀的时候，他说是真正的德国货。

那天窗外落着雨水，窗户上沾着雨珠，雨珠就像电影里俗得发腻的眼泪。陶陶牛高马大，蒲扇一样的双手捧着刀子，刀子用红绸缎裹着，裹了一层又一层，在十八支蜡烛的照耀下，就像他的双手捧着一摊鲜血。我把那家伙接过来，掂了掂，就晓得是一把好刀。红绸缎一层一层地解开，刀子跟个婴儿似的躺在里边，又嫩又亮，亮得透明，也亮得扎眼，弧线那么优雅、柔和，却千真万确是一把好刀。刀子看起来甚至就像可怜的小宠物，而其实正是刀刀可以见红的猎刀。刀身有一尺长吧，还凿着细如发丝的凹槽，我把它握在手里，就像握着一束阳光。刀把上缠着一圈一圈的铜线，金黄色的铜线，看起来是那么地温暖，只有我的手才晓得，它其实是那么地冰凉。在刀把和刀身之间，横着弯曲的挡板，挡板上刻着一只狼头，白森森的，却眯了眼睛在睡觉。我亲了亲狼头，用刀把大蛋糕切成了一十八牙。刀子是真他妈的锋利呢，它剖开蛋糕就像剖开一汪清水，蛋糕的剖面非常地光滑，光滑得好似小美人的脸蛋。

我一手拖了刀子，一手圈了陶陶的颈子，在他的耳轮上"吧"地亲了一大口。陶陶很高，为了受我一亲，他得俯下身子，这就叫你们说的那个屈尊吧？我说，谢谢陶陶。

陶陶屈尊地笑了一笑，他笑起来也就是把嘴角歪了一歪。他说，风子，风子你喜欢就好。陶陶是我的同班同学，是我喜欢的男孩儿。我看他，他看我，两情相悦，彼此顺眼，都不是问题孩子。什么是问题？有问题的人看没问题的人，不也全成了他妈的有问题？

噢，那一天是过去多久了？想起来，那一天的雨水淋在头上，好像还没有风干。

是的，我是愿意和你谈谈我的故事，谈谈我的两把刀子，可你千万别拿那种眼光看着我，就像《东方时空》的主持人看着一个问题女孩儿，万分关怀也是万分痛心的样子，刨根问底要弄出点儿什么启迪青少年。别这样，拜托你，你真的别这样，啊？

我的意思是说，我们可以随便谈一谈。就像在茶楼里喝茶，或者在南河的堤坝上溜达，很随便当然也是很正常地谈一谈。噢，是的，谈一谈，因为我很怕"谈心"这个词，谁只要说要跟我谈谈心，我立刻就要晕死过去的。很久以来，我都难得开口说什么话了。尊口免开，这个词，我没用错吧？哦，错了，那就错了吧。反正我的意思是说，我很久不说话了，我的嘴巴都要发臭了，看来的确是应该跟谁谈一谈了。就像把下水道的盖子揭开，敞一敞吧。跟谁谈呢，最好就是你这样的人吧，跟我素昧平生，不晓得我的过去和我的今后，只晓得我就是我说出的那一堆东西。那一堆东西里边有诚实也有谎言，当诚实多于谎言的时候，它就像一个肉馅很小的包子，虽然不上口，却经得住饿。可当谎言掩盖住诚实的时候，它就像一杯浇了冰激凌的非洲黑咖啡，在舔去了甜蜜之后，苦得你发慌。你别笑，我哪懂得什么哲学，哲学不是我这种人能谈的，也不是一个女孩子该谈的，对不对？我只是打了一个比方，用这种方式先谈谈自己，也许就说明我还是很正常的吧。

真的，我再说一遍，我不是一个问题女孩儿。你也别拿什么问题来难为我，更不要让我接受什么心理测试了，发问卷填表格，诸如多大年龄，什么血型，哪个星座，有何特长，暗恋哪个偶像，是否失去过贞操，等等等等，那完全一个傻瓜的感觉。当然，我晓得我们现在就是一个傻瓜的世界，对不对，到处是傻瓜相机、傻瓜飞机、傻瓜明星，还有傻瓜的男孩儿和女孩儿。就连奔四的男男女女都自称"男孩儿""女孩儿"，嗲得让人发腻。满世界都是傻瓜，可傻瓜堆里也就一个家伙是伟大的，那就是阿甘，也就是所谓的弗雷斯特·冈普。这是我们亲爱的英语老师宋小豆告诉我们的，她说，是弗雷斯特·冈普，而不是阿甘。她还是我们的班主任，经常中英文夹杂着骂我们是地道的傻瓜，却出不了一个真正的冈普。她随手在黑板上写了一行英文，我现在还记得那些洋码儿，因为那是她对我们的梦想。**Forrest Gump**，她冷冰冰地说，是冈普，冈普现在都成了天才的别名了，不要怪我骂你们是傻瓜，我是做梦都希望高二·一班出一个冈普。

哦，可我真的不想成为冈普，或者那个更为知名的阿甘。我也不喜欢跑步，打乒乓，或者捕鱼捞虾。他的绝活儿是跑步，可是他跑那么快有屁用呢？他爱的女人还不是赶在他前头死掉了。我就算是傻瓜吧，我也想做个正常的傻瓜。正常的傻瓜就是傻瓜，跟天才又有什么关系呢？

是的，我就是一个正常的傻瓜，就读于一所最稀松平常的中学，每天以无所事事打发漫长的时光。好在我的运气不错，期末只有两三门功课需要补考。这就是说我还算规矩，没有傻到逃学旷课，背了书包学三毛大街小巷去流浪。我说的三毛是头上只有三根毛的小叫花子，不是你们喜欢的那个长头发女人。她的书我没有读过，写字的书我读起来都累得慌。我过去只喜欢漫画、连环画、卡通片，现在甚至连这些东西都放到一边去了。在这方面，我没有什么毛病，到了什么年龄就该用什么年龄的方式来说话，对不对？前年我在贵州遇见一个东北女孩儿，她满口半生不熟的贵州话，我说你搞什么名堂，是东北人就说东北话嘛！这一回她是说了东北话，就是赵本山那种哭兮兮的东北话，她说，咋的呢，走啥山上唱啥歌儿呢！我一下子笑起来，笑得半死，我想起课本上毛主席的话，叫作到什么山上唱什么歌。我就说，真他妈有意思，你简直就是打东北腔的毛主席啊！她笑起来，用贵州话说，啥子格毛主席嘞，我是正常的女娃娃嘞。

哦，你听，我们都是正常的女孩子啊。但有些家伙偏偏说我不正常，就因为，我喜欢的东西是刀子。

哦，一开始我就说过了，我的吉祥物是刀子。仅仅是刀子。可在一个所谓正常的世界里，女孩子是不配喜欢刀子的，你说对不对？可我也真是没有办法了。像我这样的傻瓜，是啃着连环画长大的。我最怕别人跟我啰唆什么琴童、画童，还有贝多芬、莫扎特、毕加索，我们哪配提他们呢？提了都是糟蹋圣人啊。我读的第一本连环画是阿拉伯的故事集，勇士麦麦德为了向人证明他的勇气和诚实，就把一把刀子插在了自己的脚背上。那只光秃秃的赤脚塞满了满满一页的画面，连刀把都冲到画框外边去了，血顺着刀刃往上冒，把寒冷的刀子都烫弯了。我觉得那刀也像穿破了我的血管，把我的全身都烧烫了。从那个时候起，我就喜欢上刀子了。

勇士麦麦德，又叫作沙漠中的麦麦德，他骑着单峰骆驼，披着长长的白袍，打家劫舍，杀富济贫，明明还是很年轻的男人，眼睛里却全是苍老的感情。我要是能听到他的声音，一定也是苍老、嘶哑的吧。麦麦德最爱说一句话，这可怜的人啊！在勇士麦麦德的眼里，穷人、富人，朋友、敌人，莫不是可怜的人呢。我一点儿都不喜欢这句话，可不知不觉，我也老把它挂在了嘴边上。我就想，我们都真是他妈的可怜人吧，可谁又在可怜谁呢？

我是看着麦麦德的连环画长大的。如果把这些连环画加起来，可以塞满几口大皮箱子。但是，它们现在一本也找不到了。我是一个跟书没缘分的人，到手的书，都随看随丢了。这也就可以解释，为什么我的课本在期末总有一半找不到了。是啊，我就想，我对麦麦德尚且如此，何况是狗屁不通的课本呢。

小学的时候，为了我期末总有补考，妈妈没有少扇过我大耳光。后来，妈妈就不再打我了，因为我比妈妈还高了，高出一个头了，我上高二了。那一回妈妈朝我举起手来，我一把就把她的手抓住了。我说，妈妈，你别碰我，你别碰我了。我使劲掰住妈妈的手腕，我说，妈妈，你真的别碰我了！妈妈的眼窝里淌出泪水来，她说，我没有白养你，你的手真是有劲了啊……从那以后，妈妈再没有碰过我了。

爸爸是从来都不打我的。即便是看着我成绩单上一半的不及格，他也没有发过一次脾气。我所晓得的爸爸，是没有脾气的爸爸。他看着我时的表情，总是露着微笑，再加上一点儿歉意。爸爸总是给我尽可能多的零花钱，我就用其中的一大半买了麦麦德。爸爸晓得我喜欢沙漠，喜欢麦麦德，我过十岁生日的时候，他就用草绿色的床单把我裹起来，他裹得那么耐心、细致，我从没见过爸爸这样一丝不苟地做事情。床单裹住了我的头、大半个脸、脖子、身子，最后拖在粘着落叶的湿地上。湿地上墁了青砖，还长着青苔。爸爸给我拍了几张照片，其中一张我的头是微微埋着的，这使从床单中露出来的眼睛有些上翻，有了那个年龄少有的冷漠和阴郁。哦，其实我并不阴郁和冷漠，至少，我没有扮成麦麦德的时候，看起来是多么热情和外向啊。

　　拿到照片的时候，我傻乎乎地想，要是别人问我，你是谁的孩子啊？我就回答，我是麦麦德的孩子啊！可从来没人这么问过我，唉，从来没有……我的回答也就在肚子里边烂掉了。

　　我过十二岁生日的时候，爸爸隔着蛋糕和点燃的十二根红蜡烛，递给我一把土耳其的弯刀。这就是我的第一把刀子，刀身歪曲着，就像一把镰刀，也像一个苍老的老人。我拿手试了试，却试不出锋刃。但是爸爸告诉我，弯刀的锋刃是力量，弯刀加上力量，可以切断骏马的脖子。那时候我还听不懂爸爸的话，当然，那些话里可能根本就没有话，一把弯刀，就是一把弯刀。弯刀的刀柄上镶嵌着宝石，红红绿绿的宝石，刀鞘是鲨鱼皮的，或者是鲸鱼皮的，谁晓得呢，反正带着海洋的盐渍味，上边还烙着虫子一样的阿拉伯文。把我喜欢得不得了，就像它真被麦麦德白皙的手指抚摸过。我把刀挂在墙壁上，早晚都看不够。有一回我还把弯刀带到学校拿给同学看，我说，我爸爸是少将，驻土耳其大使馆的武官。我说这话的时候，一点儿也不脸红。其实我一边说一边想，我是他妈的快吹破牛皮了。我爸爸是什么少将武官！只是一座军需仓库的副股长罢了。那仓库远在南线的丫丫谷，离我生活的城市隔着天远地远，坐越野吉普也要跑三天两夜呢。我那张模仿麦麦德的照片就是在丫丫谷的营房拍的，背景是百八十座碉堡一样的仓库，仓库后边就是被雨水淋湿的群山和森林。我也把这张照片拿给同学们看过，我说是我去土耳其探亲时照的。我说，那儿靠近土耳其的南部边境，是麦麦德的出生地。其实，那刀跟麦麦德有什么关系呢？不过是爸爸的一个老战友送的罢了。这个叔叔早就转业了，多年来在新疆—哈萨克斯坦一线跑边贸。

　　我的确是吹牛了，可我并不为此感到羞愧。在学校里，同学们为了争面子，哪个没有撒过这样那样的谎呢？告诉你吧，我们全班同学的家长都是有头有脸的，有的是工商局的局长，有的是刑事法庭的庭长，有的是太平洋百货的老总，最臭的也是揣着持枪证的警察……可我心里雪亮，全是些鬼话。在这种事情上，说真话的是傻瓜。真正的傻瓜，和天才的弗雷斯特·冈普没有一点儿关系。如果你稍稍聪明一些，你就晓得说你爸爸是下岗工人，也没人给你捐献希望工程啊。

　　我的十八岁生日是在麦当劳过的。我的生日是四月十一号，四月十一号确实是一个非常平庸的日子，除非有个和我同月同日出生的家伙名扬四海，它才会成为一个值得纪念的好时辰。我是在麦当劳和同学们一起过的生日。爸爸没有回来，他还在冷风冷雨的丫丫谷保卫军需仓库。仓库们活像碉堡，都是圆柱体的，有着一个尖尖的屋顶，就像是一些戴着草帽、不苟言笑的农民。妈妈也没有回来，她跟着爸爸的老战友跑边贸去了。就是那个送我弯刀的老战友，他现在据说是发了，手下有了十七八辆大篷车，涂得花里胡哨的，载着清仓查库弄来的陈货，在尘土飞扬的中哈边境乱窜。他邀请妈妈做他的合伙人，我觉得很可笑，我问妈妈，你都下岗了，拿什么去合伙呢？

　　妈妈说，除开你爸爸和他的战友情不算，我还兼着他的会计呢，算是拿我自己去入伙……

　　我莫名其妙地觉得不安逸，我说，把你自己……拿给那个叔叔去入伙，有这种战友情吗？妈妈，这合适吗？

妈妈显然是心烦了，她心烦了就什么道理都不讲，她说，合适？我不晓得这有什么不合适！

唉，我就想，可怜的妈妈，她在闹更年期了吧。她跟我说过，她现在常常失眠、心慌、耳鸣、月经紊乱呢。妈妈下岗以后，爸爸赠送给妈妈一架老年车，约等于那种三只轮子的自行车。有一回妈妈骑着老年车横穿大街，差点儿被一辆飞驰而来的面的撞倒，妈妈破口大骂司机瞎了眼。司机是个小伙子，赔着罪，说自己没有看见她。妈妈就冷笑，说，你没有看见我？退回去一二十年，你只怕老远就看见我了！围观的人群哄然大笑，妈妈的锦言妙语一夜之间传遍了东郊一百零八坊。稍稍上点儿年纪的人点头叹气，说，退回去一二十年，那还用说！我这才晓得，一二十年前，妈妈的姿色、风情，在灰蒙蒙的东郊也算是一绝的。唉，怎么我从小看她，她就是一个中年妇人呢？我只觉得她那双吊眼睛长得很古怪，睫毛很长，眼睛很湿，湿得跟她的年龄不相称。我也是后来才晓得，大概是伊娃告诉我的吧，吊眼睛就是丹凤眼。我不是丹凤眼，我的眼睛怎么会有这么好听的一个名字啊。我的眼睛像爸爸，很正常的，也是很平常的，两孔眼窝、一双眼珠，如此而已。

妈妈在那场未遂的车祸之后，当天就把老年车卖给了收破烂的，把钱拿去搓了几天几夜的小麻将。我就晓得，这灰蒙蒙的东郊，发霉、潮湿的红砖楼，已经留她不住了。妈妈的事情，让我想通了很多事情。后来我就告诉她，妈妈，走吧走吧，你能走就走了算了。

这一点你该相信，这世界上我谁他妈的都不欠，我还欠着我妈妈是不是？撇开养育之恩不说，我至少还欠她一条命啊。那么就算我再让不得人，我还得让着她一个人吧？何况，她已经下岗了，她不去跑边贸，她还能骑着老年车，湿着丹凤眼，守着麻将桌，泡完后半生啊？我把妈妈放走了。爸爸说，要看顾好妈妈，可我只能放她走了。听说毛主席也说过是不是——天要下雨，娘要改嫁，由她去吧！

我记不得妈妈去了多久了，反正是很久很久了吧。

生日的那天早晨，爸爸跟我通了电话。军线转地方线，岔来岔去，声音变得特别不清楚，我只听清了丫丫谷的风声和雨声，爸爸微弱的声音反而成了风雨的背景，一个可怜的噪音，在重复祝贺我生日快乐。妈妈则没有一点儿动静，不知她已经跑到中亚的哪一国去了，反正，不是这个斯坦，就是那个斯坦吧。中亚到处都是斯坦，就像丫丫谷到处都有不说话的仓库。不过，我告诉自己，有什么关系呢？不就是一个电话嘛，我又不是那种多愁善感的女孩子。

那天晚上在麦当劳，我显得很开心。麦当劳什么时候都是温暖的。春天的夜里，街上落着雨水，不停地驶过溅起水花的汽车，麦当劳就显得更加温暖了。服务生都穿着粗条纹的 T 恤跑来跑去，像咬紧了嘴巴的灰狗子。陶陶叫来了一大帮同学，连我刚好是十八个。我吹灭了一根蜡烛，每个人都替我吹灭了一根蜡烛。蜡烛熄灭以后，飘出十八股青烟，那带点儿辛辣的臭味刺激到眼睛，我的眼睛就眨巴眨巴地变湿了。这跟哭没有关系，谁叫蜡烛有这么多，多得可以煮熟一只老鸡婆呢。

在十八根蜡烛熄灭前，陶陶把裹好的猎刀送给我。

陶陶说，是地道的德国货。我问他哪来的，他说是搞来的，我就不多问了。陶陶有陶陶的搞法，我认为这个与我无关。重要的是他送了我这把刀子，这把千真万确的好刀。

那天晚上，我们喝完了几十杯可乐，啃完了几十只鸡腿，还吞下了几十份汉堡。是阿利买的单。陶陶是阿利的保护人，而我是陶陶的女朋友，阿利买单也就是天经地义的事情了。可怜的阿利其实不姓阿也不姓利，因为他全穿印了 Lee 的名牌服装，他就成了阿利了。

不过刚上高一的时候，我们全都叫他阿雷的。Lee 不就叫作雷牌吗？我们都叫他阿雷，他也都嗯嗯地认了。有一天宋小豆上课，问今天谁是值日生。我们都说，是阿雷。宋小豆皱紧了眉头，眉心里都皱出了一颗小疙瘩。她在黑板上写了一个 Lee，说，读什么？我们说，雷！宋小豆呸了一口，就好像"呸"是"雷"的回声。她接着就用英文骂了一句什么，我想大概是一帮蠢货吧，但她自己翻译出来，却是一群可怜虫。她也说可怜，可怜的宋小豆，我不喜欢她这么说。

宋小豆用粉笔把 Lee 圈了一圈又一圈，就像蜘蛛吐丝把阿雷缠在了最当中。她说，勒——依——李——，读李，哪来什么雷呢？港台电影看多了，雷锋也成了李锋，李逵也成了雷逵，真是不土不洋，天打雷劈。我的学生，是李就是李，是雷才是雷。李逵和雷锋，风马牛不相及啊，对不对？

我们相互望了望，似乎都很惭愧，因为我们这群可怜虫居然全都是她的学生啊。

宋小豆手指捏住粉笔，在黑板上轻轻叩着，黑板居然发出很清脆的声音，就跟叩响了瓷器似的。这一招，我们后来都试过，全都不灵。宋小豆说，晓得李光耀吧，从前新加坡的总理，他的英文名字就是……她背过身去，李光耀就成了唰唰唰的几声粉笔响，然后他像照片一样从黑板深处显影出来了，就是 Lee Kuan Yew。Lee 的本义，她说，就是庇护所、避风处。她顿了顿，想再说点儿什么，但那表情却是说了也白说，于是有一只嘴角斜着弯了弯，就跟假笑似的。她说，这个孩子，这个你们叫阿雷的孩子，天晓得，他是庇护别人还是别人庇护他啊。她摇摇头，用英语咕哝了一句什么，我估计是唉，不可思议吧？

你们还叫他，就是他，宋小豆摇完了头，伸长手指指着阿雷说，还叫他阿雷吗？我们全都嗡了一声，说，阿李。

阿李？宋小豆用嘴巴和粉笔同时重复了这两个声音，阿李对你们有什么用呢？阿李跟李四、王五有什么区别呢？连阿猫、阿狗都不是，就连一根肉骨头都不是，还值得你们这么又争又抢的！她说着，终于把假笑换成了一脸盈盈的笑，听起来看起来也都不讨厌。她说，就叫阿利吧，一身名牌，有利可图是不是？她又用手指点了点阿利，说，阿利，你也更像是一个名字了，对不对？

大家全都看着阿利，阿利红了脸。一片掌声和嘘声响过，从那天起，阿利就是阿利了。

阿利为我的十八岁生日买了单。我为了表达自己的谢意，就在陶陶的耳轮上"吧"地亲了一大口。陶陶长得很高大，有一米八十了，耳朵跟佛似的，又大又厚，垂到下边，还朝内卷了一下。老年人说，耳大有福，这一卷，就连一点儿福气都不会漏走了。陶陶的头发不长不短，刚好披到衣领上，他的鼻子高高的，高得脸上都看不出表情了。朱朱说，陶陶扮酷，假得很。我就说，是啊是啊，大明星的酷也是扮出来的，扮嘛，都有一点儿假，对不对？朱朱说，呸！

我也在阿利的耳垂上亲了一下子。阿利长着一对招风耳，样子有点儿像兔子，眼睛红红的，耳垂尖尖的，嘴唇咂上去是滑嫩嫩的。他家里很有钱，他为什么要读泡中呢？很多人都问过他，你可以出钱到重点中学，一中或者文庙中学，当钱学生啊。阿利总是腼腆地笑一笑，只在私下对我说，我不去重点中学，我爸爸也不让我去重点中学。爸爸说，去重点中学是遭践踏，读泡中是受摔打，说不定就摔出一个样子了。我说，什么样子啊？阿利说，就是好样子啊，好样儿的好样子。我也笑了，说，阿利，你爸爸觉得你摔出来了吗？阿利说，你说呢，我有什么样子？

阿利的样子怯怯的，我就拍拍他可怜的小脸，说，阿利总会摔出一个好样子，是不是？

其实在泡中，谁又是我们的好样子呢？谁晓得呢，晓得了还能是泡中？我比阿利少了很多钱，倒是多了两把刀。两把好刀呢。我把土耳其弯刀留在墙上，德国猎刀压在了枕下。有两把刀子陪伴着，我的觉就睡得很结实，不做梦，不打鼾，睡得死沉沉的。

噢，是的，我姓何，何凤。但我不喜欢别人叫我何凤，我一直都不喜欢别人这么叫我。只有在填各种登记表的时候，我才把自己写成是"何凤"。不过，我从小学起，就常常故意把自己写成了"何风"，这样我就觉得自己沾了一点儿男人气了，不那么像女孩子了。我讨厌见到毛毛虫就惊声尖叫的女孩子，也讨厌男人瞅一眼就满脸通红的女孩子。而且，我的确是很喜欢风呢。风是看不见的东西，却是那么地有气力，刮一个整夜，可以把街上的脏东西都刮得干干净净。我居住的这座城市位于西南的腹地，靠近青藏高原，至少青藏高原的风可以吹到我们的城市来。我们的城市不是一座干净的城市，在我的眼里，那些可怜的街道真是太脏了，到处是纸屑、果皮、老年人的醍痰，还有民工拉的野屎。我们的城市倒是经常都在下雨的，西南的雨水是绵渍渍的、温嘟嘟的，整夜整夜地下着。可我是多么喜欢冬天的来临啊，北方的风整夜整夜地吹。那些小刀子一样的北风多么有气力，它们爬过了秦岭，刮过了四条大河和五百里的平原，一直刮吹进了我们的城市，把那些脏东西统统吹走了。第二天早上出门，空气冷飕飕的，吹到我的脸上，又爽又脆，搭眼看去，到处都干干净净的，我心里真有了说不出的安逸。

初二的下学期，我收到了第一封情书，我的名字被歪歪扭扭地写成了"何锋"。我一下子就难过了。我讨厌把字写得很臭的男孩儿，可我还是差点儿为"何锋"这两个破字掉了泪。何锋是我哥哥的名字。何锋在一岁或者是两岁的时候被爸爸弄丢了。那年过"八一",爸爸带着何锋去参加老战友的聚会,他们都喝多了。他们仗着酒劲,说了多少豪言壮语,发了多少牢骚啊,他们把天都喝黑了。爸爸摸回家时才发现,何锋没有了。爸爸倒在地上,而妈妈的眼睛都直了。我不晓得在那个漫长的夏天里,爸爸和妈妈是怎么过来的。我还记得,好多年以后,有一个后半夜我起床上盥洗间,突然看见妈妈坐在厨房的黑暗里,吸烟喝酒,路灯和烟头把妈妈的眼睛映成了阴暗的绿色和红色。酒是用枸杞和毒蛇浸泡过的,在屋子里散发出蒙汗药一样的味道。我怯生生地叫了一声"妈妈",我说,妈妈,你在想念爸爸吧?妈妈用沙哑的声音笑了笑,妈妈的声音就是从那个夜晚开始沙哑的,沙哑得如同从一堆泡沫的深处穿出来。妈妈说,想他干什么?我在想哥哥。妈妈跟我提到那个丢失的男孩儿时,从来都不说何锋,也不说你哥哥,而只称作哥哥。我说不出话来,我在心里嘀咕,可怜的妈妈,她真是可怜的妈妈啊。

又过了很久,我才晓得妈妈在怀上我以后,就永远地和爸爸分了床。我是在四月十一号出生的,那年的晚春溽热得比三伏天气还可怕,所有的婴儿都没有裹襁褓,又热又湿,湿得水缸里的鱼都生了痱子了。妈妈说,那年四月的孩子都任性得不得了,谁都不服管教呢。

妈妈是说对了。初二的下学期,我也给男生写了几封信。

我的落名用的都是"何锋"。我跟别人说，我喜欢刀子，这是刀锋的"锋"啊。但我在心里告诉自己，我是顶着"何锋"在活啊。何锋不在了，这世界上才有了我。男生收到"何锋"的信，都屁颠屁颠地来追我。我喜欢看他们屁颠屁颠的样子。他们也是男孩子？真正好笑啊。

不过，从来没有人叫过我何锋。爸爸、妈妈叫我何凤，老师也叫我何凤，同学们却都叫我凤子，或者说，就是疯子吧，谁晓得呢？反正没有白纸黑字地写出来。我都一揽子收下了，叫什么我都回答，叫什么都是在叫我，对不对？

即便别人不叫我的名字，只是冲着我那个方向招呼一声"喂"或者是"嗨"，我也不会搞错的，那一定是在叫我呢。我的样子很容易辨认，站在一群人中间，我肯定是最惹眼的。高一的时候我们做过一篇作文《我与我的泡中》，多他妈温情脉脉的题目啊。我是这样写的：

请你不要问我长成什么模样。每天下午七点钟，你到我们泡桐树中学门口来，你就能一眼认出，哦，那个可怜的家伙就是我啊。从皇城坝广场乘38路车，磨磨蹭蹭朝南走，到了南桥下车，沿河往左，河是南河，两边都是泡桐树。街叫泡桐树，学校也叫泡桐树，树子都高过了院墙，高过三五层楼，叶子肥大，绿得发黑，街上阴森森的，全让泡桐树的叶子染黑了。泡桐树春天开花，开花的时候还没有叶子，紫色的花铺满了枝头，粉嘟嘟的紫色，嫩得不得了……等花谢了，然后才是叶子的天下，又绿又黑，黑到深秋。

哦，你到了南桥，顺着左手走两分钟的路，就看到黑墙上钉着一块铜牌子，朝着街道，朝着堤坝，还朝着南河。铜牌比校牌还要显眼、铮亮、好看、趾高气扬，上边烙着六个红色的大字：市级合格中学。这就是说，我们可怜的泡桐树中学啊，不是"重点中学"，不是"示范中学"，也不是"园林式绿化先进单位"……"合格中学"是我们唯一的金字招牌啊。噢，是的，泡桐树中学的确是合格中学呢，有三个初中年级、三个高中年级，共32个班1201个学生。他们中间藏龙卧虎，每天都要在中午或者黄昏时候干下几桩斗殴、劫财的勾当来，不是在臭气熏天的网吧，就是在小街小巷的拐角，或者天晓得别的什么鬼地方。所以，警察三天两头就跟鬼子进村似的光顾泡中。校长、主任急中生智，想出了一个绝招，每天把我们关小鸡似的关到天黑。是的，说起来很可笑啊，在我们合格中学，光阴的流逝是以天色来计量的。天黑以前，没有老师愿意上课，也没有学生愿意做作业，值日老师就抱着手在走廊上走来走去，从敞开的门口，看我们乱哄哄地磨蹭光阴。天终于黑下来，就像课本上说的，夜幕垂下来了，两个虎背熊腰的保安拉开铁门，我们就蜂拥而出了，人头乱（攒）动，杀（喊）声四起。这时候，你就能一眼认出我来了。

我走在最前边，而且我比所有女生都要高出一个头。我总是边走边把手伸到后颈窝，把校服从头上扒下来。大笔大垮（松松垮垮？）的校服扒下来后，就露出了我那身紧绷绷的皮夹克。我留着短发，短得跟男人的板寸似的，还蹬着陆战靴，走起路来跟巴顿将军一样大步流星。我知道身后有许多男生瞅着我，眼里都要馋出鸟来了。他们说，妈的，看这个假眉假眼（假模假样）的将门千金！

……

不过，这篇作文我始终没能够把它写完，我现在说给你听的，也只是一个大概吧，意思意思，反正就是这么个意思。况且我不晓得接下去又该写什么，如果是流水账，真不晓得要流到何年何月，想起来都很吓人呢。我就把陶陶的《我与我的泡中》全文照抄了一遍，遇"男"就改"女"，逢"他"就变性，居然得了七十八分。而陶陶本人却只得了六十四分，气得他拍桌子骂了句妈的 ×！分析起来，可能是陶陶的字迹混乱，而我的一笔一画都清清楚楚吧，清楚得就跟小刀子刻在木板上一样。真的，我的字迹就跟小刀子刻的一样，力透纸背就是这个意思吧？当然，也不排除另外一个缘故。语文老师是个老头子、老单身、老瘪三，肯定看着女孩子更顺眼，看着陶陶牛高马大就莫名其妙不喜欢。我很少在背后说老师的坏话，我说的这些都是真实的。我造谣得不到任何好处，何况是现在。不过，他早已经退休了，在我们离开泡中之前就消失得无影无踪了，就跟死无对证似的。

2

陆战靴，陶陶

还记得我说过的麦麦德吗？沙漠中的英雄麦麦德，白袍、弯刀、单峰骆驼。此外，他还是一个游吟的诗人和哲学家。他比燕子李三更光明正大，比罗宾汉更矫健有力，比我们的政治老师更能讲出伟大的格言。我晓得格言总是很伟大的，不然为什么还叫格言呢？他说过一句格言，经历对有些人是财富，对有些人只是一本流水账。麦麦德其实并不总是说格言，他更多的时候是什么也不说，因为这只是一本连环画，话说多了就等于是废话。他说话的时候，往往是画面上空出了一个条形，在沙丘和月亮之间，刚好容得下他的一句话。格言的特点就是一句话，对吧？这一点我还是晓得的。麦麦德总是说得一刀见血，一下子就跟刀子似的把我捅穿了。我的那点儿经历，就是他说的可怜的流水账。

哦，你不同意吗？是不同意我呢，还是不同意麦麦德？……我有点儿明白你的意思了，同样的经历对我是流水账，对别人就成了财富，是不是？这样说，我就明白了。别人是谁呢？反正不是我吧。也许是我不认识的某个人，也许就是你，你可以把我的经历拿去做一本书，真的，随你的便啊。

如果你真把我的每一天写成流水账，那么我出了校门该去的地方，就是 38 路车的公交站。有一些日子，我总是站在站牌下边等陶陶。从西边的街口数过来，站牌正好钉在第十三根泡桐树上。泡中的学生就叫这个站牌"十三根泡桐树"。宋小豆听了，很难得地笑了笑，说，你们还是有文化嘛。我们自然莫名其妙，后来伊娃才说清楚，《乱世佳人》里边有个地名，就叫作"十三根橡树"。噢，伊娃，等一等，我会说到伊娃的。高二·一班的故事，怎么会缺了伊娃呢？

南桥的那头有一座小小的古庙，瓦罐寺。透过密密的树荫，能看到一丝的红墙，也许，应该就是红色的瓦罐吧。瓦罐虽然很小，却是名扬天下的。据说唐三藏曾经在这里挂过单，朱元璋来这里许过愿。毛主席视察大西南时，还登上藏经楼翻过几片贝叶经呢。听说他老人家一边翻着，一边说，自古瓦罐罐里头出名堂啊。他老人家最喜欢这么说话，大白话里藏名堂，瓦罐里边有乾坤啊。后边这句话是他说的还是我说的？忘了。后来瓦罐寺定为了国家一级文物单位，里边古木参天，青苔遍地。被嵌了玻璃幕墙的高楼裹着，它看起来是真的很酷啊，就像是长袍书生站在西装革履的白领中间，嘴角全是孤傲和得意的笑容呢。

只不过，瓦罐寺的清静也反衬了南桥这边的喧腾。桥上车流滚滚，桥洞子嗡嗡地响，就像闷雷在远远地转，我坐在教室里都感到脚心子在颤抖，椅子在旋转。当然是夸张了，上课不胡思乱想，咋个打发光阴？桥上堵车的时候，桥这边就成了一片停车场，马达声在泡桐树的阴影里轰轰地吼，恍惚是埋伏了什么千军万马。车屁股们排出的废气把树叶子都熏焦了，鸟也不来了，蝉子也不来了，不来也好，来了更加添乱。泡中的隔壁是西部文学杂志社，老主编写过一篇散文《魂断南桥》，讲的是老年人过桥的艰难，好比步步都走在刀尖上。那期杂志刚印出来，他就在过桥的时候被车撞死了。一辆红色奥拓在桥上违规掉头，另一辆红色奥拓呼啸而来，把他夹在中间，连肠子都夹出来了。血倒是没有见着，因为车是红色的，血都被车吸了进去。所以我等陶陶的时候，总是很有耐心，很有涵养，做得很知书达理的样子，陶陶来得多迟我都不抱怨，我害怕陶陶也被奥拓车把血吸走了。

我虽然没有见过陶陶的血，但我晓得陶陶的血一定很多、很酽，不然，他如何那么高大，如何那么热气腾腾呢！陶陶要挤到塞满了自行车的车棚去取车。车棚又矮又小，上千辆车子绞在一起，就像麻绳绞着麻绳，取出自己的车子比对付一场考试还他妈的艰难。好在是陶陶。陶陶把自己的捷安特从车堆里边拔出来，就举在头上挤出去。陶陶骑着黑色的捷安特，像骑着一匹黑色的马，骏马或者是种马。他骑到我的跟前，我一跃就跃上了后座。陶陶就带着我满城去兜风，下馆子，吃烧烤，轧马路，说不完的鸡零狗碎的龙门阵。我蜷起两条长腿，免得它们在地上磕磕绊绊。陶陶车骑得是真好，捷安特在街灯下发出黑黝黝的光，拐弯的时候，车子跟风一样，斜刷刷地穿过人流和车流，激起一片惊呼呐喊声。我喜欢每天的这个时辰，喜欢陶陶那副疯癫癫的样子。我想，麦麦德骑着骆驼在沙漠中奔跑，大约也就是这个样子吧。陶陶拳头硬、个子高、力气大，他常常一把把我揽进怀里，用热乎乎的气息弄得我心慌意乱。接着他一边用嘴来堵我的嘴，一边拿慌乱的指头撩开我的衣服往里钻。我总是一把将他推开来，我说，他妈的，我不！陶陶气急败坏，他说，他妈的，我要！……最后还是他泄了气。我亲了亲他佛爷一样的大耳垂，我们就重归于好了。

　　我为什么"不"，为什么呢？我现在也常常问自己。我又不为哪个男人守节，为哪个时辰守节，我为什么不呢？你觉得像我这种女孩子，应该"是"才合情合理吧？哦，你的意思是说，没有想到我还这么有原则、有底线。你在夸我，可是你错了，这是我的糊涂，跟原则、底线有什么关系呢？我只能是我啊。

陶陶也穿着一双陆战靴，那是我拿压岁钱给他买的新年礼物。他已经很高大了，可我喜欢他显得比本人还要高大，我喜欢看宋小豆训他的时候，就像小狐狸在训一头野骆驼。我刚刚给你说过了，宋小豆是我们高二·一班的班主任，也是高中最年轻的英语老师。至于她年轻到什么程度，谁也说不准。很多同学都为她的年龄打过赌，赌注是二十串烧烤豆腐皮或者十串鸡屁股，可答案居然在十九岁到三十九岁之间，足足相差了二十年！真他妈的搞笑啊。标准答案永远没法公布，谁敢去请教她这个答案呢？

倒是有两点我们都清楚：第一，她住在学校的单身宿舍楼里；第二，她的年轻，在于她的小巧。

是的，宋小豆长得很小巧，是那种狐狸似的精致和小巧。她顶多只有一米五五吧，单眼皮、薄嘴唇，鼻尖有点儿翘，表情就永远有点儿受惊吓。其实那是一种假象，有什么事情会让她惊吓呢？她才是让别人惊吓的女人呢，脑后拖着一根又长又粗的独辫子，从后颈窝一直歪到右边的屁股上。一上课，满嘴的英语说得比中文还要快。哦，对了，她说要是换一所学校，她哪用得着说中文呢！因为个子矮，她总是昂着头；晓得我们是朽木不可雕，她就干脆自言自语。听说她是北外出身，也有说是复旦的，谁晓得呢？我们对学历、学位，还有名牌大学，一向都不敏感。敏感有什么用？泡中的学生就是泡中的学生，就像蚂蚁不用去关心树梢的果子，麻雀不用去张望天上的大雁，管她宋小豆来自何方，又为什么要来到这里。当然，这倒不是一个布了雷区的秘密。宋小豆自己就说过，为什么教泡中？喜欢。为什么喜欢？她没有说。她只是说，什么是最好的职业？！什么是最坏的职业？！她用坚定的反问，把这个问题回答了。我们，包括一切别人，从此无话可说。

宋小豆的反问总是有力量。有一天她来上课，看见黑板上写了一行字：送你一颗小豆子！

宋小豆用粉笔叩着黑板，黑板像瓷器一样清脆地响着。她说，送你？你是谁？她接着说了一遍英语，我们听不懂，但是我们听懂了尾巴上反问的气势，跟老虎的尾巴一样凌厉。她说，你是谁？

所有人的目光全盯着陶陶，陶陶的脸羞得通红，第一次羞得低下了头。

宋小豆哦了一下，声音温和了一点点。她说，哦，是你？你就是那个你，是吧？

从那一天开始，我觉得宋小豆很讨厌。

宋小豆一直留着单眼皮，就像一个女人一直在裸露的部位留着她的胎记。她的单眼皮让我对她有了尊敬。是的，我不喜欢宋小豆，但我尊敬她的单眼皮。教务处的任主任五十多岁了，该算是老太婆或者阿姨的妈妈吧，有一段时间她天天戴着墨镜来上班。教师节那天，阿利去她办公室塞红包，阿利看出来，她是刚刚割了双眼皮。阿利偷偷告诉我，我呸了一口，说，唉，可怜的老女人。

想起来，我对单眼皮的尊敬，有点儿像对恐龙蛋的尊敬，因为世间稀罕，所以它们都是让我有点儿尊敬的。不过我又想，除了单眼皮，宋小豆还让我尊敬什么呢？我最看不惯宋小豆教训陶陶的样子。她总是把陶陶叫到办公室去听训，她舒舒服服地靠在藤椅子里，拿一把亮晶晶的指甲刀修指甲，还小口小口地呷红茶。陶陶牛高马大站在一边，不争气地垂着头。宋小豆说得很慢，轻言细语，天晓得在说些什么呢，居然把陶陶的头越说越低，差不多鼻子都要贴住胸膛了。

陶陶回来后，我就问他，陶陶，你怕宋小豆什么呢，那么窝囊？

陶陶用陆战靴使劲地踩着地上的小蚂蚁，如果那儿凑巧没有蚂蚁，他就踩着一层灰，反正踩着什么是什么。他说，我怕她什么呢？我才不怕她呢。

我说，她天天训你，训什么呢？

陶陶说，老师训学生，还不就是那些废话嘛。

我不相信她总是说废话。宋小豆那么聪明的女人，就喜欢成天对一个男孩子说废话？有一天我故意跑去给宋小豆补交作业本，可只听到她说的最后一句话，这句话是她做出的一个结论。她刚刚锉完了指甲，正在把亮晶晶的指甲刀折回去。指甲刀在她手里发出清脆的一响，像终于摁灭了一个金属开关。她说，陶陶，事情就是这样的，对不对？她的声音又平又直，好比是冷雨淋湿了一根铁丝。我自然搞不明白，事情就是哪样的？

不过，没有过多久，我也亲耳聆听到了宋小豆的教诲。她让朱朱把我叫到了办公室。朱朱是我们的班长，宋小豆总是让朱朱给她叫这个，叫那个。只有陶陶是宋小豆自己动手的，她下了课，说，陶陶你来一下。陶陶就做出闷闷不乐的样子，替她捧着书、本子、茶杯，到办公室去了。朱朱叫我的时候，嘀咕着说，可怜的风子，事情闹大了。

3
包京生来了

包京生是从西藏转学来的新同学。他第一次跨进高二·一班的教室时，我们已经在上课了，前排的同学觉得风声一紧，光线也暗了一暗，抬起头来，包京生正站在门口，把门框塞得严严实实。他显得比陶陶还要魁梧，脑袋又长又大，脸上两团高原红，散发着一股酥油味。宋小豆自然是走在他前边，就像是领航的小艇引导着一艘航空母舰。宋小豆说，高二·一班要进两位新同学，一个是金贵，金贵的手续已经办好了，要晚些才能来。全班轰地一下就笑开了，那时候刚刚上了些阅读教材，什么双喜、喜旺、富贵、金贵，哪一个不是乡巴佬儿？全是他妈的缺什么说什么。宋小豆也破例跟着我们笑了笑，等我们笑完了，她说，金贵的具体情况还不清楚。另一个就是包京生。宋小豆拿一根指头指着包京生的大脑袋，她说，简单介绍一下，包京生，西藏人，随父母内调，转学到泡中。

包京生用普通话恭恭敬敬叫了声"密斯宋",他说,密斯宋,我是拉萨人。宋小豆又很难得地笑了笑,用英语说了句"对不起",又用英语补充了一句什么,大概就是"拉萨人"的意思吧。我和许多同学一样,只听得懂"拉萨"两个字怪怪的发音,就像老外在说中文。

下了课,有人问包京生会不会说藏话,有人问他有没有被老班禅或者小班禅摸顶祝过福。包京生把双手抱在胸前,不置可否,问多了,他就说一句,操,我他妈是北京人!

这一句话,让所有人都吃了一惊,老半天才回过神来,他打了包票是生在北京的男人啊。我就想,他的普通话还真他妈的地道,他的舌头还真的卷在嘴里伸不直呢。后来他告诉我们,他们家几代相传的就是那一嘴地道的卷舌音。二十年前,也许是三十年前,他的父母支援大西南,进藏去了一个什么则,对,好像是日过什么则,总之听起来就是很粗犷、很遥远的意思吧。再后来呢?包京生说,操,这不是又回来了吗?有人傻乎乎地说,可你没有回到北京啊。包京生就拿嘴角笑了笑,说,操,你知道什么是曲线救国吗?哥们儿,你什么都不知道啊!那个可怜的家伙还真的是不知道呢,就红了脸,嗫嗫嚅嚅说不出话来了。

陶陶凑近包京生的身子,长长地吸了一口气,别过头来对着我和阿利,他说,我怎么闻着一股什么味道呢?倒是不酸也不臭。

包京生瞟了陶陶一眼，也把头撇过来，转到朱朱的方向。他说，姐们儿，知道这叫什么味道吗？这是酥油的味道。那边有点儿身份的人，天天都要喝酥油茶的。天冷了，还要往脸上涂一层酥油呢。包京生对着朱朱笑起来，他说，知道什么是酥油吗？就是牛奶汁和羊奶汁的妈妈。他建议朱朱也抹一点儿，如果她需要他可以送她一大瓷缸，他父母在日过那个则，他们家在拉萨也还有相好，隔三岔五就要送来几缸新鲜的黄酥油。

朱朱就问他，北京人也都拿酥油抹脸吗？

包京生哼了一声，露出不屑，说，乱了乱了，今儿的北京城哪儿还来地道的北京人？

朱朱有些怕他，就把酥油和北京人都吞了回去。

包京生是有些让人害怕的，他的体积那么庞大，他说话的时候自然就变得居高临下，有了派头，跟个大人物一样了。第一天，他就把坐前排中间的同学拍到了后边去，他说，得罪了，我眼睛不好使。他坐在前排，就像教室里隆起了一座坟包。第二天，大家从三楼下来，跑步去做课间操。包京生在楼梯口把阿利掀了一个趔趄，他说，赶紧赶紧，别磨蹭。第三天，我跟陶陶说，他要扇你的耳光了。陶陶沉了脸，不说话。

那天中午，好像就是四月底那个有太阳的中午吧，阴黢黢的梅雨总算下到了头，给路上的行人，也给行人的心情劈出了一道亮堂堂的缝隙来。泡桐树上的叶子也被雨水泡得肥嫩肥嫩的，就跟春天的鹅毛一样，看着是让人说不出的安逸。但这时候哪是春天呢，风转了向，变得有些热烘烘的、湿漉漉的，夏天好像跟着就要来了，街上烧烤摊子的生意骤然红火起来了。这真是一座奇怪的城市，天气越热，火上浇油的东西就越是红火。人们把火上浇油的东西，烧烤、火锅、水煮牛肉，还有一杯杯的烧酒……都灌进肚子去。城市的每一颗毛孔都张开了，在汗腻腻的毛孔里边，有空洞的嘴巴或者是眼睛。那天，包京生真的把手拍到了陶陶的肩膀上。

他说，哥们儿，我们去吃烧烤吧。

陶陶说，好啊好啊。陶陶就叫上我和阿利一起去吃烧烤。烧烤摊摆在校门对面的河堤上，摆成了一条长蛇阵，其实就是一架接着一架的三轮车，铺着饲料槽一样的铁炉子，木炭燃得正红，小贩拿竹签把午餐肉、鸡屁股、猪下水还有豆腐皮、土豆块……都穿成了一串串，拿刷子刷了菜油，在木炭上烤出又臭又香的烟雾。我们每个人吃了十串，包京生吃了十八串，全是鸡屁股，还喝了一大瓶百事可乐，七百五十毫升的。包京生说，哥们儿，今天算你们为我接风，回头我再请哥们儿。

我瞟了陶陶一眼，陶陶若无其事地点点头，他说，好啊，好啊。他看了看阿利，阿利就掏出皮夹子，把钱付了。

第二天，包京生又叫我们去吃烧烤。陶陶对我说，今天他做东，我们干脆多叫两个人。我就叫上了朱朱，陶陶又叫上了他的两个弟兄，都是松松垮垮的那种男生，两眼困得活像懒猫，脸色苍白，眼睛倒是熬得红红的，吃烧烤的时候，也各自抱着《科幻世界》和《大众软件》在翻弄。翻什么呢？泡时间罢了。人都有很多毛病，成了习惯也就难改了，上课是泡时间，就连吃烧烤、泡吧、泡女孩儿也都成了泡时间，真是好笑得很呢。

河水散发着阴沟里的那种腥味，漂着些烂菜叶子和塑料袋。一艘无人光顾的游艇靠在岸边，在太阳下闪着冷清清的光芒。

我们吃了好一会儿，阿利才跑过来。阿利说，密斯宋发了话，教委正在整顿校风校纪，敢于顶风作案，跑到河边吃烧烤的，罚做一周的大扫除。朱朱嘴里正在嚼土豆，瞪大眼睛，嗯了又嗯，却说不出话来。我说，陶陶，你是宋小豆的老主顾了，你说怎么办吧。陶陶刚吃完一串午餐肉，又在火上取了一串兔腰子，他说，怕个×，吃一串是吃，吃十串也是吃，如果要罚，谁都跑不脱。还不如多吃几串呢，反正今天京生哥们儿要买单。

包京生连连点头，他说，密斯宋人不错，也该把她请来跟我们一块吃，咱也多认个姐们儿呢。包京生还是只认着鸡屁股吃，满嘴都嚼着烤煳了的鸡屁股，散出一股鸡屎臭。他就着炉子吃，就像天冷非得向着火。鸡油、汗水从他的嘴角和脸上淌下来，淌到炭火上，火苗子直溅，噗噗噗地乱响。

我们不停地吃，活像灾民喝政府的救济粥，不喝白不喝，一直到把烧烤摊上的东西都洗白了，把地上都扔满了竹签签。陶陶一边拿陆战靴去踩竹签签，一边说，老板都没有良心，这些签签他还想用到哪年哪月。小贩赔着小心，说，这位同学搞笑了，我们买卖小，这点点签子钱还是出得起的。陶陶摇头，说，龙门阵怎么摆都热闹，就是说到钱不亲热。他隔了摊子望着包京生，说，对不对，哥们儿？

包京生说，对对对，就在身上忙不迭地乱掏。他体积大，口袋也多，最少也有七八个吧，从裤兜一直掏到了裤衩，掏了半天，最后他说，操！荷包没带。阿利，你先垫上，回头我给你。

阿利一边掏钱包，一边别着头看陶陶。陶陶双手放在裤兜里，就像什么也没有看见。这样一来，阿利伸进裤兜的手就犹豫着，没有伸出来。

大家都笑嘻嘻地望着包京生，要看他如何下台阶。包京生嘿嘿地笑，他说，操，我包京生是什么东西，老天待见我，走到哪儿都能找到好哥们儿。他拿手背在油嘴上抹了一大把，然后抓住阿利的肩膀，又嘿嘿地笑了两声，说，阿利地道，阿利就是好兄弟。阿利的脸变得煞白，就连眼睛、鼻子都歪了。

我晓得包京生下了重手，就看看陶陶，陶陶却还是一脸的漠然。陶陶平时不是这样的，陶陶平时就跟一把伞似的，他遮挡着阿利，谁敢动阿利一根指头呢！有一回放学，就在校门外，当着守门的灰狗子，两个高三的学生找阿利借钱。陶陶说，他没钱，我替他付吧。陶陶左手递出十元的钞票，那家伙低头来接的时候，陶陶的右拳朝他下巴兜底一击，咔的一响，他就在陶陶的手上定住了。剩下的家伙撒腿就跑。陶陶也不追赶，对着源源涌出来的学生，说，阿利是哪个你晓不晓得？你找他借钱！阿利是哪个，那一天泡中的学生都晓得了。不过，最让人难忘的，却是陶陶。很多人记住了他的镇定、阴狠，还有那兜底的一拳。谁还敢找阿利借钱呢？借阿利的钱就像是偷陶陶口袋里的金子呢。但陶陶的说法是这样的，哪个敢动阿利一指头，就是他妈的扇了我一耳光。

但是，今天包京生把阿利弄得焦眉烂脸的时候，陶陶怎么就装得像他妈的没看见呢？我瞟了一眼对阿利视而不见的陶陶，想，哦，他也有下软蛋的时候啊！我忽然觉得心口一酸……我现在也无法跟你说清楚，我怎么心口就酸了。我这是第一次晓得，一个男孩子怎么会让女孩子心口发酸的。我上去一步，照着饲料槽一样的铁炉子，恶狠狠地"呸"了一大口，红通通的木炭腾起一股白灰和一股焦臭的味道，所有人都"哇"了一声，纷纷后避。

我说，北京生的大老爷们，你他妈的放开手！

包京生满脸的无辜，他说，我怎么了怎么了怎么了，我的好姐们儿？

我走过去，使劲把他的手从阿利的肩上扳下来。包京生的手，就跟蒲扇一样大，跟熊掌一样厚，手背上还长了些黑茸茸的卷曲的毛。包京生呼哧哧地生了气，他冲着我重复说，我怎么了怎么了怎么了，姐们儿！

我不睬他，在阿利的肩上轻轻地揉。阿利的眼里包满了泪水，我真怕它们不争气地滑出来，就在阿利的招风耳上亲了亲，我说，你乖，别丢人。阿利点点头，嗯了一声。我四周看看，没有一个人站出来帮我们说话，陶陶、可怜的朱朱，还有陶陶带来的两个兄弟，都漠然地看着，没有谁说话。包京生拍着鼓圆的肚皮，他的肚子像一只青蛙的肚子。我从没有见过这种人，脑袋和嘴巴像河马，可他的肚皮却像一只青蛙。包京生把青蛙般的肚皮拍得"嘭嘭"地响，嘴里呼出长气来，说，算了算了，我们回吧，赶紧赶紧，别让密斯宋跟我们急。

我看着包京生的嘴巴和肚皮，看了又看，突然仰起头哈哈哈大笑起来。我笑得非常野，人人都被我笑呆了。我笑完之后，伸出一根中指对着包京生骂道，你也配当宋小豆的乖儿子啊？你这个青蛙一样的臭狗屎！

包京生先是惊讶，然后满脸涨得通红。他捏紧了两个铅球一样大的拳头，绕过烧烤摊，走到了我的跟前。空气一下子紧张起来了，阿利靠着我，身子都在微微发抖，他的手还攥在我的手里，攥得全是汗水。就连卖烧烤的小贩都退出两步去，一脸的惶恐，却说不出话。是啊，没有一个人说话，陶陶站在我身后，我也不晓得他脸上是什么表情。我一动不动，只是望着包京生河马般的大下巴，我说，妈的×！你来试试吧。

没有人说话，好像沉默了很久，靠岸的游艇忽然屁响屁响地鸣了一声笛，懒洋洋破开污水，朝河的那边移过去……包京生的脸色慢慢暖和下来了，他说，爷们不跟娘儿们斗。大伙儿回去吧，赶紧赶紧。他跟个校长似的挥挥手，他说，阿利，赶紧赶紧，啊！阿利就哆哆嗦嗦掏出皮夹子，把烧烤的钱付了。包京生笑起来，又和蔼又慈祥，再挥挥手，一拨人就跟在他的屁股后边，磨磨蹭蹭进了那扇嵌了铁花的栅栏门。

　　放学以后，我还在十三根泡桐树下等陶陶，但是我没有上他的捷安特。我说，陶陶，包京生为什么要收拾阿利，当着你的面收拾阿利？

　　收拾，什么叫收拾？陶陶说，包京生开个玩笑罢了。

　　我说，你开什么玩笑！那是包京生打狗欺主，至少也是打草惊蛇，他要试试陶陶到底有好大的能耐，也试试高二·一班到底是水深水浅。那家伙是个狠将，他敢骑到你头上拉屎拉尿呢。

　　陶陶低着头，沉默了一小会儿，说，他不会的。陶陶就像在宽慰我，更像在宽慰他自己。他说，包京生跟我无怨无仇，为什么要骑到我头上呢？

　　我笑起来，我说，陶陶，对我说实话，你怕他？

　　陶陶说，哪个在怕他！我不跟他一般见识。

　　我叹口气，我说，你在学着跟宋小豆一样说话了。好了好了，我累得很，我要回去睡觉了。

　　公交车来了，我一步就跨了上去。车开出一段路，我回头望望车站，陶陶还推着捷安特，立在十三根泡桐树下边。四月天湿渍渍的风吹进车窗，把我的眼睛、鼻子都吹酸了，吹红了。真的，四月的风就是这样，一小会儿的时间，一下子就把你吹得难过极了。

4
深浅

　　我们家住在东郊工业区的跃进坊。你以为坊就是作坊的
"坊"吧，酱油作坊、豆芽作坊或者是鞭炮作坊，哦，不是的
不是的，这个坊不是那个坊。我们的坊是大跃进传下来的古
老称呼了，一坊就是一处宿舍区。听说我们东郊共有一百零
八坊，或者是一千零一坊，谁弄得清楚呢。在灰蒙蒙的天空
下，干巴巴的红砖楼就像废弃的火车车厢，乱七八糟地撂在
荒地里。这儿是真的安静啊，安静得连红砖墙都长出了成片
的蘑菇和青苔。从前，我妈妈说，从前这儿是热气腾腾的地
方，成千上万穿蓝装的工人川流不息，厂房连着厂房，就像
田坝连着田坝。我到今天也不晓得，为什么工厂的名字都跟
密码一样如同天书，123信箱、456信箱、789信箱……隔
着嵌花的栅栏，厂区的林荫大道长长地延伸，延伸到一个烟
灰色的终点，多么气派和神秘。当然，那是从前了。现在不
是这样，现在你到了东郊，还以为是到了月球呢，要多么荒

凉就多么荒凉。先是烟囱不冒烟了，后来厂门上都吊了一把大铁锁。航车停了，电灯不亮了，机床生了锈，很多人下了岗，人气就散了。就算不是月球吧，东郊也荒凉得像蝗虫篦过的镇子，瓦檐口被雨水和风咬出了蜂窝，楼群现出了出土文物一样的破旧，就差没有人在上边钉个铜牌，标明这曾是哪位名人可怜的故居。名人和屋子都同样地可怜，不过，屋前屋后还有银杏、梧桐、黄桷、皂荚、桑葚……还有没心没肺的芭蕉，依旧在春夏天里茂盛如旧，亭亭如盖，绿得让人心慌。坊里心野的家伙早就跑出去野了，上新疆淘金子，下海南炒地皮，留下那些趿着拖鞋、抱着茶碗的老头、妇女，在黄桷树下不分昼夜地搓着小麻将。

小麻将不是什么军事术语，小麻将就是输赢只有几毛钱、几分钱的小麻将。输赢小，是因为挣得少。妈妈就说过，哪个不想打大麻将呢，一掷千金，多豪迈啊！可是你和他都下岗了，一个月就只有百把元，你就是把他的骨头熬干了，也就是百把元啊。你说这个麻将如何不小呢？！

我们的家住在一楼，我的床头正好临窗，那些麻将桌就像摆在我的枕头上。好在搓麻将的人是很少说话的，麻将桌上所有的话都是废话，人人都是凭着肚子在盘算。麻将在桌布上转动的声音，就像陆战靴走在塑料跑道上，屁响屁响的。有时候他们和我心意相通，搓的人心头发紧，听的人就心烦得要吐。

妈妈又跑边贸去了。她恐怕已经赚了几个小钱了吧。她临走时总要给我留下一大堆方便面，是那种 120 的康师傅面霸。她做过厂里的会计，计算什么事情都不糊涂，我也就能够根据方便面的数量，晓得她要出门多少天。当然了，她还给我留下一摞钱。钱的多少，取决于她心情的好坏。她自己快乐，对女儿的负疚就多，给的钱也多；反过来，她难过，觉得别人都有负于她，她给我的钱就少。屋子里黑洞洞的，从窗外射进来的灯光，把屋子照得更黑了。我懒得开灯，就摸索着给方便面泡上开水。方便面发出一股很干脆很温暖的香味，很接近于把一把干葱烧煳的味道。我喜欢这种味道，喜欢那些在电影电视里大吃方便面的男人，吃得呼噜噜响，满头大汗，鼻子通红，就露出一股霸气来。我又想到了陶陶，陶陶是有霸气的，没有想到他的霸气碰上包京生，一下子就瘪了，跑气了，不见了。

我是进高中时才认识陶陶的。看到他的第一眼，我吃了一惊，我心里就是那么咯噔了一下，真的，我听到了胸腔里咯噔一响，就像断了一根骨头一样。我对自己说，哇，怎么会是他呢？

你问他是谁嘛，其实我也不认识，我不晓得他是谁。天晓得他是谁？初三毕业后的暑假漫长得无边无际，在我的记忆里，天天都有雨水落下来，落在芭蕉肥大的叶子上，就像古代计时的水漏落在盘子里，无聊得让人揪心又揪肺。我翻出爸爸的望远镜，透过窗户朝外看。望远镜是爸爸买的处理军需品，只有一个镜头还管用，即便做一个玩具，我也嫌它丢我的面子。但是在那个百事无心的时候，望远镜还是给我带来了一点儿惊喜。越过一片滴水的芭蕉叶、一条坑洼泥泞的水泥路，我看见路口黄色的公用电话亭。在灰蒙蒙的雨幕里，在干巴巴的红砖中，黄色就像油菜花那么惹眼又好看。当然，让我不厌其烦看出去的，并不是小小的电话亭，而是在正午之前匆匆走进望远镜里的一个男人，而电话亭就是他最好的背景。雨不过午，雨水在正午之前总是要歇上一会儿的，他把雨伞夹在腋下，两手抄在裤兜里，背微微地驼着，是那种有意做出来的驼，漫不经心又从容不迫。他总是显得有心事，但这心事又显得恰到好处，增加了他的分量，却不能够把他压得垮下去。我从没有见过他，在产业工人大本营的东郊生活着这么一个人，也真的算奇迹。事实上，他只是生活在我的镜头里，我一旦把望远镜拿开，他立刻就消失了。我曾经想在正午前跑到电话亭去等他，就近看看他，可是我不敢。为什么不敢？怕自己脸红，也怕他让我失望……谁晓得呢？

　　后来我撑着雨伞去查了电话亭的号码。这件事情，我现在唯一记得清楚的就是这个号码了，86744501，并不好记，可是我始终没有忘记。每天当他一点点走近电话亭的时候，我就往86744501拨电话。我听不见铃声，但是他能够听见，我希望有一天他会把话筒摘下来，我就说，喂，你好……然后，我不晓得该怎么说了……当然，并没有出现然后，因为他一直都是自顾自走他的路。有一回他停下来，打量着话筒，犹豫不决，他甚至把手从裤兜里拿出来，朝着话筒伸过去。我在大约百米之外，一手举着独眼龙的望远镜，一手攥着话筒，我觉得自己心都要蹦出来了。就在那个片刻，铃声断了，我愣了一小会儿，赶紧重拨，86744501！但是我抬起望远镜时，他已经不见了。雨水的季节过去了，我再也没有从镜头里见过他。因为有一天我把望远镜摔到了地上，也许是有意也许是无意，我再也没有见过那个男人了。

　　我把这件事情给朱朱讲过，我说，我很傻，是不是？朱朱莞尔一笑，她说，哪个女孩子没有做过傻事啊！那个人是你的幻觉，根本没有他，晓得吗？

　　我当时觉得朱朱是对的。是啊，一定是幻觉，要不然，我怎么就根本想不起他长得什么模样呢？

　　当我第一眼看见陶陶的时候，心里一下子雪亮了：他多像在雨天的正午前，从我的镜头里走过的家伙啊。我当然晓得他不是他，他是男人，而他还是男孩儿呢。可有什么关系呢？男人都是男孩儿长大的，对不对？陶陶是男孩子中间最高的，头发左边染了金黄色的一小撮，抄了双手在裤兜里放着，站在男孩儿堆里，满脸都是满不在乎。后来，他说他看见我头发那么短，短得就像板寸，嘴巴闭得那么紧，紧得就像老虎钳子，就是一点儿都不像个女孩子。我就说，那你为什么要喜欢我？他说，我其实没有喜欢你，我只觉得心烦，怎么会钻出这样子一个女孩儿呢！是啊，陶陶说，我只是想咬你一口，好比一条狗要咬另一条狗。

我说，狗屁！

头一回的班际篮球赛，我们班的女生都为陶陶吼哑了嗓子。其实他的动作并不优美，也说不上矫健，常常用胳膊肘撞人，还抱着球乱跑，但女孩子是多么贱啊，横竖都要扯起了嗓子为他惊声尖叫。我也是瞪大了眼睛追着他看，可我的喉咙堵得慌，发不出声音来。我老在想，这个人真就是那个人啊？哦，太奇怪了，这个人就是那个人做男孩儿的时候吧？我其实对那个人一无所知，但是我盯着陶陶，确实有一种失而复得的感觉，就像电影里常常出现的情节：兵荒马乱，人潮汹涌，在拉得慢而又慢的镜头里，一个人向着另一个人挥手跑去，跑啊跑，总是跑不到一块……

比赛结束后，一声破锣响，高二·一班输惨了，我永远记得那个比分，14：62，跟邮戳一样印在我们的胸膛上。我们班的运动员都垂了头，做了贼似的心虚。只有陶陶抱了球望着天空，做出满不在乎的样子。但是他的满不在乎里充满了委屈，更让女孩子想为他哭泣。嗯，是真的，好多女生都哭了，你抱我我抱你，哇哇地乱哭，都是要挖空心思哭给陶陶看。我忽然觉得很心烦，我不是烦那些假眉假眼的小女子，而是烦自己也变得有些假眉假眼了。噢，我不想让别人看见我也会掉泪，为了那个输得精光的家伙噗噗噗地滴下一串什么水……我撇下大家，一个人朝教室跑去了。

但是在教学楼第三层的拐角处，陶陶突然追了上来。他说，妈的×，就是输在你身上！啦啦队闹得那么凶，就你像个丧门神。

我转过身，冷冷地看着他，我说，你要是专心打球，咋个会晓得我是丧门神？男人没出息，只会他妈的拿女人来出气。

陶陶涨红了脸，举起手来，做出要扇我的样子。那时候我还不相信，一个孔武有力的男人会对女人下重手。我仰起头，迎着他的手，我的样子是在说，你扇吧你扇吧，你就是这样扇一个女孩子的？！事后想起来，我的脸一阵阵发烧，我的样子是不是像在撒娇？我对自己说，天哪，你居然也会给男孩子撒娇！

陶陶的手举得更高了，举起来却是轻轻地落下去。陶陶似乎看见了我眼里的泪花，那些泪花让他犹豫了一小会儿。他这一小会儿的犹豫，让我印象深刻，他总是一个在关键时候要犹豫的人吧？陶陶的手落下来，落在我的脸颊上。他抚摸了我的脸颊一小会儿，忽然狠狠拧了一大把。他跑掉了，而直到放学的时候，我的脸还像撕裂一样地痛。

陶陶请我上了他的捷安特。

我们在一条小街上吃了水饺、刀削面和酸辣粉，我付的钱。吃了饭，我们就在街上晃。在一棵梧桐树的影子下，陶陶吻了我。我十六岁，陶陶也是十六岁，第一次有男孩子用嘴唇碰了我的嘴唇。但我后来告诉朱朱，我晓得陶陶不是第一次，他做得实在很老练，满嘴的醋味、蒜味，还有烟臭味，全是男人的味。我蜷在他怀里，一身都软了。可我是什么也没有说。可怜的陶陶也是什么也没有说。真的，我们一点儿都不像那些狗屁小说里写的那样，有说不完的肉麻话。

朱朱曾对我说陶陶靠不住，她说男人都靠不住，女人都是天生的情种和傻瓜。朱朱从没有和哪个男孩子单独约会过，谁都不晓得朱朱的心里藏着哪个男孩子。她要不是在和我开玩笑，就一定是在嫉妒我。至少那时我觉得她是嫉妒我的，不是吗？我把全班最棒的男孩儿牵走了。

但是，那天在烧烤摊为了阿利，我与包京生冲突之后，朱朱再一次提醒我，陶陶的力量不是为你准备的。朱朱的理由是，当我遭受包京生的威胁时，陶陶根本没有打算要出手。她说，就是包京生把耳光扇到你的脸上，他也不会出手的。包京生要试他的深浅，他也要试包京生的深浅。这一点谁都看出来了，就瞒了你一个，因为你是情种加傻瓜。

我怎么会是傻瓜呢？我只是不说罢了。因为我只能装傻，无话可说啊。有一回麦麦德的对手给他一把弯刀，说那是一根香蕉。麦麦德就接过弯刀，嚼碎了吞进肚里去。他的主保佑他，他还活着。麦麦德说，装傻的人是有福的。不晓得这话是否也适用于我？我其实不想装傻，只是被自己钳上了嘴巴。

我说朱朱，你别责怪陶陶了，既然是朋友，那你为什么也不帮我呢？

朱朱莞尔一笑。她本来是个典型的小女孩儿，笑起来就成了一个小女人了。她说，我就是想让你看看男人是什么心肝啊。

我不喜欢朱朱这个样子。

我从没有向谁隐瞒过我和陶陶的关系。我还想过，就是父母问我，我也会坦然承认的。但我的父母并没有问过我，他们甚至叫不出我任何一个同学的名字。朱朱是第一个询问我的人，我上了陶陶自行车的第二天，朱朱就问我，陶陶算你的什么人呢，风子？

我笑着说，男朋友。我伸手拢拢她的刘海，说，就像你是我最好的女朋友一样。

朱朱摆摆脑袋，把我的手摆开。这个回答，并不让她高兴。朱朱是我们高二·一班最漂亮的女孩子，她也是因为漂亮才当上班长的。朱朱属于那种小小巧巧的美人，甚至粗粗一看，会把她和宋小豆混淆起来，而实际上她们是完全不同的，宋小豆没有朱朱漂亮，但朱朱一点儿没有宋小豆的骄傲。朱朱的漂亮不是张牙舞爪的那种漂亮，是怯生生的、招人怜的。她还是小青蛙广播站的播音员，她的普通话说得很好听，是那种南方普通话的怯生生的好。选班长的时候，全体男生和七成女生都投了她的票。

宋小豆对选举的结果是不满意的，她说，应该选个镇得住堂子的人当班长。可谁镇得住堂子呢？只有陶陶。上课乱哄哄的，陶陶吼一声，妈的×，吃饱了撑的啊！教室里立刻就会安静下来了。宋小豆就是专门用陶陶来镇堂子的，而她又用别的法子镇住了陶陶。后来，宋小豆就成了全校最镇得住学生的班主任。她背着手在操场上走，长辫子在右边屁股上一颠一颠地颤，后边就有别班的男生指指点点，说，看，宋小豆，连陶陶都怕她呢。

不过，陶陶还是当不了班长的。他的主课成绩总在六十分上下，而且抽烟打架，老挨宋小豆的骂。宋小豆提了班长的标准，却提不出人选，还是就让朱朱当上了。朱朱激动得满面通红，就职演说语无伦次，一会儿感谢老师同学，一会儿又感谢父母校长……宋小豆皱皱眉头，用英语咕哝了一句什么，一挥手，就把朱朱赶了下去。宋小豆说，当班长又不是领奥斯卡，作什么秀？

朱朱哭了，抽抽搭搭一直到下课。朱朱哭起来最好看，娇媚得很。我一边劝朱朱，一边叫陶陶，还不来献献殷勤啊？陶陶穿着陆战靴，橐橐橐地走过来，在朱朱的脑袋上拍了拍，他那么高大，朱朱那么娇小，他拍她的时候显得很自然，自然得让我没有一点儿妒意。我只是想，这家伙要是拍的是宋小豆呢？我自己也觉得很好笑，陶陶敢去拍宋小豆！

但是朱朱把头使劲一摆，说，少拍我！

陶陶倒不尴尬，紧跟着再拍两下，说，拍了又怎么样？

朱朱很不情愿地笑起来，她说，风子，你有苦头要吃的。大家都笑了。那时候的陶陶，是真有一股憨气和豪气的。我说，要是宋小豆也骂了我呢？陶陶四下看看，很壮烈地说，我就吓她一口！我晓得他是没有这个胆量的，可还是有说不出的欢喜来。因为我就像朱朱说的，是天生的蠢蛋。

我倒是真的不相信陶陶会怕包京生。包京生算什么东西!

我亲眼见过陶陶和体育老师打架。体育老师是从昆明军区体工队退役的举重队员,矮得跟铁塔似的,小眼睛里全是焦躁和狠辣。同学们不守纪律,他就惩罚大家围着操场跑上二三十圈,或者做两百个仰卧起坐。终于有一回陶陶带头起哄,老师劈脸扇了他一耳光,大骂,老子早就晓得你有这一天!

陶陶也不答话,一拳就把老师打得趴在了地上。地上有一凼污水,老师倒在污水中,就像一头死猪栽在粪坑里。那一拳也是打在脸上,老师真是措手不及。为了这一拳,陶陶苦练了整整一个月。他对我说,看见了吧,谁比谁狠?妈的×。

在学校对陶陶做出处理之前,陶陶已经同体育老师达成了和解:他在三天内付给老师两千元作为赔偿,而老师则改了口,向蒋副校长说明是自己一不留神滑倒的。我问陶陶,那两千元从哪里来呢?陶陶说,我爸爸会给我的。陶陶的爸爸是南河坝辖区工商所的副所长,没有多少钱,但从来都不缺钱。他爸爸有一句名言,经常在饭桌上说给老婆和儿子听,那就是要善于把别人的钱当作自己的钱。说说而已,并没有教育陶陶的意思，但陶陶记住了，还经常讲给我听。他说，受益匪浅，真他妈的受益匪浅啊。

受益匪浅这个词是我教给陶陶的，不然他怎么会说呢？麦麦德在漫长的也可能是永远的旅行中，常常和别人比武过招，他赢了，就说你给了我面子，输了呢，就说受益匪浅。陶陶用它来形容他爸爸的教诲，我真不晓得该说什么好。

这一回他想试试自筹资金，就开口向阿利借。阿利有些发傻，说回去问问爸爸。谁都没有想到，第二天阿利就把钱带来了，装在一个很正规的红包里，外边印着烫金的"恭喜发财"。数目不是两千，而是两千加五百。阿利还给了陶陶一个手机号码，说爸爸要和陶陶谈几句话。陶陶当着我的面，就用学校的 IC 卡电话拨了过去。电话通了，陶陶只说了句叔叔您好，我是陶陶，就没有再吭声。他一直都在听，我、阿利都没有说话，其实只有一分钟，在我的记忆里，就像过了长长的几小时。陶陶挂了机，对我们笑了笑，笑得很勉强。过了一会儿，说起中午去吃烧烤的事，他脸上的表情才自然起来了。

我问阿利，你爸爸是个什么样的人？

阿利说，生意人。他想了想，又补充一句，温文尔雅的生意人。

我现在给你讲述这一切的时候，忽然发现我们那时对阿利是多么无知啊，好像他只是一个有钱人的儿子、一块人人都想咬一口的肥肉。对我来说，他也仅仅是一个需要照料的小家伙。可怜的他到底是谁呢？谁这样去想过呢？

5

瘸子的作文

　　包京生常常说自己是西藏人、拉萨人、北方人、北京人，而且常常用粗鲁和大大咧咧做出更合适的证明。可是我觉得他狗屁都不是，他是哪儿的人？他现在是我们这座城市的人。陶陶找他的小兄弟打听过了，包京生哪是什么随父母内调，他是因为顽劣成性被父母赶出来的。也许是他捅了别人，或者抢劫了别人，他被拉萨的一所中学反复开除了好几次。反复开除，我想起我曾经在换季的时候反复感冒过，没日没夜地头痛发烧，鼻涕口水乱来，真是他妈的可怕啊。包家的父母没有办法，就把他扔到这儿来了，扔给他在这儿的舅舅和舅妈代管。舅舅舅妈的单位半死不活，老包就给了他们一笔钱，当然严格地说是两笔钱，一笔是包京生的代管费，一笔是转学费。但因为包京生是被开除的，他其实无学可转，应该是重新入学。他的舅舅就把他塞到泡中来了。理由很简单，像泡中这样的破地方，塞了钱就可以进来，只要你讲出一个过得去的理由。至于包京生的祖籍到底在哪儿，那就只有天晓得了。不过他那一口卷舌音很像一回事，卷得就跟炒卷了的回锅肉一样，操！

我还很快发现，包京生的粗鲁是有分寸的。他上宋小豆的课绝对服从，双手平放在膝盖上，睁大眼睛跟着宋小豆，就跟豆子一样地转。我晓得这是很费劲的，甚至是很痛苦的，因为宋小豆会不停地走动，跟着她转几分钟就会头昏眼花。可怜的包京生，他居然舍得去吃这个苦。当然，上别的课时，包京生就拼命捣蛋撒野，就像要把宋小豆强加给他的谦卑、委屈，都像泼污水一样泼出去。

麦麦德有一回在湖边同一个龇牙咧嘴、面如锅底的强盗斗了一天一夜，天亮的时候才把对方一刀劈死在水中。湖水把强盗的脸洗干净以后，麦麦德才发现他原来长得是那么清秀俊美，甚至就像一个纯洁的圣童。麦麦德无话可说，对着死去的对手躬身行了一个大礼。麦麦德这一回什么格言也没有，也可能是那一页的画面太拥挤了吧，麦麦德惊讶的神情、强盗貌若美女的姿容，已经容不下任何废话了。

包京生当然够不上这个强盗的分量。他要是够得上，那高二·一班谁又能够得上麦麦德呢？但是我们都看出来，这个河马般巨大的家伙确实是披着两张人皮的人。他在宋小豆的课上装扮成一个乖孩子，但在更多的场合，又唯恐人家不把他看作坏家伙。他曾经给一个陶陶的小兄弟放风，说陶陶敢打老师，他也敢打。

那小兄弟就笑，说，你别吓唬我，泡桐树中学有几个陶陶？

包京生也不生气，只说，等着吧。

包京生的话，就跟笑话一样迅速传到了我们耳朵里。阿利说，哼，他不敢。我说，他敢。但是陶陶沉默着，不说话。我第一次发现，陶陶的沉默是忧郁的、阴沉的。

有一回上化学实验课，包京生把烧杯伸进裤裆撒了半杯尿，恭恭敬敬地端给了老师。包京生说，老师老师，我一不留神，就合成了这种液体，请您给我测测化学成分吧。化学老师是个老实人，就拿了试纸在杯子里反复地测，连鼻子尖都差点儿伸进尿里了。同学们哄堂大笑，老师却是莫名其妙。

上语文课的时候，包京生却拿了化学课本，指着"气、氖、氚"三个字请老师认。语文老师是任主任的侄子，我们叫他小任，就是小人的意思，谁晓得他是不是姓任呢？小任刚从西南师大中文系出来，又矮又瘦，肝火很旺，那三个字涨得他满脸通红，还是认不得。抬了头，看见包京生正像小女孩儿一样，掩了口吃吃地笑。小任晓得是学生在耍他，气得劈脸就把课本扇过去。包京生似乎等的就是这一下，他不还手，他骂，我操你妈，操你奶奶，操你姐，操你老师打学生！

小任大怒，当胸再给了一拳。这一拳却被包京生抓在了手里，他顺势揪住小任的领子，用力一推抵到黑板，再是一拖，一直拖到教室的底墙。包京生不停地嚷着，我操你妈操你奶奶操你姐，操你老师打学生！他反反复复地把小任在教室里推过去拖过来。小任的眼镜滑到了鼻尖，脸色煞白，继而发青，大颗的汗珠从额头、鼻子、眼睛各个地方冒出来。他完全成了一个软蛋，被包京生拖着，跟一个稻草人似的，脑袋吊在胸脯子前边，软软地摇。全教室清风鸦静，没一个人吭声，人人的脚指头都抠紧了，就连大气都不敢出。我悄悄看了看陶陶，他盯着包京生不动，多半也是看傻了眼。

朱朱偷偷跑出去叫来了宋小豆。宋小豆在教室门口一出现，包京生就松了手，做出备受委屈的样子，他说，密斯宋，他打我。包京生说着，尾音里边已经夹了哭腔。

小任抱着一张课桌呼哧呼哧地喘粗气，喘一会儿，有了点儿气力，就把两只手弄来叉在腰杆上。小任坏就坏在死要面子，真是可怜的小任啊小人。他说，再调皮，我、我还打你。

小任的话又给了包京生一次灵感，他一下课就跑到蒋副校长那儿把小任给告了，还丢下一句话，如果处理不公正，就和他舅舅一直告到教委去，还要给城市商报打热线。

宋小豆在整个事情的解决过程中，始终一言不发。蒋副校长问急了，她就用英语咕哝一句什么，然后自己翻译出来：让事实说话。

但事实是，没有一个同学愿意提供事实。如果你读过泡中这样的学校，就晓得在这里有一条至死不变的原则，那就是在师生发生冲突时，站在老师一边的人最可耻。因为老师代表了校方、官方、警方、领导、现行的秩序……在现行的秩序下，泡中这种地方出去的孩子，都只是一些可怜虫。按包京生卷着舌头说的那句话就是，操，谁待见我！所以当包京生把小任当草垛子拖来拉去之后，只有小任留在现场的那句话成了不利于他本人的证词：再调皮，我还打你。

而与此同时，包京生则在他舅舅的带领下，当然，也可能是他带领着他的舅舅，去医院做了全面的体检，包括拍胸片，化验血样尿样之类乱七八糟的破事情。然后，他就在医院的观察室里无限期地住了下来。

接下来发生的一件事，比包京生打小任更让我吃惊，陶陶约我去医院探望包京生。

我以为自己听错了，还伸出手来摸了摸自己的额头，又摸了摸陶陶的额头，我没有摸出什么温差。陶陶是认真的，他用很沙哑的嗓音清晰地告诉我，我们都应该去，你、阿利、朱朱，还有谁谁，都要去；买些水果、巧克力、奶粉，就连密斯宋都凑了二十元。

我冷笑了，我说，你就那么贱？

陶陶把牙齿咬得咯咯响，他说，我晓得你把我看扁了，是不是？

我扭了头不说话。他说，反正，你不去，我们也要去。

我的脸气得煞白，我说，反正，你去，我们也不去。

结果，陶陶带了阿利和几个小兄弟去了。朱朱听我的话，没跟着走。

在十三根泡桐树下边，我对朱朱说，朱朱，还是你靠得住，你听我的话。朱朱说，我不是听你的话，我是一直都站在你这边，只是你看不到。朱朱说着，忽然眼圈都红了。我不晓得这句话怎么就把她说得眼圈都红了。她递给我一包心相印面巾纸，我愣了愣，扑哧一下子笑出了声，我说，你神经病啊，朱朱，又不是我在哭。我就撕了一张纸手巾出来，在她的眼角擦了擦。她更来劲了，泪珠子连着泪珠子往外掉。我烦了，恶声恶气骂了声，×，你再哭！朱朱使劲眨巴眨巴眼睛，把泪收住了，望着我，一副怯怯的样子。

第二天我没有理睬陶陶，看见他朝我走来，我就远远地避开了。我不想听他跟我说包京生的破事情，也不想听他给我做什么狗屁解释。上语文课的时候，他给我扔了两次纸团子，但我都没有打开看。

我是要用我的冷淡告诉他，下软蛋的男孩儿我瞧不起。我当然相信陶陶不是下软蛋的男孩子，我只是要他向我证明这一点。他如果在乎我，他是应该这么做的，对不对？

任主任的侄儿，就是那个可怜的小任，他再也没来上课了。语文老师是临时由任主任本人顶替的。任主任是大任，她长得跟男人似的魁梧，一对颧骨又高又红，割了双眼皮的眼帘子也是红红的，就像炎症还没有痊愈。她从前上过二十多年语文课，但今天她把语文课上成了思想品德课。她的嗓门出奇地响亮，除了普通话像刀子一样割耳外，神态很像某个中央台的老播音员。我埋着头在语文书的空白处画刀子，画我的弯刀、猎刀，还有麦麦德用过的马刀。但任主任响亮的声音不停地把我打断，她正在讲述师生关系，她打了一个古老的比方，师生如同父子，爸爸拍拍儿子，出自一片爱心。

我心里正烦着，无事找事，就举手要求发言。我平时是懒得发言的，要发言也不需要举手。但我认为，举手这个假眉假眼的动作，会让任主任确信我是严肃的。果然她伸手把我一指，我就像得到了指令的机器人，我站起来说，既然师生亲如父子，那么儿子打打爸爸，也是由于撒娇。

满堂大笑起来，陶陶的笑声最猛，还带头拍桌子，拍桌子的声音就轰轰轰地响起来了，教室里犹如万马欢腾。我晓得陶陶是在向我赔礼道歉，讨好卖乖，心里就更多了暗暗的得意。你瞧，女孩子是多么容易满足啊，你晓得的，多少年前，你也做过女孩子的，对不对？

不过，任主任到底是任主任，她冷笑着等噪音弱下来，然后像个大人物似的摆摆手，教室里就安静了，安静得比刚才不晓得多了多少倍。她从讲台上走下来，一步一步朝我走过来。她背着手，走得很慢，同学们都瞪大了眼睛望着她，不晓得要发生什么事情。我把拳头拧出了汗，我也不晓得自己到底要干什么。我想，如果是在室外，也许我会在任主任逼近的时候，不是挺身迎上去，就是拔腿跑掉吧。可是，现在我是困在位子上，一动也动不了啊。古人说困兽犹斗，我体会到的却是坐以待毙，任她大任来宰割吧。我拧紧了自己的双拳，胸口咚咚跳，就像拳拳都打在自己的胸脯上。任主任就那么坚定地走过来，一直走到她的身子顶住了我的右肩膀。

任主任一字一顿地对我说，你给我撒个娇看看呢！

我抬头望见她的下巴，就像在高楼下边仰望楼顶，那么高高在上，那么宽阔、厚实，有权威，我觉得就连心跳都被她的下巴压回去了。我一下子就软了，我第一次在老师的威压下发软了，而这种威压仅仅来自一个女人的下巴。我晓得自己很没有出息，可我真的就这么发软了。我听到有人在窃窃私语，有人在吃吃地笑，我晓得他们是谁，是那些我平日看作粪土不如的小男小女。但是任主任还在顶住我的肩膀不动，她是打算就这样顶上一百年吗？她用她的下巴对付着我，她的下巴把我摧垮了。我埋下脑袋，像蚂蚁那样小声地嚅出半句话，我错了……如果蚂蚁真的能说话，我就是用蚂蚁大的声音，说出了这半句可怜的话。

任主任立刻用洪亮的嗓音把这句话放大了，让它在教室里嗡嗡地回响。她说她错了，她错了吗？任主任停顿了一下，然后斩钉截铁地回答道，是的，她错了。学生殴打老师，她的双臂在空气中挥舞着说，就像刁民造反，囚徒暴动，狗咬好人，也好比螳臂当车，蚍蜉撼树，必定自取灭亡！

任主任终于离开我，走回了讲台。我松了一口气，过了半天，汗才悄悄从身上、额头上密密实实地浸出来。我就是在这个时候和包京生沾上了不明不白的关系，就像汗湿的背心偷偷地粘紧了我的身子。

我虽然完全被任主任斗败了，可我和她的对抗，似乎突然显示了我的立场，那就是我是坚定地站在包京生一边的，我抛弃了陶陶。因为包京生看起来更强大，就连陶陶都在笼络他，就连宋小豆都在安慰他。我不晓得你是否理解，在刁蛮成性的地方，男孩子最大的魅力不是他的俊或者靓，他首先应该强大、有力，像一把刀子，让女孩子握得住，觉得安全。好比谢霆锋、F4是拿来看的，而在泡中，强大的男孩子是拿来用的。不过，他们都他妈的忘记了，我是不靠男孩子来保驾护航的。我自己就是我自己的刀子啊。

但是这些事情，哪里能容我把它说清楚？事事都说得清楚，世界也就简单了。可你看看，这世界上的事情，哪一样是简单的？下课以后，很多人围过来，七嘴八舌问我包京生的近况，他会不会残疾？瘫痪？坐轮椅？我两眼冒火，呸了一声，骂道，我×你妈的卵蛋包京生！一伙人傻了，都回头去看陶陶，陶陶却不知跑到哪儿去了。

不晓得谁大喊了一声，风子害羞了！全班一片"哇塞"，就像开了一片香槟瓶子。

有一篇作文开始在班上流传，题目是"她为什么害羞了？"这是梁晨的大作。梁晨的绰号是鹰鼻子，而鹰鼻子的笔名就是伊娃，就是我开始给你讲过的那个伊娃。没有伊娃，高二·一班的故事会少了颜色，真的，没有伊娃，我甚至不晓得怎么结束这鸡零狗碎的唠叨。在伊娃的作文里，她反复地暗示我们，她的曾祖父是俄国的流亡贵族，就是中国人蔑称过的白俄。据说他的名字叫约瑟夫·维萨里昂·维萨里昂罗维奇，七八十年前为了逃避革命，从圣彼得堡逃到西伯利亚，再从西伯利亚跑进中国，又一趟子从东北跑到了西南，在我们这座城市里开了一片俄式咖啡店。老约瑟夫用祖传的秘方熬咖啡，连同罂粟壳子一锅煮，香透了半边城。他的罂粟壳子都是不计成本的，因为他娶了烟馆老板的小寡妇，也就是伊娃的曾祖母。于是伊娃的身上就有了八分之一的俄国血统，加上了八分之一的小狡黠。这八分之一凝聚起来，刚好就成了她的一根鹰鼻子。可怜的伊娃长得很丑，是那种营养不良的丑——眼睛小，五官挤，而怪怪的鹰钩鼻子那么大，就像她的小脸都贴在了鼻子上。伊娃老是拿手揉鼻子，还使劲地擤鼻涕，似乎她永远都在患感冒。

但是梁晨，就是这个所谓的伊娃，她的作文写得真是他妈的好，是高二年级的大才女。就连宋小豆都晓得，高二年级有两样硬东西：陶陶的拳头加伊娃的笔头。蒋副校长问过宋小豆，伊娃到底写得有多好？宋小豆说，反正比我好。这两句话传开来，伊娃一下子就炒火了，她的作文本开始像秘密传单一样在班与班之间流传。据说任主任曾经要宋小豆出来辟一辟谣，但宋小豆拒绝了，她说，造谣的人必死于谣言，好比瘸子必死于轮椅。当然，这也都是据说了，谁晓得是不是又一次炒作呢？反正，伊娃的名气是越来越大了。

伊娃的作文不是那种通常的作文，而是写在三百页的黄色笔记簿上，因为是从"大印象减肥茶"获得的灵感，她就把它命名为《小女子大印象》。她的《大印象》胡乱涂抹，不守规矩，专门拿马路新闻、小道消息当素材，说尖酸话，寻穷开心，句句都跟刀子似的，字字句句都往老师和同学身上捅，有人觉得难受，有人觉得痛快，就像虱子婆被人挠了痒痒。

伊娃的外语和数理化都同样一塌糊涂，从来考不上六十分。到了期末，宋小豆就拿这个来打击她，说，一个瘸子，你狂什么！

不料伊娃真的站起来，扶着桌子一瘸一瘸走了好几步路，她说，密斯宋，我真的是一个瘸子呢。

宋小豆发了蒙，第一次我见她红了脸，用英语咕哝了一声"对不起"。伊娃是有一点儿瘸，不过远远没有她夸张的那么凶。她一只脚比另一只脚短，也可能是一只腿比另一只腿细，谁晓得呢？她一年四季都穿着拖地的红裙子，下脚小心谨慎，一点儿没有下笔那么轻狂。

伊娃在《她为什么害羞了？》中这样写道：

一个将军的女儿害羞了，就像一条咆哮的警犬穿上了迷你裙；一个耍刀的女人害羞了，如同大老爷们憋细了嗓子唱《甜蜜蜜》。她因为爱而变得害羞，因为害羞而知道了羞耻，知道了羞耻，她的刀就会一点点变短，她的头发就会一天天长长……

　　当伊娃的崇拜者围着她高声朗读时，我装成聋子充耳不闻。老师同学，没有人敢报复伊娃的，正如没有人敢欺负伊娃一样——她是一个才女，而且是一个瘸子。

　　我为这篇狗屁的"大印象"恼火了一小会儿，很快也就平静下来了。我真的做出些羞答答的样子来，埋了头，不说话。我想，我拿伊娃没法，可我正可以报复陶陶啊。放学的时候，我拉了朱朱在校门外的水果摊上买鸭梨，陶陶脸色铁青地走过来。我故意对朱朱大声说，鸭梨好，包京生吃了化瘀血！

6

朱朱说，男人真可怕

　　包京生养病的地方，是刚由妇幼保健院改建而成的综合医院，崭新的塑料布上贴着崭新的招牌，几乎覆盖了整座楼房，就像农民的院落刚刚改成了度假村。但是铁门极为狭窄，锈迹斑斑，露出从前的寒碜，好比穿西装的民工还跋着一双烂草鞋。楼下的两间小屋挤满了来打乙肝疫苗、流感疫苗的母与子，到处都是女人的抱怨和婴儿的啼哭。楼上的房间腾出来做了住院部，我和朱朱推开一扇刚涂了绿漆的玻璃门，看见包京生正靠在一张铁床上翻人体大画册。床的上半截摇成了一面垂直的陡坡，把他的身子也折成了九十度，看起来活像正表演大变活人的魔术师。但是他的身躯如此庞大，以至于看起来要大变的不是活人，而是一头巨大的河马。我四处看看，病房里全是白颜色，白的床单、白的被子，还有白的桌椅和白的空调，感觉像是钻进了一座雪窟窿。空调里吹着风，不晓得是冷风还是热风，反正我想打哆嗦。

看见我和朱朱进来，那头河马一跃而起，兴奋得直往自己脸上扇耳光，大嘴里乱叫着，好姐们儿，活神仙……

朱朱咧嘴一笑，说，你才是活神仙，皮毛无损，倒躲到这儿来养得白白胖胖的。

包京生翻了翻眼白，跟着就往后倒，他说，姐们儿姐们儿，可不敢乱说。他指着额头、颈窝，还扯开衣服露出胸膛让我们看，这里那里，到处都贴满了臭烘烘的黑膏药。他说，昨天医生还在会诊，今儿上午还在输液，现在还头痛胸闷，亏了舅妈的老同学是外科的护士长，但愿争取保个不留后遗症。包京生说着，眼圈都红了。他说，我操，消息传进西藏去怎么得了！我爸我妈快七十的人了，哪受得了老师打学生。老来得子，从北京到拉萨，从拉萨到这儿，容易吗？就是来给他打的吗！我们已经写好诉状，就要递到法院里头去了。我四下看看，并没有见到他的舅舅舅妈，我就问，他们是不是已经到法院去了？包京生说，法院得缓缓，状子一式两份，舅妈拿了送报社，舅舅拿了去找律师。我点点头，这才明白为什么坐在病房里难受——听包京生说话，就像嘴里被他硬灌了多少冰块，让人冷得打哆嗦。我问他，住这么好的病房，一天多少钱？包京生做出很酷的样子，耸耸肩膀，说，谁知道多少钱呢？官司赢了，自然有人来买单。我又问，要是官司输了呢？包京生再次耸了耸肩，他说，姐们儿，走遍天下拗不过一个"理"字，我怎么就会输呢？蒋副校长昨天还托人来看过我，说代表学校给我赔不是。

我不相信包京生的话，我盯着他的嘴巴，不相信这张嘴里会吐得出真象牙。然而包京生的牙口真是好，他硬生生用牙齿咬开两听水蜜桃罐头让我们吃。罐头上留着包京生的牙印和口水，朱朱怎么也吃不下去，皱着眉头，一副小可怜的样子。我其实也恶心，可就把它当作包京生的肉吧，我恨恨地吞了个干净。包京生乐了，说出了院，一定请我和朱朱吃烧烤。我哼了一哼，说，你请烧烤，还不是阿利出钱。包京生就跟任主任似的挥挥手，把那些不光彩的事情都挥之脑后，他说，官司赢了，我就是有钱人了，我的还不是你的，你的还不是我的，我爸常说，四海之内皆兄弟。

朱朱甜甜一笑，说，陶陶、阿利也是你兄弟，对不对？

包京生就亲昵地骂声爹娘，说，我操！都请都请。

出了医院，天已经麻麻黑了。朱朱告诉我，包京生并没有撒谎，蒋副校长真的托人来过，还表示要坚决维护学生的合法权益。我问她怎么晓得的，她笑笑，说，班长毕竟是班长啊。

我骂了声"狗屁"，说，明明是浅水凼凼，为啥偏要把它搅浑呢？搅浑了，就能摸出一条大鱼来？

朱朱眨巴着湿漉漉的眼睛，她说，别发火，别发火，我最怕你发火，这跟我们有什么关系呢？她挽着我的胳膊往公交车站走。晚风吹来，街上的树叶哗哗地响，街上的纸屑沙沙地跑，行人都缩了脖子埋着脑袋，匆匆往家里赶去。前边有一只空易拉罐，我跨步上去，扬起脚哐当一声把它踢到了街中央。

朱朱叹口气，细声细气地说，你老是这样……没有男孩子会喜欢你的。

我咧嘴一笑，说，陶陶喜欢我，他说了他是死心塌地地喜欢我。

朱朱也勉强笑了一笑，说，谁说得清呢，男孩子的心思。

公交车来了，是朱朱的车。她还要啰唆什么，我用手托住她的腰，一下子就把她送了上去。朱朱的腰那么细，身子那么轻，活像一个纸折的人。她站在窗口边，不停地向我招手，我想，就跟他妈的生离死别似的，把我的鼻子也搞酸了。

那时候在我的心里，朱朱一直是个糊涂小女孩儿。她是被她的漂亮搞糊涂的，很多男孩儿追求她，她不知所措，一下子就傻了。上课的时候她把一张张求爱信都揉成纸团，下课的时候她再一张张打开抹平了，拿给我看。她细声细气地说，风子，怎么办呢？风子，我怎么办才好呢？我最烦她拿这种破事来问我。见我心烦，她的眼睛立刻眨巴眨巴着，湿漉漉的了。我的心就软了，我说，朱朱，你也是女孩子，只有被男孩子追得心花怒放的，哪有被追得惊慌失措的？你就先挑一个好上再说吧。她再眨巴眨巴眼睛，泪滴就浸出来了，她扭过身子，说，我就晓得你会这样说，你每次都是这样说。我把她的身子扳回来，我说，好，好，让这些情书见他妈的鬼吧。我就把这些纸片撕成了纸条，再撕成了碎屑。朱朱说，男人真可怕。

我就在心里嘀咕，可怜的男人啊。

朱朱曾经给我讲过，她家有好几个男人，爷爷、外公、爸爸、舅舅、伯父、叔叔、堂兄、堂弟……都硬朗，吃得饭，有力气。有一回外婆烧白油豆腐，油多了就不冒烟，外公夹了一块放到嘴里，烫得哇哇乱叫，隔着一张饭桌，他一拳就把外婆打了个四脚朝天。当时朱朱还只有五岁，吓得躲到桌子下面，连哭都不敢哭。朱朱现在给我讲起这件事，嘴皮都还在打哆嗦。她说，从那以后，看见妈妈烧白油豆腐，她心里就发慌，唯恐爸爸也给妈妈一家伙。好在白油豆腐至今没有出过事，可谁晓得明天会不会出呢？朱朱的爸爸是派出所的户籍警察，白天寡言少语，偶尔说两句，都是正经八百的大官话。晚上就不同了，后半夜回家，钥匙对不准钥匙孔，就咚咚地砸门板。朱朱去开门，总闻到呛人的酒气。他不洗澡，不脱衣服，不换拖鞋，踉踉跄跄径直进了卧室，就饿虎一般朝床上扑。朱朱的妈妈就算是一头狐狸精，也是无法撒娇无处可逃了，狐狸精一下子就成了兔子、老鼠、绵羊、白毛的猪儿，咩咩地叫和咩咩地哭，门没有关，木板床山摇地动。朱朱呢？朱朱说，我就缩在被窝里，恨不得把自己都缩得没有了。朱朱说这种事情的时候，我总是不插话。我从不把家里的事情说给别人听，就连陶陶我也不说。

我不懂什么叫作隐私权。我不说是觉得，这种事情给谁说了都是白说。

那个晚上，当朱朱的公交车驶去以后，我站在风中，忽然想到我有一天也会成为哪个男人的老婆吧，也许是陶陶，也许不是。不管是谁，我都要他永远不对我动手动脚地动粗，他应该爱护我，就像我会好好爱护他一样。我宁肯他比我弱，需要我，巴结我，离不开我，哪怕他是一个小男人，苍白、干巴，热起来浑身冒汗，冷起来浑身发抖，就像一只丧家犬。我要他对我好，如同朱朱那样对我好。当然，陶陶不会是朱朱，也不会是他的任何一个小兄弟，陶陶怎么会巴结我呢？

我忽然发现，我其实对陶陶晓得很少。朱朱也许说得对，谁说得清呢，男孩子的心思……是啊，我弄不明白，陶陶为什么要怕宋小豆呢？为什么要对包京生一忍再忍呢？我真是抠破头皮也弄不明白啊。当然反过来想想，陶陶可能觉得我也是一团糟或者一团谜吧。谁会相信呢，我们这两个看起来莽莽撞撞的男女，肚皮下还藏了那么多的花花肠子。

我的车也来了，是一辆崭新的大巴。它无声地滑行着，画满了广告的车身映着豪华的灯光，就像是载了一车的火焰在燃烧。车上的乘客不多，都靠窗坐着，把头扭向窗外。车朝着各自的家驶去。我是饥肠辘辘的，大家也都是饥肠辘辘的。但我想，我还是跟他们不一样，家里等待我的，只有他妈的一碗康师傅面霸 120 啊。

7

疲倦秀

接下来的几天，高二·一班风平浪静，而伊娃似乎也无所事事，课间也就听不到有人高声朗读她的大作。就像得到一个不怒自威的暗示，课堂上变得出奇地安静，就连那种空话连篇、专讲大道理的课，我们都做出了专心致志的样子。于是那上课的老师就得寸进尺，抖出了威风，把阿利正在偷偷翻阅的张柏芝写真集撕了个粉碎。张白痴！那老师一边撕着一边得意扬扬地说，难怪泡中的学生这么喜欢她，白痴！白痴！阿利忽地站了起来，但坐在他后边的陶陶一掌就把他按了下去。在高二·一班，谁都守着一条界线，不要对阿利过分。阿利已经习惯了这条界线，他站起来是因为他不知所措，既愤怒也很惊恐。老师听到背后风声吃紧，紧走了几步再转过身来，却什么也没有发现。同学们呵呵地笑起来，老师想说什么，下课铃已经响了。

后边一节是语文课，踏着铃声进来的却是宋小豆、任主任和蒋副校长。

我们平时都难得看见蒋副校长，因为他的办公室掩藏在校园的最里边，是一幢孤零零的小楼房，楼前楼后都植着肥大的芭蕉，墙上爬满了青色的藤蔓，就像休闲农庄的麻将馆。他矮小、结实，头发长，眉毛也长，而且都已经花白，年龄却才刚刚过了五十。他后背很厉害地驼着，粗短的手指要么夹着一根香烟，要么不停地梳理着自己的头发，头发上有很多油，这使他的手指也总是油光光的。他看起来总是很倦怠，也就更加有派头，很像从前那个人老心不老的日本首相，而不仅仅是我们合格中学的校长，何况还是副校长。不过，是蒋副校长坚持让师生们叫他蒋副校长的，因为自从老校长调到教育局当局长后，他就一直虚位等待着上级派人来。伊娃在一篇题为"副班长"的作文里写道：

我要是当上了副班长，我就要让同学们叫我伊副班长，而不是伊班长。一个"副"字叫出了我的谦逊，也叫出了我必欲去之的心头之痛啊。

我觉得很好笑，这可怜的瘸丫头，装神弄鬼，谁不晓得她又在说谁呢？被说的人只有认吃哑巴亏，你难道还能去对号入座吗？

宋小豆站在任主任和蒋副校长的中间，昂着头对同学们说，包京生和语文老师的纠纷已经捅到媒体，晚报、商报和早报的记者都已经来了，电视台的记者正在路上，如果不堵车，半个小时内也会到达。记者提出要采访一些当时在现场的同学，任主任和蒋副校长全力支持。事情弄得越清楚，越有利于解决问题，也越有利于维护泡中合格中学的声誉。愿意接受记者采访的同学请举手。

我们第一回听说有这种事情，一时又兴奋又不安，鬼鬼祟祟地你看我我看你，竟然没有一个人敢接招，教室里安静得真让人害怕。我转头望了一圈，正和阿利的眼睛对了光，我笑着跟他噘了噘嘴巴。可怜的阿利以为我在鼓励他，或者他也想报复写真集被撕碎的事情吧，要借机跑到记者面前出出气，于是做出心一横的样子，就把手举了起来。但环顾四周，竟没有一个同学响应，吓得阿利赶紧又把手缩了回去。但宋小豆已经微微一笑，点了阿利的名字。阿利的脸都白了，站起来抓耳挠腮，忸忸怩怩了半天，说，报告密斯宋，我肚子痛，要拉屎。

换在平时，早就全班大笑了，但今天是鸦雀无声。宋小豆用英语骂了一句"该死的"，一挥手，阿利就跟一颗子弹似的射了出去。

接着就是令人发窘的冷场。不过，我又想，也可能发窘的只是我一个人吧。站在台上的三个人似乎都很坦然，蒋副校长、任主任、宋小豆，就像在比赛彼此的耐心。台下的同学在打哈欠，窸窸窣窣地搓手掌、翻书本，老气横秋地长吁短叹。我觉得自己真是无聊，又真是可怜，我最怕尴尬的冷场，总是觉得自己有责任打破冷场，不然，一股气憋在肚皮里难受得不得了。我举起了手，就像战败的士兵终于举起了白旗。你晓得，这就是说我投降了，是不是？说实话我真傻，我根本不晓得投降的后果是什么。后来阿利告诉我，那时候全班都在耗内功，结果就数我一个人修为最肤浅。有什么办法呢？这就是我吧。

我举起手过了一小会儿，宋小豆才咕哝了一声我的名字，用的是英语，也可能是汉语，反正发音都是相同的，都带着吃惊和疑惑。她说，何——凤——？

任主任的眼睛已经炯炯发亮，她肯定认出了我曾经和她顶撞过，也断定我会站在包京生一边对付她的小侄儿。但是她不能阻止我，就大声重复着我的名字，把宋小豆的疑惑变成了严厉的呵斥，何凤！何凤！！这两个字被咬牙重读的时候，就特别接近"何风"或者"何锋"。不知为什么，我喜欢这样被人叫着。当时我真的很得意，我终于打破了死一样的沉寂，还把这个可怜的五十岁女人逼急了。

任主任没有想到，她的呵斥让蒋副校长的眼里也冒出了同样的光芒。蒋副校长再次把我的名字接过去，反复地念叨着，何风、何凤、何凤、何风……我们都很少听到他说话，正如我们很少和他见面一样。他总是坐在办公室对着麦克风发号施令，他的声音通过扩音器变得又尖又细，还带着嗡嗡的回音，让人听得心头发慌。当他面对面朝我们念出"何凤、何凤"的时候，他的嗓音竟然是浑圆的、有磁性的，而且还是慈祥的。他用粗短的手指梳理着花白的头发，嘴里叨唠着，何风、何凤、何凤、何风……解决师生间的纠纷，就该是和风细雨嘛，你去吧，啊？

任主任点不出自己的名单，但她需要表明自己的立场，她就说，叫班长也去。宋小豆伸手指了指朱朱，你去。任主任对朱朱推出微笑来，还走过去摸了摸她的头，说，好吧，就你们两个去，见见记者，也长长见识。

但蒋副校长也笑笑，把手一拦，说，宋老师，你也提个人选吧。宋小豆看都不看一眼陶陶，就念出两个字，陶陶。

我、朱朱还有陶陶，慢吞吞地站起来，跟着他们三个人走掉了。我回头看了一眼，可怜这丢下的满堂学生，谁再去理会他们呢？

记者们都在任主任办公室等着，几个人的年纪都小得可怜，男的是小白脸，女的结实得像树墩子。我们进去时，记者们正在打情骂俏，明明已经快到夏天了，一个男记者硬把手伸进女记者的后背"吃冰棍"，女的就嘎嘎直笑，回手抓住男的大腿使劲地拧。可怜的蒋副校长，看见了就像没看见，他拿出涵养来，说，记者同志们久等了，今天天气凉快，动一动正好热身子。记者们倒是不惊不诧的样子，自己拉了椅子围过来，掏出笔、本子和窃听器一样的录音机，做出很专业的样子来。我注意看着那个吃冰棍的女记者，她拼命把高腰牛仔衣下的一摞秋衣往里塞，结果弄成了踌躇满志的孕妇肚。

任主任已经用纸杯给他们泡了茶，蒋副校长再次给他们斟满了纯净水。宋小豆依然昂着头，看看记者又看看我们，严肃地用英语咕哝了一句，自己翻出来就是，是就是，不是就不是。她看着记者，你们随便问；再看看我们，你们也随便答。

我们三个学生坐下来，校方的三个大人却站在我们后边，活像那些港台剧里的保镖，背着手立在主人身后，表情又紧张又警觉。记者们推让一阵，那个吃冰棍的女人就像电视台《跨越东方》的女主持一样，耸耸肩膀，再摊开两个巴掌，率先提了问。我这是第一次和记者面对面，觉得这些可怜的记者确实愚蠢得让人鬼冒火，翻来覆去就会问，谁先动手？为什么动手？你觉得老师打学生对不对？除此之外，他们似乎就只能做出高深莫测的沉默来。麦麦德说，对付沉默的办法就是沉默。于是我就闭着嘴巴不说话，都让朱朱和陶陶去回答。

任主任把一只脚放在我椅子下边的横梁上不停地抖，就像麻将桌上苦撑危局的输家。我妈妈搓麻将最讨厌这种人，把他们的颤抖一概痛斥为"鸡爪疯"。我就晓得任主任快不行了，但她还想稳住我，稳住我，她就能和蒋副校长打个平手。我已经看出点儿苗头了，蒋副校长要重办她的侄儿，敲山震虎。而她在负隅顽抗，退不得，退一步就山崩地裂。我不晓得他们之间有什么狗屁的恩恩怨怨，我坐在那儿只是觉得十二万分焦躁。我冷眼看着他们，发现朱朱细声细气，陶陶含糊其词，说到他妈的紧要处，都老奸巨猾地躲躲闪闪。那吃冰棍的女人很不满意，终于使出了一剑封喉的招式，直接拿笔尖子戳着陶陶的面门问，说千道万，归根到底一句话，你说，这场斗殴，到底谁对谁错啊？

陶陶涨红了脸和脖子，回头去看宋小豆。宋小豆却不看陶陶，她嘴里飞快地咕哝了一句英语，但并没有译出来。蒋副校长喷出一口烟，对陶陶柔声开导着，斗殴结束以后——姑且就按记者老师的说法，把它叫作斗殴吧——老师和同学自己是怎么总结的呢？

任主任猛烈地咳了几声，却说不出话来，只是脚上加了劲，在我的椅子下死命地抖。

陶陶就使劲眨了眨眼睛，做出我不入地狱谁入地狱的样子，他说，老师说了，包京生再调皮，他还要打。

任主任一脚踢在我的屁股上，隔着一层木板，我也差点儿被震得跳了起来。不过，我事后想，可怜的我，大概也正想趁此机会跳起来吧，我是快要被他妈的憋爆了。

我说，屁话！

那个吃冰棍的女人吃了一大惊，接着就很老练地点点头，很有耐心地询问我，你认为是谁在说屁话啊？

我不理她，只伸出一根指头指着陶陶，重复说道，屁话！那个可怜的小任都被打蒙了，他说的屁话还能作什么数？

录音机和话筒突然都伸到了我嘴边上，我横手把这些家伙朝边上一荡，说，包京生肥得像一匹河马，老师撑死了也就是一条野狗，狗急了不过就是跳墙，借给他一百个胆子他也晓得什么东西不敢咬……我忽然觉得两眼发烫，才看清是强光打在了我的脸上，两台摄像机正对着我转呢。我一下子觉得很无聊，就像在草台班子里演了一出破烂戏，我坐下来打死也不再说一句话了。

电视台当晚就把这条新闻原汁原味地播出了。我没有看到。但才华横溢的伊娃却在她的《大印象》中再现了那个情景：

　　自从王志文主演《过把瘾》以来，疲倦美就成了女孩子给男人定下的新指针。昨晚何凤的扮酷，让我们重新找回了王志文本人已经消失的风采。当然，何凤是个女孩儿，但她不是常常装扮成一个男人吗？就像她总想成为何锋一样。她三言两语，颠倒了乾坤，改写了历史，然后对着镜头坐下来，看起来是累垮了，沉默不语，气喘吁吁。其实她心里在笑，她觉得自己的作秀真是帅呆了……

　　我真是哭笑不得。我告诉自己，伊娃说的那些屁话我虽然写不出来，倒也在我的预料之中，可我什么时候气喘吁吁了？我怎么又成了王志文了？那是个虚弱得连风都能吹倒的小可怜呢。

　　更为不妙的是，伊娃眼里的"气喘吁吁"，到了宋小豆那儿就成了"气势汹汹"了。第二天朱朱传她的话召我到办公室。朱朱皱紧了小眉头，瞪着我说，事情闹大了。她的样子，是有点儿怨恨我的。可我想，这有什么办法呢？就连我也常常怨恨自己的啊。我笑笑，说，小可怜，帮帮我，我该怎么办呢？

　　朱朱咬了咬嘴皮，说，这种事情谁敢多嘴多舌？陶陶看起来那么害怕密斯宋，可他也晓得阳奉阴违，遇到关键问题绕道走。只有你多英雄啊……朱朱说着，脸上浮出冷笑，声音却婆婆妈妈地哽咽起来，她说，我能帮你什么呢？你就把态度放老实些吧。

我记住了朱朱的话。我相信，在我的同学中，朱朱的对我好，是最没有私心的。陶陶对我好，是因为我是他的女朋友；阿利对我好，是因为我常常护着他；陶陶的小兄弟对我好，是因为我把他们当兄弟。只有朱朱的对我好，是不讲条件的，她就是对我好。我想，我是该听听朱朱的话啊。于是我垂着头走进英语老师的办公室，显出有一点儿悔恨的样子来。

我这是头一回聆听宋小豆的教诲，但奇怪的是，并没有我想象中的声色俱厉，她甚至表现得比我还要伤感和虚弱。她一边说着话，一边搓着纱巾的下摆，她的纱巾是黑色的，衬托得她的小脸更加苍白。她看着用石灰水新刷过的墙壁，墙上有一个狗急跳墙的浑蛋在上边踏下的脚印。

宋小豆说，我教了这么多年书，就没一个学生是成器的。学生多么骄傲，密斯宋再是对的也是错的。学生在课堂上闹翻了天，谁把你们压得下去谁就成了乌龟王八蛋！除了密斯宋，谁还在巴心巴肝地教学生？学生受了气，密斯宋撑着。学生反咬一口，伤口还是在密斯宋的身上……

　　我听得有些蒙了，我觉得宋小豆把所有事情都搞混了，把所有学生都当成了同一个学生，把真相当成了谎言，把谎言当成了诚实，把诚实的人当成了反咬一口的疯狗。宋小豆说，何凤啊，做事情不要那么气势汹汹。梁晨，哦，就是被你们捧成了伊娃的那个女生，她还是说得在理的，你是气势汹汹啊。现在，高二·一班的面子、泡桐树中学的面子，都被你毁了。我的面子，又算什么呢……宋小豆的脑袋软软地垂下去，靠在一只撑起的拳头上。她的独辫子跟毒蛇似的爬过她浑圆的背脊，闪着黝黑的光芒，她的背脊在令人难过地起伏，她看起来马上就要哭了。不过我晓得，她不会哭，她要是会哭那才好了，她会哭她就不是宋小豆了。我觉得她的话一点儿都没有道理，但是，看着她起伏的背脊，我仍然感到自己很可耻，因为我似乎做了一件很可怕的事情。我嗫嗫嚅嚅地问，密斯宋，那我应该怎么办呢？

　　宋小豆缓过气来，先说了一句英语，接着就拿汉语翻出来，她说，亡羊补牢，晓得是什么意思吗？

　　我说，就是羊儿跑了，赶紧把牢房修补好。

　　可怜的宋小豆慢慢把头抬起来，脸上浮出一丝冷冷的笑，她说，把牢房修补好干什么呢？

　　我本来是吃准了的，现在一下子全乱了。我揣摩着宋小豆的心思，说，是啊，干什么、干什么呢？是关押那个偷羊的小偷吧？

宋小豆的单眼皮抖了抖，把脸上的假笑全给抖了下去，她说，难怪伊娃说你最会作秀呢。

我想跟她辩解，我不是作秀，我是真他妈的只懂那么一点点啊；我也讨厌作秀，才把自己穿得像个大男人啊。可我咬紧了我的嘴巴，什么也没有说，可怜的密斯宋！

宋小豆艰难地也是悲哀地咕哝了一句英语，但没有把它翻译出来。我晓得不是"该死的"就是"滚出去"，我就一声不吭地走掉了。

我走回教室，径直走到伊娃跟前，我说，请你告诉我，亡羊补牢是什么意思呢？伊娃不动声色地瞅着我，鹰钩鼻子很邪气地抽了抽。我晓得她肚子里正在倒腾什么话，我抓起她摊在桌上的《大印象》，盯着她的嘴唇，就像在监督她可疑的唇语。我说，你就是在心里骂我一句作秀，我都把它撕个稀巴烂！

朱朱尖叫了一声，扑过来把我抱住。朱朱的尖叫就跟抽搐似的，她从后边抱住我，柔软的胸脯压住我的背一起一伏。陶陶站在几步之外，双手抄在裤兜里，很平静地观望着。有许多人慢慢围过来，带着嘲讽的表情看着我。对一个才女加瘸子动粗，当然是不得人心的。

不过伊娃倒是一点儿没生气，她说，我的千金，一泓浑水，你千万别蹚。什么亡羊补牢，就是一句屁话、一个马后炮，都由它去了。她顺手操起一本课本，可能就是英语书吧，也可能是语文书，她翻到一页有空白的地方，唰唰几笔画了一只猫头鹰，撕下来双手递给我。我接过来看了，那猫头鹰竟留着板寸头，穿着皮夹克，更妙的是它的两只眼睛，横着睁一只，竖着闭一只。我大笑起来，把《大印象》扔给了她。

后来我把猫头鹰送给了朱朱，朱朱抽搭一声，说，可怜的猫头鹰。

我心里发酸，朱朱也晓得，这世上是可怜的家伙太多了。

8

有刀子，就要敢捅出去

放学出了校门，我正要从背上把校服扒下来，朱朱把我的手拉住了。她说，你要是不去十三根泡桐树，就到我家吃晚饭吧。她的声音有些忸怩，眼皮耷下来，睫毛跟洋娃娃似的又长又浓又卷。我回头望望，没有看见陶陶，如果他就在附近，我是可以一眼看到他的。他和我都已经好久没有相互搭理过了，他上课再没有给我扔过纸团子，下课也没有跟我耳语一声到十三根泡桐树等他。我想他是被我伤透心了。我很想他能来和我说说话，可是他没有；我很想他放学的时候突然和我并排走在了一起，可是他也没有。从前我经常给陶陶说，那些哭哭啼啼赖着男人的小女子是贱货，那些故作清高给男人看的小女子是骚货。现在我却进退两难了，我想念陶陶，可我不想当贱货也不想当骚货啊。

今天一天我都在想这事情应该怎么办。上地理课的时候，老师捧着一个巨大的地球仪在座位之间的走道上走过来走过去，地球仪得意扬扬地旋转着，老师的样子像个卖狗皮膏药的江湖郎中。忽然老师把我叫起来，问那块面对我的大陆是什么。我正在回想我和陶陶有过的美好时光，他在我的幻觉里抱着篮球往篮板飞跑，裁判尖叫"犯规"，我大喊"加油"，他的长腿一跃一跳……地理老师加重了语气，你说，是什么？

我说，火腿。

这可怜的老师第一个笑起来，笑得捶胸顿脚，他说，好耍！好耍！泡桐树中学的学生真好耍！他故意夸张得喘不过气来，说，南美洲真成了大火腿，我们都去咬一口！他还真的嘟起嘴巴，在地球仪上"吧"地亲了一个大肥吻。满堂都是欢声笑语，大家又拍桌子又拍手，气氛热烈得不得了。在我们泡桐树中学，就是这些宝贝最受学生欢迎。老师装疯卖傻，趁着我还糊涂着，口头宣布颁给我一个"最佳创意奖"。

我心里呸了一口，妈的，这就是我亲爱的老师。

我站在校门口跟朱朱说，我要去十三根泡桐树。我不是为了等陶陶，我只是想在那儿站一站。朱朱说，我可以陪着你吗？我摇了摇头，丢下她走了。但是我没有再把校服扒下来，我的校服是特大号的，陶陶的校服也是特大号的。包京生的校服根本就没法穿，只能藏在里边当内衣，算是意思意思吧。我们的校服上半截红，下半截白，前胸后背都印着PTSZX，走在路上行人指指点点，还以为是什么了不起的名牌学校呢。其实，我常常在心里冲他们回答，狗屁不是，只是泡桐树中学的拼音缩写罢了。只有那些一中、文庙中学或者外语学校的校服上，才敢行不改名、坐不改姓地印上汉字全名。我们算什么东西！我今天算是破了例，就穿着校服靠在十三根泡桐树上。也许是因为朱朱把我拉住了，才没有来得及脱了它吧，也许是我忽然就喜欢它了吧，谁晓得呢。我靠着十三根泡桐树，看着穿校服的男孩儿女孩儿在暮色中叽叽喳喳地散开去，他们的步子一跳一跃，看起来就像鸟儿张了翅膀想往天上飞。天已经黑了，路灯慢吞吞地亮了，灯光洒在他们身上，洒在我身上，就跟下了一层霜似的。

陶陶是喜欢穿校服的，我觉得陶陶要比我诚实。有什么不得了呢？是泡中的就是泡中的。现在，我就穿着泡中的校服站在十三根泡桐树下，我和陶陶的联系不就剩下这相同的校服了吗？从这天起，我就和陶陶一样，天天校服不离身了。

我自然是在想念着陶陶的，我怎么会不想念他呢？记得有一天晚上，他骑车带我到一家东京料理店吃肥肠酸辣粉。服务小姐们真搞笑，个个套着和服，趿着木屐，"哈依哈依"地哈着腰，卖的东西却是地道的四川味。我把肥肠和大蒜都夹给了陶陶，作为回报，他把鲜红的辣椒都夹给了我。辣椒跟密密麻麻的小刀子似的，刺痛着我的口腔、嗓子和胃，我喘着气，满头大汗，辣得不行了。陶陶还在大口大口地嚼着，把最后一口汤都喝完了，还把我的汤也喝完了。我说，陶陶，给我一根烟。他就递给我一根红塔山，还给我点上了火。我把烟雾全喷在了陶陶的脸上，他的脸就跟大山包一样，起伏着肉墩墩的鼻子、嘴唇、眼窝，烟雾在它们中间缭绕。他乐了，就隔着桌子，用冒着肥肠味和大蒜味的嘴巴在我糊满了辣椒油的嘴巴上，"吧"地亲了一大口。

忽然从周围传来一片嘘声，就跟观众看小品演砸了似的。我和陶陶把店堂扫视一圈，才看清这里全坐着穿文庙中学校服的孩子们。可怜的陶陶，他竟然懵懵懂懂把我拉到文庙中学的地盘上来了。文庙中学是乖孩子的学校，是我们这座西部城市里名牌中的名牌。你一定晓得的，所有名牌学校的乖孩子都长得粉嘟嘟的，就像正要放进烤箱的面包和吐司。那些乖孩子喝了豆浆是要去上晚自习的，人人怀里都搂着一本砖头厚的参考书。看了陶陶和我亲嘴，他们都伸长了细脖子，就像长颈鹿一齐瞅着栏杆外边的游人。

我忽然觉得倒了大胃口，说，陶陶，我们走吧。我们刚刚走到门口，店里就哄堂大笑，如同财主的儿女在哄赶两只麻雀。我和陶陶同时转过身去，那些乖孩子还在不住地乐着，他们还以为是在吃一道大餐呢。有一个戴了眼镜、墩头墩脑的家伙用脚钩住足球兜圈子，一边大声念出陶陶校服上的字母，P！T！S！Z！X！哈哈哈！

陶陶嘴里叼着烟，恨恨地吸一口，朝那家伙走过去。地上有一摊红油，陶陶的陆战靴踩在上边，趔趄了一下，店堂里自然又是嘘声。但陶陶借此向前一滑，刚刚够着对方。那家伙说，你想干什么？他忽地站起来，但陶陶双手压住他的两肩，忽地把他按下去。他喊一声，这是在文庙中学门口！你这小痞子！

陶陶说，妈的×！老子就爱你这文庙中学的小杂种！

陶陶衔住烟头往他额头上一吻，那家伙四肢乱颤，却叫不出声来。陶陶卡住了他的脖子，不要命地卡，眼镜从他的鼻梁上滑下来，陶陶一脚把它踏得粉碎。乖孩子们发了一声吼，要冲过来救人。

我在餐桌上抓了一只啤酒瓶，在桌沿边一磕，就成了杀人的利器。我挥着破瓶子在陶陶身边不住地打转，我说，妈的×！想出力的，想出血的，都来吧。那墩头墩脑的家伙被卡得眼睛翻白，嘴角堆满了白泡子。乖孩子们看傻了眼，却没一个人敢上前。一个戴圆眼镜的女生说了一句英语，这是宋小豆经常挂在嘴边的话，大概就是，噢，上帝！她接着又说，吓死我了，打110吧？我走上去，反手就给了她一耳光。上帝？宋小豆和她各有各的上帝，谁救得了谁呢？她跌倒在地上，圆眼镜滚了几滚，居然没有摔碎。她呜呜地哭着，可她的同学没有一个人敢来碰碰我。当我们再次走到门口时，后边安静得就像坐着的全是死人。

捷安特骑出老远，我问了第一句话，陶陶，那家伙真卡死了怎么办？

陶陶吭哧吭哧把自行车蹬上立交桥，再飞快地在车水马龙中穿花一样冲下去。强烈的车灯照得我眼花缭乱，大车小车都在拼命按喇叭。陶陶的声音从喇叭中穿出来，跟冷冷的刀子似的。他说，上小学第一天，爸爸就教育我，软的怕硬的，硬的怕呆的，呆的怕不要命的。手里拿了刀子，就要敢于捅出去，做什么事情都要想后果，你就什么事情都做不成。

这话很可怕，我听得默默无语。那天我从晚上想到天亮，这话的确很可怕，可它千真万确是真理啊。

不过陶陶还是很少打架的，至少我很少看到他出手。熟悉他和不熟悉他的人，看到他动了怒，就晓得他是那种会发狠的人，有气力，专往死里打，如果操起一块砖，他就要朝人的脑瓜上砸。很少有人来惹他，他也就乐得把手抄在裤兜里。我伤感地想到，他就是这样养白了，养胖了，婆婆妈妈了，女人肚肠了，变得让我越来越看不明白了。

是的，我想，陶陶也是伤透了我的心的。他和地理老师一样，是在装疯卖傻，或者装聋卖哑吧。我是冷落过他，骂过他，可我从前也常常这么做啊。有一次，高二·一班全体去春游，陶陶仗着喝了几罐啤酒，就在草地上撩开伊娃的长裙去摸她的瘸腿。伊娃呻吟一声，脸颊潮红起来，却虚了眼睛，一点儿也不阻止他。我气得嘴唇都白了，抱住陶陶的手腕就咬一口，一直咬到嘴里有了血腥味。连着几天陶陶都把手腕伸给别人看，说，真是他妈的母老虎啊！他摆出大丈夫乐颠颠的样子来，向别人炫耀自家老婆如何地有醋劲。但是，现在出了一个包京生，就把他和我弄成了陌生人！我想着这些，真是想得很难过，想得很累，也想不清楚为什么会出这么多的破事情。

街上越来越冷清了，下班、放学的高峰早已经过去了。我就靠着十三根泡桐树，差不多就要睡着了。我梦见几条冰凉的毛毛虫爬上了自己的脸，在脸上、额上，还有密密实实的板寸上轻轻地爬。我睁开眼睛，看见是朱朱拿手在我头上摸呢。

我在街对面陪了你好久了，朱朱柔声说，跟我走吧。唉，跟我走吧，他是不会来的了。

9
哪一幢楼是鼓楼?

像朱朱这样的女孩子，小小巧巧、细声细气，用你们文绉绉的话来说，就是可以盈盈一握的了。可是，你舍得一握吗？一握就碎了，你甚至舍不得摸一摸，只怕一摸就没了。朱朱邀请过我好多次了，我还是第一次去她的家。我没有去，是因为我不能回请她。东郊的跃进坊，一去就要泄露天机，破旧的红砖楼，如何是豪华的将军府？！

朱朱的家住在鼓楼南街，市中心的一个僻静处，就像朱朱在乱哄哄的泡中，是安静的一小点。鼓楼南街是一片青砖瓦屋，街道很狭窄，路灯也很昏暗，无论白天黑夜，老槐树的影子都大块大块地铺下来，浓得像泼了一地的墨。古时候这儿是有一幢鼓楼的，现在是听不到鼓声了。没有鼓声，反而让路人指指点点，猜测哪一幢楼才是从前真正的鼓楼。这几条街巷里，有好多拔地而起的小楼，跟碉堡或者烟囱差不多，天晓得里边是不是藏着一口大鼓呢？今天的人总喜欢给自己造谜语，好比古代的皇帝爱给自己造迷宫。报纸上说，考古队一直在找大鼓，现在已经找到了一对鼓槌。谁晓得呢，真的假的，是不是又在炒作？朱朱说，从来就没有见过什么考古队。

朱朱的家在一幢小楼的第二层，楼梯在黑暗中弯弯曲曲，怯生生向上伸展，一进了楼道就觉得又冷又湿。我响亮地打着喷嚏，有两只小小的黄灯泡应声亮了，屁亮屁亮的。朱朱握住我的手，她的小手那么温暖、柔和。她显得很不好意思，她说，比不上你们家，你就当是体验平民生活吧。我的脸忽然烧得厉害，幸好灯光暗淡，嘴里支支吾吾，没有让朱朱看出来。我坦然地撒了几年的将军谎，这一回听到朱朱这么说，竟像被她啐了一脸的唾沫呢。

到了朱朱家门口，一个老妇人迎出来拉住朱朱的手，眼睛都湿了，那样子就像是劫后余生、战后重逢。我猜测这是朱朱的外祖母，正要叫婆婆好，朱朱说，妈妈，这是我同桌的何凤，我最要好的同学。你看她像不像假小子啊？板寸、牛仔、靴子，人家侠骨柔肠呢，好多次路上有小流氓欺负我，都是何凤把他们赶跑的。朱朱挥了挥秀气的小拳头，把她妈妈的眼泪一下子都挥出来了。

朱朱的妈妈泪眼婆娑，转过来盯着我，泪珠子噗噗地掉了几颗在手背上，却是说不出一句话来。我也睁大了眼睛，是真正地傻了眼。

朱朱的爸爸也出来了，他自然也是一个老人，而且和老伴就像是孪生姐妹，慈眉善目的老太婆样子，一点儿不像喝了酒在老婆床上撒野的前警察。他搓着手，不住地说，朱朱朱朱，请同学上桌子吧。

说实话，我那时候还没有从傻乎乎的状态中醒来呢。是不是有个成语叫如在梦中？如果有，我真的就是如在梦中呢。谁会相信朱朱撒谎啊，可她说起我的英勇事迹朴素得就像是轻描淡写。谁又会不相信她撒谎呢？她这个父亲难道真是一个醉醺醺的虐待狂？

到现在为止，我对朱朱也没能完全猜透。是的，是猜谜语的猜。看起来最简单的数学题，恐怕也是最难解的吧，不是说 $1+1=2$ 现在都没有被证明吗？朱朱就是这样的女孩子，她被证明的次数越多，疑点就越多。证明她干什么呢？$1+1=2$ 的结论我们不是一直都在用着吗？对于朱朱，我晓得她是真心对我好就可以了。朱朱不喜欢男孩子，爸爸虐待妈妈，外公怒打外婆，只不过是她可以讲出来的几个理由罢了。讲不出来的理由，她讲不出来，我又如何讲得出来呢？对，我现在就是这么认为的。当时？当时我如在梦中，我没有什么认为，真的，那一年我们才十八岁啊。

我和朱朱一家开始很安静地吃饭。白色的小圆桌上有一盆连锅汤，是萝卜煮肉片，还有一品碗生焖油菜薹、一盘西红柿炒嫩蛋。朱朱的爸爸说，西红柿炒嫩蛋是朱朱天天都要吃的。她妈妈用一个木勺给我舀了好多萝卜和肉，肉有巴掌大，却薄得半透明，一半瘦一半肥，我嚼在嘴里就跟嚼豆腐似的，不晓得嚼了多少片。朱朱说，你已经吃了三碗饭了，现在只能喝汤。我就喝了两碗汤，那汤是烫烫的，烫得我的肠子发出很舒服的疼痛来。朱朱就再把西红柿炒嫩蛋推到我面前，说，都吃了吧。我忍住不露出馋相，结果还是呼噜噜地吞了下去，忘了味道，只记得和豆腐脑差不多，大概是多了一些酸酸的余味吧。

撤了桌子，朱朱把我拉进她的屋里。她笑我吃得真专注，一顿饭连一句话都没有说。我跟个尴尬的男人似的，抠抠头皮，还真想不起自己说了些什么了。是了，是自己肚子里装的方便面太多了吧，馋得那个狗熊样。我就说，小时候爸爸就教过我，去别人家做客，吃得越多，主人就越高兴，你就越礼貌。

朱朱说，到底是将军，多爽快啊。你爸爸的部队到底在哪儿呢？

这是我早就想好了的，我说，他从土耳其回来了，在南线，95968 部队。

朱朱随口又问，做什么呢？

这问题就连陶陶都问过，我的回答也是千篇一律的，我说，部队长。提问的人就都住了口，这个回答是神秘的，也是靠得住的，因为它是绝对的军事化。提问的人不是要把我问倒，而是要拿我去炫耀，这就已经很够了。部队长，还有比部队长更说明问题的吗？

但是，朱朱并不就此打住，她说，我能去你家玩吗？

这样的请求我从来都是拒绝的，然而此时此地，刚刚大吃了一顿朱朱，叫我如何说得出"不"字来？我忽然觉得喉头发痒，就猛烈地咳嗽起来，咳得按住胸口，咳得泪眼模糊，连气都要喘不过来了。在那一瞬间，我确实闪过一丝念头，也许我根本就小看了朱朱，她的心机、狡黠、对火候的把握，还有对学校那些狗屁事情的洞悉，哪是我比得上的？我借着拿袖子揩眼睛的工夫，偷偷觑了她一眼，她的样子却又那么楚楚可怜：单纯、无辜，小嘴巴翘着，满是期待地望着我。我忽然又觉得自己卑鄙，小人之心，冤枉了这个水一样的真的需要我来保护的小女孩儿。

我说，等我爸爸回来，我接你去玩。

她怯怯地问，他会喜欢我吗？

我站起来，在屋子里踱着步子，陆战靴在地板上橐橐地响，我似乎是真有了一点儿将军的派头。地板上的红漆已经剥落了，但擦洗得干干净净。朱朱家只有两间屋子，所有的家具也都擦得干干净净的，每一件东西，桌椅、沙发、茶杯、镜框、窗帘，还有窗台上的一盆素心兰，都跟可怜的朱朱似的，精巧、温和，散发着谦逊的、亲切的光芒。朱朱坐在沙发上，她脱了外套，穿着薄薄的黑色羊绒衫，像怕冷似的，把两只小手伸到嘴边轻轻地呵。我惊讶地发现，精巧的朱朱，她的胸脯竟是那么饱满，就像毛衣下边塞了两只兔崽子，不知什么时候长大了，长肥了，长得都快蹦蹦跳跳了。我看得有些出神，朱朱却浑然不觉，只是很安静地等待着我的回答。可我在那一小会儿里忽然忘记朱朱问了什么了，只是觉得自己他妈的有几分焦躁呢。

可怜的朱朱把问题又重复了一遍，她说，你爸爸会喜欢我吗？

我回过神来，把手一挥，说，谁不喜欢你呢！谁都会喜欢你的啊。

朱朱抿嘴一笑，像是放了心。她又说，你爸爸就跟你一样高大、英俊吧，而且还那么年轻？

我顺口就嗯了一声，其实我心里在想，狗屁，我爸爸是农村长大的孩子，营养不良，头发稀疏，入伍的时候只有一把插了刺刀的步枪高。家里最强壮的要数我妈妈，强壮得像一匹直立行走的河套马，是典型的东北种，能够扛着煤气罐穿过一条街坊不喘气。朱朱又叹息了一口，完全像电影里那些小美人幽幽的叹息。她说，我从来没见过爸爸妈妈年轻的样子，我记事的时候，他们就开始老了。

我笑着说，就算老了，可你爸爸还是有气力折磨你妈妈啊。

朱朱瘪瘪嘴，说，所以你才应该相信，男人都是臭男人啊。

我脱口而出，你是他们捡来的吧？话一出口，我就后悔了，无论对谁，这都是一个混账的问题呀。

不过，朱朱却浅浅地一笑，她说，不，我哪是捡来的，我是他们的老来子。妈妈当了一辈子小学老师，爸爸当了一辈子户籍警察，都退休了，还把我当成一个小学生或者小盲流。

我怕朱朱还有啰里啰唆的问题没完没了，比如我爸爸手下有多少兵，我妈妈又在做什么……那岂不是要穿帮？我就抢先拿话把她堵回去，我说，我明天想请陶陶去吃麦当劳，你说他会去吗？

朱朱说，他不会去的。

她说得这么平静、这么不假思索，就让我有些发蒙了。我说，要是我叫上你、阿利，再加几个小兄弟，他会去吗？

朱朱说，他还是不会去的。

我发觉自己的鼻子一下子就酸了，我说，那为什么呀？

朱朱盯着我看了一小会儿，把头转向窗外。她说，我也说不清，事情越弄越复杂了，也许，就是陶陶没有你那么愚蠢吧。朱朱的眼里水光闪闪。我忽然觉得难受得要死，就把书包往背上一背，说，我要走了，太晚了。

朱朱说，太晚了，公交车已经收车了，到处都不安全，你就住这儿吧，跟我挤一个被窝。她耷下眼皮，露出长长的睫毛和那种完全不抱希望的挽留。我最见不得她这个鬼样子，弄得我也要婆婆妈妈了。我说，我打的，非走不可，爸爸今晚要和我通电话。

朱朱居然没有送我。陆战靴的声音在昏暗的楼梯上响得夸张而长久。到了楼下，我反手从书包里掏出刀子来，就是那把十八岁生日时陶陶送我的猎刀。我把猎刀抽出刀鞘，嚓的一响，刀刃在黑暗中发出好闻的金属味，就像是冷冷的花香。我就将它反手握紧了，笼在袖子里，朝着自己的家走回去。

我有时把刀子带在身上，有时则不带。带刀子的念头，往往是临时产生的。比如要出门了，觉得书包太轻了，没有分量，我就放一把刀子进去压书包。反正刀子就在枕头底下，要取是太方便。报纸上老在批评学生的书包太重了，我的书包太轻，岂不是怪怪的？

街上有风，还飘着小雨，老槐树的细叶子像雪花似的飞个不停。我把几个口袋都掏了一遍，只凑够了两元三毛五分钱。我想，我只有这些钱了，我无法打的。妈妈已经走了二十多天了，她留给我的康师傅面霸 120 三天前就已经吃完了，她留给我的钱也就剩下这两元三毛五分了。我估计妈妈快要回来了，她说这一次的生意做成了，我们就有一大笔钱了，就成了有钱人了。谁晓得呢，妈妈就是这么说的。可我现在得一步步地走回东郊的跃进坊。从鼓楼南街步行到十三根泡桐树需要二十分钟，公交车从十三根泡桐树行驶到跃进坊需要半小时。我把衣领竖起来，很有耐心地走回去。虽然冷风在吹着，我却走得越来越暖和，捏着刀把的手还出了毛毛汗。我在心里回忆着麦麦德，这样我就可以不再去想陶陶。有一回麦麦德打了败仗，在沙漠边缘走了三天三夜也没有死。朋友找到他，麦麦德说，瞧，我成了一匹骆驼了。

　　沙漠中的骆驼是不死的。这可怜的麦麦德。

10
放开我的耳朵

　　任主任的侄儿重返讲台，又给我们高二·一班上课了。他留在现场的那一句傻话，被我的一句话给冲刷干净了。全城观众都在电视里看到了我为小任做的辩护，包京生稳操胜券的态势就被瓦解了。当然，我没有看到电视，因为我基本上不看电视。也只有我才没有弄明白，包京生的失败，也连带着蒋副校长和宋小豆的失算。这都是后话了，我是后来才晓得的。

　　我看着小任重新出现在讲台上，我想这一回我总算吃准了，他千真万确是应该姓任的，他长得虽然不像他姑妈，可他也有着一副宽阔的、有派头的下巴啊。过去我们除了宋小豆，很少管老师姓什么，就跟我们不管他讲些什么一样。老师在台上，我们在台下，我们之间就这么点儿关系。现在，我弄清了这个倒霉的家伙是姓任的，而不仅仅是小人。可他真是白长了那副有派头的下巴了，甚至他那点儿肝火也让包京生完全给弄没了，他变成了一个好心肠的小男人。关于包京生打他的事情，他只字不提，对于他近期的去向不明，也没有做任何的解释，好像什么事情都没有发生过。他在课本上随便翻到一个地方，拿椒盐普通话朗读一通，zi/zhi 不分，e/o 通用，就叽里咕哝地讲解开了。好在他讲的什么，我们也不大明白，反正我们一般都是不听讲的。小任背对着前边的一块黑板，眼望着后边的一块黑板，就像是被夹在两块黑板中间的小狗熊，在自言自语呢。

后边的黑板是我们高二·一班的墙报，上边有朱朱带人从什么鬼地方抄来的文章，标题大得吓人：《人有七种尴尬，狗有八种味道》《和平号空间站发现老鼠屎》《母猪的全身都是宝》……我问朱朱，你怎么就对这些狗屁东西感兴趣呢？朱朱说，我热爱动物，因为动物知恩必报，而人都是没心没肺的东西。我就笑得想拧她的脸，这可怜的朱朱啊。

伊娃在《大印象》中透露说，任老师年方二十三岁，西南师大中文系肄业，现在在泡中执教尚属试用阶段。课间休息的时候，我就去请教伊娃什么是肄业。伊娃耸耸肩膀，说，怎么跟你说呢，就是没有驾照却在开车，没有厨师资格却在炒菜，没穿警服却在抓人，没有钢枪却在保家卫国……

我听得似懂非懂，可还是不明白肄业到底是怎么一回事。恰好陶陶就坐在伊娃边上翻她的《大印象》，我从没见过他这么专注地阅读什么东西，时而把眉头拧紧了，时而又在傻乎乎地笑。我就问，陶陶，你给我说说什么叫肄业？我叫了三遍，他才大吃一惊，就跟偷情突然被抓住了似的。他的眼睛都瞪圆了，他的样子充满了愤怒，冲着我吼道，肄业个 ×！他肄业干你屁事！

可实际上陶陶并没有这么做，他这么做就对了，我想要的，就是他还能像从前那样朝我大发雷霆。你瞧，女孩子是多么地可怜啊，就连我这样侠骨柔肠的东西，都生怕自己喜欢的男孩子不朝我大吼大叫的。是的，他只是冷冷地看了看我，用眼睛把那些话说了出来，然后又埋头读起了《大印象》。我看看伊娃，伊娃对我笑笑，跟那个吃冰棍的女记者一样，耸耸肩膀，摊开双手，似乎是无奈、同情，或者是抱歉，但更像是春风得意呢。

我的心慢慢变得毒辣了，是啊，伊娃为什么要对我抱歉呢？陶陶就坐在她的身边，明明是一个魁梧雄壮的大男孩儿，却偏偏小鸟依人似的崇拜她、依赖她，用她的《大印象》为自己一点点地减肥，减成一个不男不女的狗屁东西。

我不晓得从哪里涌起一股无名怒火，我说，谢谢你，你这个鹰钩鼻子！我明白了肄业就是跟你一样，明明是他妈的瘸子，却没有去残疾人的学校！

我说完这话，就居高临下地盯着伊娃，盯着她的鹰钩鼻子、鼻子两边的雀斑和豆子大的眼睛，我要看她能不能朝我跳起来，啐我，咬我，把我活生生地吃下去。不过，可怜的伊娃当然是跳不起来的，因为她千真万确是一个瘫子啊。她也死死地盯着我，眼睛活像是两把小刀子，先是仇恨，然后变成轻蔑。但我的眼睛迎着她的眼睛，一点儿也没有退让。于是她的眼睛最终就挤成了一条缝，成了一个贵妇人怜悯一条狗似的微笑，她说，可怜的何风啊，何风……

然而我什么也不说，还是那么死死地盯着她。我记得，有一次英雄麦麦德被官军捕获，他就是这么一言不发地盯着对手的。麦麦德说过一句话，勇敢的人他的眼睛也成了刀子，怯懦的人他的刀子也成了狗屎。伊娃就好像听到了我的心声一样，她终于埋了头，用双手捧住自己的脸，哇哇地哭了起来。她哭得又丑又难听，就像屋顶上的一只笨猫在哇哇乱叫。

我暗暗惊诧，我从没有想到，一个聪明绝伦的女孩儿会用这种猫腔来哭泣。

好多人都围了上来劝慰伊娃，哄她，夸奖她，拍她的肩膀，并且用谴责的眼光看着我。我把双手抱在胸前，依然沉默着。伊娃还在抽抽搭搭，泪水从她的指缝间滑下来，如同清鼻涕挂在老太婆的鼻尖上。

朱朱捏住我的胳膊，她说，给伊娃道个歉吧，道个歉就什么都算了。

我一掌把朱朱掀开，桌椅跟关节折断似的喀喀作响，朱朱倒在丢满纸屑的走道上。我依然把双手抱在胸前，我想，现在是该陶陶跳起来了。但是，陶陶没有跳起来，而朱朱也没有哭。事后我想，如果陶陶跳起来，如果朱朱号啕大哭，我根本不晓得该怎么办。如果陶陶扇我的耳光，我会豁出命去跟他打吗？如果朱朱大哭，我立刻就会成为人人喊打的老鼠，几十个拳头打过来，我又该如何？好在这一切都没有发生。阿利把朱朱从地上拉起来，朱朱笑笑，说，这疯子又犯毛病了。朱朱用更温和的方式拉住我的胳膊，把我拉走了。

但是，当上课铃声再次响起的时候，陶陶没有回到自己的座位上，他从此就留在了伊娃的身边。伊娃从前的同桌乖乖地和陶陶交换了场地。下午放学，伊娃坐在了捷安特的后座上，陶陶嘴里在哼一支歌。我向朱朱发誓说，过去从没有听到陶陶哼过歌，他是一搭腔就要跑调的，现在他居然哼起歌来了！

朱朱细声细气地对我说，陶陶爱上伊娃了。

我呸了一口，我说，陶陶是太过分了。可怜的伊娃，她不晓得陶陶是在耍她，他想看到我为他掉眼泪呢。

朱朱说，为什么陶陶就不能爱伊娃呢？

我哼了一声，反问她，陶陶会去爱一个瘸子吗？

但朱朱也哼了一声，轻轻地，像是善意的微笑，就跟和我商量什么问题似的。她说，也许，陶陶爱的就是那根瘸腿吧？

我觉得朱朱才真的是疯了。

包京生也来上学了。他背着一只假冒伪劣的阿迪达斯大口袋，跟个地质学家似的，看起来健康、红润，而且红中带着阳光照射的黧黑，一点儿不像是从医院出来的，更像是去海南或者云南的野外度了一个长假。在校服的外边，他披了一件据说在北京大院里正时兴的对襟褂，脚上套着一双老布鞋，这使他巨大的身躯显得有点儿头重脚轻了，成语里怎么说的，是巍巍高耸，也是危如累卵吧？

上午最后一节课是体育，天上正在下雨，是那种春末夏初黑黢黢的小雨，裹着灰尘和泥浆，寒冷又阴暗。因为下雨，体育课改成了自习课。操场上空无一人，泥浆从树叶上滴下来，脏得有点儿刺鼻。黄泥跑道成了绵渍渍的乡间小路，几只瘪了气的足球撂在路上无人过问。从三楼高二·一班的教室望下去，学校就像是一座荒凉的村庄。有些同学跑到楼道里跳绳，打羽毛球，下克朗棋，或者就是打情骂俏。包京生留在教室里，真跟变戏法似的，从书包里掏出了一大堆芒果，连声邀请同学们，吃吧吃吧都吃点儿吧……他显得慷慨、侠义、乐善好施，也绝口不提老师打学生的事情了。

除了朱朱怕麻烦，几乎所有同学都吃了他的芒果。芒果已经熟透了，蜡黄色的果皮染上了接近腐烂的酒红，把皮撕开，就散发出陈年的酒味。芒果自然是不够的，大家就分着吃，你咬一口，我咬一口。陶陶抓了最大的一个递给伊娃，伊娃吃了一半，再送回陶陶手上，陶陶呼噜噜地啃着，像啃着一根瘸腿。我气得发昏，恨不得把芒果皮贴膏药似的贴在他们的鸟嘴上。可我又悲哀地想，我是多么可怜，也只能想想罢了，我要是一贴，还不把她和陶陶真的贴在一块了？！最后，我和大家一样，把黏糊糊的果核、果皮扔得到处都是。我扔的时候，就真像是把心头恶心的东西都扔了出去。

然而，吃下去的芒果味道发腻，已经在我的肚子里翻腾起来，说不出的难过、恶心，不断有发呕的感觉涌上来。包京生朝我走过来，他笑着说，姐们儿，还行吧？

我的肠胃在翻腾，脸上在冒虚汗，脸色也一定是煞白的，我说，还行吧，不吃白不吃。

包京生凑近我的耳根，笑得更加惬意了，牙齿却是咬得更紧了，他说，操，姐们儿，怕也没用，你还欠我一笔债呢。

我捂住胃，把一口涌上来的酸水强压下去，酸水于是变成泪水从眼眶里分泌出来，搞得我小女人似的一片泪眼模糊，想说什么，却说不出来。

包京生的声音忽然显得有些惊讶，惊讶得都有点儿温柔了，他说，我他妈真是瞎了眼。我听见包京生呸了自己一口，他说，姐们儿，我包京生今儿试是开了眼了，你这模样多招人疼啊。他把手放在我的板寸上摸了摸，说，真舒服呢。

我眼前发黑，差点儿就要昏死过去，好在我硬了硬，扶着墙壁摸出了教室。我想上厕所，可一到走廊上就再也支持不住了，身子一弯，哇哇大吐起来。不过，我的胃里又有什么好吐的呢？除了那点儿散着酒糟味的芒果，就只有又苦又涩的胆汁了。我想起妈妈说过的话，比挨打还难受的，就是呕吐到最后一关，把黄胆都吐出来了。除了这些黄色的胆汁，我的胃里是什么也没有了。这么多天，我除了中午凭餐券在学校就餐，早饭和晚饭都只有一碗水。妈妈还没有回来，但愿她不要遭了劫匪，或者被拐卖到内蒙做了哪家的媳妇了。我的脑子有一小会儿浮现出妈妈的样子，在她那个年龄，她还算是很有点儿风情的呢，起码比任主任要有姿色吧。然而她一去不回，我口袋里就只有那两元三毛五分钱了。真要谢谢包京生的臭芒果败了我的胃口，我想我至少得患三天厌食症了。我的胃壁在痛苦不堪地抽搐，吐出来的东西却还没有我的眼泪和鼻涕多。

包京生跟出来，蹲在我的身边，他一边抚摸我的板寸头，一边柔声说，今晚我请你去泡吧。

我说，我泡你妈。可是我有气无力，发出来的声音只是嗯、嗯、嗯……

包京生拿食指托住我的下巴，他说，害羞呢，就算你答应了，对吧？

我抬起眼皮，从三楼的护栏间望见操场上有一个红衣女人正在走过。她昂着头，有些像宋小豆，但我又吃不准，因为她显得更高挑。不过，谁有宋小豆那根独辫子，有那种骄傲的姿态呢？回想起来连自己也不相信，就在这一刻，我忘记了恶心、呕吐、饥饿，就攥着护栏眼巴巴看着那骄傲的身影消失在一丛女贞的后边。我的样子活像动物园的狗熊在看游客，多么可怜的狗熊。

包京生说，姐们儿、姐们儿。

我的眼睛还在专注地盯着那丛女贞，我觉得自己已经很平静了，我说，我凭什么要跟你去泡吧呢？

他想了想，说，了断我们之间的恩怨啊。

我学着他那一口所谓的京腔，夹枪带棒地告诉他，你要请，就请我吃火锅吧，结结实实地吃。泡吧干什么？操你妈的，有名无实的东西姑奶奶一见就晕菜。

包京生点点头，说，痛快。他转身回到教室，就把这个消息公开发布了。他大声吼着，听见了吗？风子要跟我去泡吧！

当我随后走进来时，发现所有人的眼光都投射在我身上，他们真的像在看一只从动物园跑出来的大狗熊。也许，我想，我比狗熊还不如吧，跟跟跄跄，脸色发青，嘴角还挂着口水。但我就当他们都不存在！我走回到座位上，抱起桌上的一本东西就读。有些字不好认，有些内容不好理解，也可能是我精力不集中的缘故吧，我就努力地、高声地把它们读了出来。

突然，我手中的东西被一只大手忽地一下抓走了。我看见陶陶气呼呼地站在我跟前，他抓住的东西正是伊娃的《大印象》。紧接着，我还发现，那些盯着我的眼睛都变成了笑嘻嘻的嘴巴——我昏了头，竟然坐在那瘸腿的位子上。

陶陶说，风子你过分了，你欺人欺上脸了，撒尿撒到头了。

我摇摇头，说，我不懂你的意思，我他妈的替她扬名，你还得付我感谢费，是不是？

阿利过来隔在我们中间，这是我和陶陶闹崩以来，阿利第一次站在我们中间。阿利的样子真有说不出的可怜，他哭丧着脸，劝劝陶陶，又劝劝我，他在陶陶的耳边像蚊子似的说些什么，又在我的耳边蚊子似的说了另外一些什么。我闪电般地瞟了一眼伊娃，她耷着眼皮，脸都羞红了，双手反复地搓。我想，她是得意得不行了，我成全了她的好事。我读的那一段，正是她写给陶陶的情书。我就说，你写得真好啊。

伊娃并不抬头，她说，谅你也写不出来。

我愣了一愣，找不到话回敬伊娃，就恼羞成怒，突然照准她的脸就吐了一口唾沫！陶陶扑过来揪住我的头发，把我的头往死里摁。但是我的板寸太短，一下就挣脱了。我晓得陶陶铁了心，男人铁了心有什么事情办不到呢？他就揪住了我的耳朵，没命地揪。我的耳朵在一阵烧灼之后，就像已经被揪下来了。他的手劲真大，他的手背上还跟美国佬似的长着卷曲的猪毛。我号叫着，妈的×，我的耳朵！我的耳朵！我的耳朵呢？！

没有一个人敢应答，也没有一个人敢来劝阻陶陶。他把我一直揪到伊娃的跟前，我晓得，他是想要我给她磕头认罪呢。噢，我他妈的情愿马上去死也不能低头啊，可我的脖子硬不起来，一点儿也硬不起来，我的脑袋就那么一点点地埋下去。眼泪涌上来，糊满了我的眼眶，我咬住嘴唇，虽然没有发出声音，但我其实已经哭了。

我用响亮的哭腔大吼道，陶陶，你今天真让我给瘸子磕了头，我会宰了你们两个狗男女！

陶陶的手松了一松，但并没有松开。

包京生走过来拍拍陶陶的肩膀，他说，哥们儿，煞煞这小囡的野气是对的，可也别玩得过火了，是不是？你不要了，还给我留着吧，啊？

陶陶没说话。

包京生又拿指头托着我的下巴，他说，小囡，今晚跟我去泡吧？

我想踢他两脚，可我没劲。我就说，我泡你妈！其实我只说得出，我泡、泡、泡……

包京生就笑了，再拍拍陶陶的肩膀，那手拍上去就没放下来。我猜想包京生是在加劲，而陶陶则在犹豫。

我终于缓了一口气，抬起眼皮，看见朱朱站在很远的一个地方，很安静地看着我们。我心里闪过疑惑，朱朱怎么会那么安静呢？可我哪来得及细想，眼睛扫过去，还看见那可怜的瘸子把双手抱在胸前，笑眯眯地欣赏着陶陶为她做的一切，高兴得连鹰钩鼻子都在翕动呢。但是，我从她得意扬扬的声音里也听出了狡黠和不安，她说，陶陶，看在包京生的面子上，就饶了风子这一回吧。

阿利的声音在颤抖，是真正的惊慌失措，他说，陶陶、陶陶、陶陶……

我心里发酸，可怜的阿利，他重复叫着陶陶的名字，以此来响应那瘸子的要求。这时候，下课铃声响了，陶陶喘一口气，扔芒果皮似的扔了我的耳朵，走开了。但是我的耳朵并不晓得这一点，因为它们早已失去了知觉。

我伸直了身子，浑身抖了抖，像是一条可怜的狗从水里爬上来，把脏水和一切恶心的东西都狠狠地抖落了。我大叫一声，用攥紧的拳头朝着伊娃的鹰钩鼻子没命地砸过去！

　　但拳头打在了包京生的身上。他握住了我的拳头，轻轻地拍着，他说，别疯了别疯了，赶紧吃饭去吧，啊？他高高在上又宽宏大量，仿佛他刚刚劝开的只是一场鸡毛蒜皮的婆娘架。

　　说到吃饭，我身子一下子就软了。我用双手捧着脸，我不能让别人看到我哭了，我对自己说，我是他妈的饿坏了。

11

在红泡沫酒吧

临近下午七点钟的时候，我们都堆在嵌花的栅栏门前等铃声响起。阿利把我的手攥住，结结巴巴地央告我别跟着包京生去泡吧。因为急促，他那张小脸被憋得忽红忽白，他说，风子，你千万别跟包京生去。你想泡吧，你想吃火锅，你想做美容，或者你想洗头、洗脚、洗桑拿，我都请你。

但是，阿利怎么晓得我心里的想法呢？我又如何能够向他说清楚呢？我难以表达，就只好拿手在他的招风耳上轻轻地摸了摸，我说，好可怜的阿利。

可怜的阿利更急了，他拉了一旁的朱朱，说，朱朱你也劝劝她吧，她怕是要疯了。

然而，朱朱莞尔一笑，她说，千金小姐嘛，身边还能缺了男人？阿利你呢，只算个男孩儿，还不算男人。

阿利的样子似乎立刻就要哭了，我又摸了摸他的耳轮子。我说，你听她胡说，你是个好男孩儿，也会是一个好男人。

阿利眼巴巴地盯着我，盯得我也他妈的心头发酸了。

就在我们的身后，我听到伊娃的声音在说，今晚就去我家吧，我还有一大摞《大印象》要给你看呢，全是写给一个梦中男孩儿的信。她当然是说给陶陶听的，但我没有听到陶陶的答复，也可能他只是深情地点了点头。

伊娃接着又说，或者你八点钟来约我出去，御林小区有一个小酒馆，那儿是诗人和画家聚会的地方，你去看看他们，真逗。你不想进屋，就在我窗户上拍三下。

陶陶还是没有出声，他也许在吞着唾沫下决心吧，跟个瘸腿女孩儿泡吧，是需要好好下决心的。不过，因为听不到人应答，我就觉得怪怪的，好像这声音是凑着我的耳根在说的，是在邀请我去赴约呢。我很想掉头看看，可还是忍住了。

这时包京生从人堆里挤过来，他展开双臂把我、阿利还有朱朱都搂在一块。他说，去吧去吧，都去吧，我们去泡红泡沫。阿利用沉默表示了不。朱朱却说，我们是想去的，可害怕结账的时候自己掏不出钱来。包京生涨红了脸，想说什么，她已经钻进人堆不见了。包京生嘿了一声，骂道，这小娘子，学坏了。

我说，我兜里还是有钱的，两元三角五分钱。

包京生拍拍口袋，把那河马般的大嘴支过来，他说，疯子，放了胆子疯吃疯喝吧，有任主任的乖侄儿请客呢。他嘴里呼出一股浓浓的酥油味。风吹着，晚春的空气中有一些凉意，天色正一点点黑尽，我在风中闻到他的酥油味，有了恍惚的感觉，第一次觉得酥油味是热烘烘的，也是能让人暖和的。

我和包京生是走着去红泡沫酒吧的。在这个季节的晚上走一走，身子就出汗了，发热了，慢慢也就舒坦了。我觉得我身上也有了一点点的酥油味了，包京生离我那么近，是从他身上传过来的吧。他一次次把手搭在我的肩上，我都把它推了下去，但是他一直坚持着自己的做法，而我也就妥协了。被这么庞大的一个男孩子半搂半拥着，女孩子心里慢慢都会长出踏实的感觉吧？我从不觉得自己是赖着男孩子才能开心的，可我今天实在是没有气力了。噢，你是不是也有过这样的时候呢？又疲惫又憔悴，就是一条狗、一棵树，也希望它能让自己靠上一靠啊。

酒吧靠近皇城坝，就建在皇城公园的北墙上。那墙跟城墙差不多敦实，十年前公园把它挖了一个缺口，缺口里就嵌了这么一座房子，先是卖工艺品、书刊，卖不动，就换了担担面和小笼汤包，没几个钱的利润，又换成温州洗脚房，警察来抓过几回，再改成了酒吧。最初叫作"请君入瓮"，后来是"夜夜缠绵"，改来改去就成了"红泡沫"。泡沫越做越大，成了我们这个西部城市的前卫标志。我从没有泡过吧，更没有泡过红泡沫，但常常路过红泡沫，从门外往里看，黑黢黢的，就像看一口夜晚的井。我还听说老板是个女人，长得又白又嫩，一天要洗三次澡，每次都要往浴盆里倒进一瓶波尔多葡萄酒，满盆的泡沫红通通的。多少男人谈论她出浴的样子，真是嘴里都要淡出鸟来了。

酒吧前门临街，植着两行梧桐树，后窗是公园阴森森的楠木林，酒吧嵌在老墙的缺口里，就像废墟里长出了一朵又长又圆的黑蘑菇。包京生很邪气地笑了笑，他问我，从街那边看这座酒吧，你说它像个什么东西？我说不晓得，我晓得反正不是什么好东西。

我们进酒吧的时候，里边还没有一个客人，清风鸦静，钢琴、贝斯，还有架子鼓都撂在黑暗里，就像是等待打响的枪炮。有个穿紫衣的女人坐在琴凳上，有一声没一声地敲钢琴，感觉钢琴是上了发条自己在说话。一个系黑蝴蝶结的侍应生在吧台后边很有耐心地擦拭着，把一个个高脚玻璃杯擦得闪闪发光。包京生把我推到侍应生的前面，那儿有几只梯子一样的转转椅，硬邦邦的，屁股放在上面很是不舒服。我想下来，但包京生的手把我圈住了。他做出奇怪的样子，说，你怎么像是第一次上酒吧？我说，是啊，我爸爸要是晓得了，要打断我的腿的。包京生哦了一声，说，那不成了瘸腿疯子了？我嘻嘻地笑了起来，我想象自己一瘸一瘸走路的样子，是他妈的好笑呢。包京生又说，土耳其最近闹恐怖分子，你爸爸的安全不要紧吧？我说，恐怖分子再厉害，还不就是你这个样子吗？高二·一班还不是照样上学放学，过晚睡早起的日子吗？我饿了，哥们儿，先来一大盘回锅肉、一大碗饭，还有一大碗萝卜汤。包京生说，我的千金，别丢人了，这是酒吧，喝点儿什么？我不高兴了，我说，不要假眉假眼。我别过了脸不理他。他打了一个响指，面前就有了两杯红酒，老大的杯子，就那么浅浅的一点儿红酒。我把杯子端起来，一口喝干。冰凉的，有些酸味，还像长了些毛刺，割得喉咙和肠子都不舒服，上午才呕吐过的胃抽搐了一下，感觉又要发作。我说，我要走了。我提起放在吧台上的书包就朝门口走。

包京生一把把我搂住，他说，我的老祖宗，你这不是寒碜我吗？

我觉得他很好笑，不过，我也晓得自己笑起来会跟哭差不多。我挣开他的手，边走边说，真的对不起，真的对不起，我的肚子已经饿瘪了，只想泡方便面，不想泡吧了。包京生扔了一张钞票在吧台上，跟着追了两步，又折回去，把吧台上的杯子端起来，一口喝干了。就这一耽误，我已经跑到了门口。酒吧里黑咕隆咚的，门上的碰铃叮当一响，我差点儿就撞到一个人的身上了。天已经黑了，路灯还没有亮，那个人的身上正是带着夜色和凉意的味道。我的脚急忙往回收，但还是晃了几晃才站稳。那个人有四十多岁，穿着深色的风衣，站在门框内，把我的校服细细地看，看了又看。我被看得有点儿发怵，不自觉地退了退。那个人其实很和蔼，至少他的声音听起来是和蔼的，他说，哦，是泡中的？有人欺负你吗？

我说，没有人欺负我，我饿了，我想吃炸酱面，可酒吧里只有酒。

那个人似乎有些惊讶，他说，只有酒吗？包京生已经走了过来，那个人再看看他的校服，说，一块来吧。他也不多说，就朝里边走去。我和包京生对视了一下，都觉得自己在发蒙，但步子已经跟着那个人走去了。

走过吧台的时候，擦杯子的侍应生很恭敬地给那个人点头，那个人也点点头。吧台旁边有一扇小门，门边立着一个系红蝴蝶结的小姐，那个人就把风衣脱了，小姐一手接了风衣，一手把小门推开了。小门内是弯弯拐拐的走道，两边有很多紧闭的小门，门上镶嵌着毛玻璃。三个人并排走着，那个人自然是走在中间，他伸开双臂，很适度地拍着我和包京生的后背。后来，那个人推开一扇写有"秋水伊人"的小门，把我们让了进去。

里边有风，是从空调里吹出来的，冷暖适度。屋子里还有沙发、茶几、电视、电话，窗台上还搁着一盆水仙，已经开出了星星点点的黄花。我不晓得水仙应该在哪个季节开放，不过现在是温室效应，蔬菜都不分季节了，何况是水仙呢。

坐吧。那人的动作、声音都还是那么和蔼，并且很利索地给我们斟了两纸杯热茶。茶叶像针尖一样细，在水中慢慢舒展开来，嫩得不得了。

茶的香味让我再次感到了饥饿，我说，老板……

那个人说，请叫我叔叔。

我红了脸，说，叔叔，我真的只想吃一碗炸酱面呀。

那个人笑了笑，这是他第一次在和蔼的声音中加上了微笑的表情，他说，好的好的，我们马上就好。他穿着非常得体的西装，不时拿指头去捋一捋宝蓝色的领带，看得出他是一个非常喜欢整洁的人。他的头发也是一丝不乱地朝后梳着，在金丝边眼镜的后边，他的眼睛沉静地注视着我们俩。我觉得他很像一个人，可怎么也想不起来是谁了。包京生的眼里满是疑惑，他问我，其实也是问那个人，这位叔叔怎么称呼呢？

我其实也在寻思，但那人已经把话接了过去。他说，我姓司，司机、司炉的司，也是司号员、司令员的司，这个姓不多吧？你们可以叫我司叔叔、司先生，我也在泡中念过书，我们是校友。顿了一小会儿，他又说，现在，我的孩子也还在泡中念高二呢。我对泡中有感情，今天就算司叔叔请你们吃点儿小吃，啊？

我说，司叔叔的孩子是在哪个班呢？就是我们高二·一班的吧，我见到你觉得面熟啊。

这个叫司叔叔的男人就又笑了笑，他说，我真不是个好爸爸，我连孩子的班级也忘了。

包京生有些发急，他说，红泡沫的老板不是女人吗？怎么又成了司叔叔呢？

司叔叔别过脸看了看包京生。他的脸是背着我的，我看不清他眼里是什么表情，但包京生立刻就安静了，并且微微低下了头。

司叔叔说，你就是陶陶吧？

我说，他是包京生。

司叔叔哦了一声，转过来走到我的跟前。他伸出手来抚摸我的板寸，我有些发窘，正想着该不该把头扭开，他的手却在离我板寸拳头远的地方停住了，于是他的抚摸就成了一种虚拟的抚摸，他说，你是风子吧？他的声音那么柔和、关切，我忽然说不出话来，只是嗯嗯地把头点了好几下。他说，哦，真像黛米·摩尔演《魔鬼女大兵》的时候呢。

司叔叔把门轻轻推开，走掉了。留下我和包京生隔着茶几对坐着，面面相觑，半天无话可说。门再次被推开了，进来的是两个侍应生，一男一女托着两个盘子，盘子里装满了精致的小碟，是红油水饺、担担面、小笼包子、豆腐脑，还有黑芝麻汤圆、手撕鸡等，大概有四五十碟吧。我也不说谢，就埋头大吃起来。包京生问了一句，酒吧还真有小吃？侍应生说是专门向小吃餐厅要的外卖。

空碟子在茶几上堆成了两只圆柱，摇摇欲坠的样子。包京生抹抹嘴，说，真他妈的神了。你说他儿子是我们班的谁呢？

我心里似乎已经晓得那孩子是谁了，可我没有说。我说，司叔叔说过孩子是儿子吗？好了，你不要管孩子是谁了，反正人情是记在孩子的爸爸身上。他不愿意说，那就算是学雷锋吧。

是啊，就在那时候，我已经肯定司叔叔就是阿利的爸爸了。阿利从没有邀请我们去过他家，但我相信自己已经认出他了。生意人，温文尔雅的生意人，不正是这样的吗？阿利把他说得很清楚了。他的和蔼、微笑，他在我板寸上虚拟的抚摸，都让我觉得自己孤零零的。他那么有钱、有力，又那么温和，可阿利怎么还老要靠着我来寻找温暖呢？我是孤零零的，阿利看起来也是孤零零的，如果司叔叔真是他爸爸，为什么爸爸的温暖不能成为他的温暖呢？

但我无法接着朝深处去想。况且，这些事情想到深处又有什么用？还不如自己这一分钟的感受呢。雷锋如果有儿女、老婆，他能让他们快乐吗？你一定觉得很好笑，一个女孩子，怎么会想这些怪问题？可是，雷锋不也是男孩子吗？他的问题是怎么解决的？如果那时候是没有问题的时候，那真是太让人羡慕了。我说过，我不是问题孩子，可问题全让我们遇着了。

包京生确实很厉害，他说，风子，你傻乎乎出什么神呢，还在想雷锋？

我吃了一惊，说，是的，我在想雷锋。

包京生来了感情，他说，我妈妈常说，做雷锋不容易，什么叫雷锋？就是凡事只想着别人，不给自个儿留退路。我妈妈又说，雷锋要活到今天，也只能饿死了。可她不知道，我就遇上俩活雷锋。他顿了一顿，拿大拇指指指门外，又指了指我，说，一个是司叔叔，一个就是你。

我想对他说什么，却觉得气涌上来，不由伸长脖子，打了一个肥大的饱嗝。我自己先笑了，我说，你也是吃饱了废话多，是不是？你想说什么就说什么，别拉我跟雷锋比，糟蹋了人家解放军。

包京生却板了面孔，他说，任主任是你姑妈还是舅妈？她给你塞了多少银子？你想嫁给她侄儿做媳妇是不是？

　　我感到血唰地冲到脸上，把一张脸都要烧烂了。我端起斟满了烫水的纸杯子对着包京生，说，× 你妈！我给你泼到脸上来，你信不信？

　　我是当了真，但包京生也并没有说笑的样子。他冷笑道，冤枉了你是不是！那你凭什么要给那狗杂种撑起？我说你是活雷锋，不是损你，是把你往正道上想。

　　我说，我不是活雷锋，我只是他妈的见不得一个人把黑的说成白的，把死人说成活人。

　　包京生用眼睛瞪着我的眼睛，他说，我不管你是这个风子还是那个疯子，你就说这班上有谁没他妈的说过假话、撒过谎呢，我的将门千金？

　　我没有向他示弱，我也瞪着他的眼睛一动不动。我说，撒谎人都有撒谎人的理由，有人撒谎害人，有人撒谎不害人，干我屁事！可是让我眼睁睁看你打了任老师，还要让他当罪人，我咽不下这口气。我觉得我他妈的都被你扇了一耳光。

　　包京生再把我瞪了一阵，然后就像上回和我在烧烤摊前发生对峙一样，哈哈大笑起来。他说，我没看走眼，没看走眼，一个小囡，还真像个大丈夫！可大丈夫只看得到天下之大，却看不到天下之小，对不对？

　　这一回，我没有跟他抬杠。我明白当初自己没有听朱朱的劝告，糊里糊涂蹚了一凼浑水，鞋弄湿了，裤脚弄湿了，有什么办法呢？湿了就是湿了，只有让它自己干下来了。我记得麦麦德说过，不要怕穿打湿的鞋子，风会把它吹干，太阳会把它晒干。我只是不晓得裤脚和鞋子干了以后，陶陶还是不是我的人。我对自己说，你其实也是说谎不打草稿，满肚花花肠子，很想做得胸有城府，只不过事到临头，脑袋一热，就什么都忘了。真是这混账包京生说的，为了做一回活雷锋，把可怜的陶陶都推给了那个瘸子。我觉得心头累得慌，刚刚大吃了一顿，转眼又觉得没有气力了，至少是没有气力跟包京生斗下去了。我对他说，你说吧，你说什么我都听着呢。

包京生点点头，他说，现在像个乖孩子了。他张大嘴巴，也打了一个肥大的饱嗝，轰轰地响着。我看着他的大嘴，我想，河马也真是这么打饱嗝的吧？包京生张大嘴巴的时候，我甚至都可以看清他的舌根、扁桃体和伸进庞大身躯的那根紫色的喉管，这时候的包京生是最接近于一头动物的包京生，狗屁的汉人、拉萨人、北京人和我们这座城市的人。他的嘴在不停地翻动着，就跟一头刚刚爬上岸来的河马似的，呼呼呼地吐出一大堆一大堆的脏泡沫。他说了许多话，我只听明白了一点，那就是任主任正在跟蒋副校长抢夺校长的位子。宋小豆是站在蒋副校长一边的，因为蒋是一个男人；也有几个男人跟着任主任吆喝，因为任毕竟是一个女人。教育局局长现在是比较倾向于任主任的，他觉得任主任接近师生，有魄力；而他也一直怀疑他在泡中的时候，蒋副校长曾写过匿名信举报他有财务问题。

我没有听懂，我打断他，喂，什么是匿名信？

什么是匿名信吗？包京生宽宏大量地笑了笑，说，就是古代的无头帖子嘛。我瘪瘪嘴，我对这个真没有兴趣。包京生又说，知道为什么是"财务问题"而不是"生活问题"吗？我还没有瘪嘴，他已经替我回答了，因为"财务问题"是廉政建设，而"生活问题"是美丽的错误。

我噗地一下把茶水喷到了他的大脸上。我说，对不起对不起，你他妈的太好耍了。

我扯了一张纸巾递给包京生，他却不接，很恶心地吐出大舌头在嘴边舔了舔。他说，前几年我妈总跟我爸干仗呢，骂他混账、不要脸，她要到单位去告他。我爸就说，你告去吧告去吧，告啊，不怕人家说你乡下佬儿你就告去吧，谁不知道这是美丽的错误啊！

包京生说他父母的事情就像在说赵本山的小品，口沫四溅，乐得不得了。我真不明白这家伙是个什么东西。我问他，那你站在哪一边呢？他慢慢安静下来，瞅着我，一字一句地说，谁对我有好处，我就站在谁那边，世上的事情，不都是这个理嘛。陶陶、朱朱为啥要装憨，不说真话呢？是不知道蒋副校长和任主任到底谁是赢家啊。谁当活雷锋，谁就是活宝。包京生把最后一个油炸虾饺夹进嘴里使劲嚼着，嚼得吧嗒吧嗒响，汁水流出来把下巴都弄油了。

我说，那陶陶到底是谁的人呢？

包京生冷笑，说，你也装憨啊，别人都看得出来，偏偏你不晓得！

我说，就算我晓得吧，一个瘸子，她能给陶陶什么好处？

包京生的表情变得有点儿失望了，他说，哦，你是说瘸子啊。算了，你给我好处，我再敲瘸她一条腿。

我喝了一口茶，茶已经冷了，喝下肚去，肚里就升起一股寒意。一股寒意和恨意。我咬了咬牙，却盈盈地笑起来，我说，我要你敲瘸陶陶的腿。

包京生想都没有多想，他说，我替你敲，你做我的女朋友。

我把冷茶全喝了下去，把茶叶嚼烂了，也全咽了下去。我伸长手臂，拍了拍包京生的脸，我说，就这么说好了，谁反悔谁是他妈的臭狗屎。

从红泡沫出来，我才发现街面上湿漉漉的，刚刚落过一场雨水，皮鞋踩上去橐橐地响。我喜欢冬天的雨水。冬天的雨水是寒冷的、干净的，把空气中的灰尘都洗干净了，把鸡零狗碎的事情都冲到阴沟里去了，空气呼吸到鼻子里多么芬芳啊，是那种让人有点儿难过的芬芳。但晚春的雨水、初夏的雨水却是汗腻腻的，没有清新和芬芳，让人有些头晕目眩。我昏昏然地让包京生搂着，走到街沿边。

我说，你给我钱，我要打的。

他说，我的千金，你还缺钱！

我说，你不是发了不义之财吗？我替你消灾。包京生从屁股兜里摸出一卷钱来，抽了两张在路灯下看看，递给我。钱还带着他屁股的温度。我说，你到底敲了人家任老师多少钱，不是说我坏了你的好事吗？

包京生说，哪是敲呢？就给了两三千的医疗费。任主任多聪明，再闹下去我们两败俱伤。何况你帮了她大忙，她人逢喜事，钱也给得利索。

我说，都是医疗费，那你不是一点儿赚的也没有了？

包京生说，操，我们家从不干不赚的买卖。护士长是我舅妈的朋友，发票上多写一千五百元不就成了吗？他的语调轻松平常，还不如他嚼油炸虾饺那么用劲呢。他又说，你怎么身子在发抖，还冷啊？

是啊，怎么还会冷呢？靠着包京生这头巨大的哺乳动物，热烘烘的，我怎么会冷呢？

12
让我踩吧，刀子

是包京生给我招来的出租车。这是一辆破破烂烂的红奥拓，发动机呼哧呼哧地响，好像一个老汉在咳嗽，仪表盘全黑了，车里发出烟、汗和皮革的臭味。包京生拉开车门，一边把我朝里推，一边说，你就别嫌它了，多省几个钱吃香香，啊？我带上车门的时候，隔着玻璃给他挥了挥手。他站在那儿，那么高大，活像美国片里的巨无霸，一拳砸下来就能把车子给砸瘪。可他却意外地伸出手来也朝我挥了挥，动作温柔得就像可怜的小朱朱。一块灯光落下来，正斜斜地落在包京生的嘴巴上，那长长的嘴唇抿出一条弯弯的月亮，我忽然发现凶狠的河马竟成了慈祥的活佛。我摇下玻璃想跟他说句什么，出租车噗地跳了一跳，呜呜地开走了。

风从窗外灌进来，吹得我的脸上一会儿冷，一会儿热。我手里还攥着包京生抽给我的两张钞票，我手心的温度和他屁股上的温度已经黏黏糊糊地搞在了一起。我瞥了一眼司机，悄悄张开手心看了看，一张是五十，一张是一百。我嘘了一口气，我忽然有了一百五十块钱。我本来只有两元三角五分钱，每天吃一顿饭，步行上学一个来回，可我现在有了一百五十块钱了。

有一小会儿的时间，我考虑过手上的钱到底是谁的钱，任主任的钱？我的钱？还是包京生的钱？或者算是借的钱？好在这种思考是不费脑筋的，我很快就把事情弄清了：对包京生来说，这是他敲来的竹杠；对任主任来说，这是她对未来的投资；对我来说，这是一个男孩子的殷勤；对英雄麦麦德来说呢，也许就是不义之财吧。不过，麦麦德对不义之财的态度也是模糊的，他起码说过两句自相矛盾的话：一句是君子不取不义之财，真是掷地有声；另一句是不义之财取之何妨？更是振聋发聩啊！可怜的麦麦德，这真是他妈的很有意思啊，前一句是你的宣言，后一句是你的辩护。我现在怎么一下子就心头雪亮了呢？最后我发现自己在微笑，因为我好像忽然勘破了许多事情，而且有了一百五十块钱。老天，我是多么缺钱啊。

在靠近跃进坊的前一个街口，我让司机停了车，我慢吞吞地走着回家去。既然在这个雨后的夜晚，家中黑洞洞的、空荡荡的，没有人也没有热饭热菜在等着我，我又何必急着要赶路呢？东郊的路面和城中心的路面一样，都被雨水淋得湿漉漉的，我的陆战靴踩上去咕咕地叫。我磨磨蹭蹭地走着，肠肠肚肚都走得很舒畅，一身都走得很舒服。我想起包京生在红泡沫答应我的事，他要替我敲瘸陶陶的腿。我悄悄地笑起来，就跟当初陶陶说要呸宋小豆一样，我一点儿都不相信，但我心里很欢喜，觉得包京生也有点儿可爱了。我就是朱朱说的蠢蛋吧，讨我的欢心其实很容易。

东郊黑灯瞎火，远远地听到几声鸡鸣狗叫也是有气无力的。至少跟城中心比起来，这儿是一片昏暗，路断人稀。有几处临街的麻将馆还在营业，火炉上的水壶在冒着蒸汽，电视机里娇滴滴的美人在发嗲，围成一桌的麻客们看起来就像是一个温暖的大家庭。我一直在纳闷，为什么报上天天要喊关怀下岗工人呢？他们看起来油水充足、风调雨顺，谁需要谁关怀啊？我想到妈妈跑到远天远地去瞎窜，还真不如就在东郊开个麻将馆，既方便了自己，又方便了群众，我回家也有一口热汤热饭吃啊。

在快进跃进坊的拐角处，有一爿花店正在扣上门板，灯光从门缝里射出来，就跟鞭子在黑暗里抽了一下子。在东郊的夜色里，花店的灯光显得很温暖，几只绿色的塑料桶立在门脚，里边插着红梅、百合、十三太保、银柳和黄玫瑰……全是乱了季节的鲜花。花老板是从乡下来的小姑娘，也许已经不小了，但她的个头确实小得像一个小拳头，我经常在心里就叫她小拳头。小拳头对每一个过路人都笑容可掬，极尽她的恭敬与谦卑。每一次她对我点头哈腰的时候，我都会摸出几毛钱来买她一枝或两枝花。麦麦德说，一个人的卑微是应该得到回报的。虽然我他妈的也活得并不高贵，可我见不得一个女人对另一个女人赔尽了小心，就为了那么几毛钱。

我有好多天都没有买小拳头的花了，因为在那些天里我还没有小拳头吃得饱。但是我很感激她，每一次见到我，她都一如既往地对我热情、恭敬，叫我大姐。我不喜欢"大姐"这个称呼，但是由小拳头叫出来，我心里就有点儿发酸，我听出了她的煞费苦心。她不能叫一个留着板寸、穿着高腰夹克的姑娘是"小姐"，因为那离"三陪"只有一步之遥了。她不能叫我是"阿姨"，因为我分明还是中学生。叫"同志"就更傻瓜了，而叫"妹子"显然太乡气。其实我是愿意她叫我妹子的，小拳头是一个干干净净的姑娘，当她的妹子是不让我脸红的。今天我有钱了，我决定买走她的一大捧鲜花。

我今天是小拳头的最后一位顾客，而且是最大的买家，她的惊喜变成泪水涌上了眼窝子。她的手指头在凉水中泡得通红，红得就跟一颗颗胡萝卜似的，她就用这些胡萝卜揩揩眼窝，又将将头发。她说，大姐大姐，老天爷是要看顾你的，你二天是要交好运的，买了彩票中大奖，耍的朋友开宝马。小拳头满脸都是谄媚的笑，把眼睛、鼻子都笑没了，笑得就像一个乒乓球，而不是一只小拳头了。她把整整一桶黄玫瑰都捧给了我。

黄玫瑰湿淋淋的，一路走一路都在滴着水，把我的靴子都滴湿了。到了家门口，我正在发愁怎么掏钥匙，门却吱呀一声打开了。我刚叫了声"妈妈"，但立刻就怔住了。我没有想到我的泪水也会像小拳头的泪水一样涌上来，我是被那些泪水给搞蒙了，沉默了好半天都还是没有再叫出声音来。爸爸趿着棉拖鞋，躬着身子站在门框里，背对着灯光。我们之间，隔着一大捧湿淋淋的黄玫瑰，谁都没有说什么话。他伸出手想来拍拍我的头，或是拍拍我的脸，就像他从前一直拍的那样。但是我怀中的一大捧玫瑰隔开了他，他试了几次都不成，只好把手收了回去。我终于笑了起来。

我说，爸爸，你先让我进屋吧。

爸爸坐在一把苍老的藤椅上，久久地、久久地望着我。他手里抱着一只茶杯，就像抱着一只手炉，而事实上他也在拿茶杯来取暖。都哪一月的天气了，爸爸好像永远都在过冬季。冬季是最难熬的，在丫丫谷爸爸的寝室里，有一台红外线取暖器，石英管早就坏了。丫丫谷的冬天，屋里比屋外还要寒冷和暗淡。爸爸回来了，好像就把冬天也带回来了。爸爸瘦了，他的身子裹在草绿色的军装里，就显得更瘦了，脖子从宽阔的衣领中伸出来，细得让我不忍心看。妈妈经常说，瘦子最怕冷，胖子最怕热。爸爸是瘦子，自然是怕冷的了，可是他回家来我都不晓得该怎么给他取暖，因为按季节现在已经不需要取暖了啊。我能够做的事情，就是烧一壶水炖在火炉上，过一小会儿替他换一遍开水。换水的时候我碰到爸爸的手，他的手冰凉，跟冰棍似的凉，他紧紧地抱着滚烫的茶杯，可他的手还是冰凉的。

我问爸爸是什么时候回家的。爸爸说，我回来好久了，中午吧，大概是中午过一点儿我就回来了。

我看看家里，门背后多了一口草绿色的箱子、一只草绿色的旅行袋，除此之外，和我早晨离家时没有区别。就像只是被一个小心翼翼的客人打搅了一下，没有留下什么痕迹，而这个客人却是我可怜的爸爸。我问爸爸，你去哪儿转了转吗？爸爸笑笑，说，东郊有什么好转的呢？我哪儿也没转。爸爸的声音也变瘦了，那么干，干得一点儿水分都没有了，像山里人的柴火，一折就会断。他坐在藤椅上，整个人都是一把柴火，他就这样坐了大半天啊。可他看着我的样子，还是做得笑眯眯的。

我说，爸爸，你还没有吃饭吧？

爸爸说，吃过了吃过了。我旅行包里放了好多面包，到了家还剩着，我就把它们都吃了，还喝了好多水。他隔着肥大的军装拍了拍肚子，就像从前逗我那样，他说，你来摸摸，还能摸出是三块面包呢。

我勉强地笑了笑，就把吃东西的事情放到一边去了。我找出一些瓶瓶罐罐插鲜花，鲜花太多了，至少分了七八处才插完。爸爸就坐在藤椅上，跟个安静的孩子似的，看着我做这做那。窗外是雨后的夜色，麻将声传进来，绵渍渍地响，如同凉水在心窝上一点点地渗。

爸爸叹了一口气，他说，凤儿，你手上弄的是黄玫瑰吧，你有男朋友了？

我停下来，却不晓得该如何回答，只好就跟没有听到一样，把黄玫瑰都一一地插完。谁算我的男朋友呢？我的耳朵根子都还在痛，是那种红通通的痛。可怜的黄玫瑰……

我问爸爸，这次回家是探亲还是算出差？

爸爸说，都不是，我回来了，我再也不去丫丫谷了。

我不敢去看爸爸的眼睛，我晓得他的眼睛里有些什么东西。我埋着头，把最后一枝黄玫瑰插进一只塑料杯。我先笑起来，接着就说，爸爸其实你早该转业的，转了业你就和我们在一起了，我和妈妈两个女人侍候你。丫丫谷有什么意思？深山老林，就连野猪、野兔、野狐狸都全是公家伙。

爸爸也笑了起来，这一回是真的笑得很轻松，他说，凤儿，你学坏了。

我说，我没有学坏，我只是不想当窝窝囊囊的老好人。

爸爸不说话了。我抬起头，看见笑容还留在他的脸上，眼泪却从眼窝子里滚了下来。他说，凤儿，你不知道吗？爸爸就是窝窝囊囊的老好人。

我傻乎乎地说不出话来，我以为自己也一定要哭了，可我发了一小会儿傻，发现自己一点儿哭泣的感觉都没有。我走到盥洗间里扯了一节卫生纸出来，把爸爸脸上的泪水轻轻地揩干净了。我说，爸爸别哭。转了业多好，转了业就天天在家了，就有我和妈妈来服侍你了。

泪水再次从爸爸的眼窝里滚下来，但他很快自己拿袖子把它们擦掉了。爸爸说，转了业，就是你和爸爸过了，妈妈要跟别人走了。我多少年前就该转业了，我想保住一身军装就保住一个军婚了。他干巴巴地笑了笑，说，其实有什么意思呢？不过就是一个军婚嘛，写在纸上的军婚嘛。放你妈妈走吧，你妈妈也可怜。

我觉得自己真是冷静得可怕，我说，爸爸，就是那个送我弯刀的男人吧？

爸爸说，是的是的，就是我那个在跑边贸的老战友。

我点点头，居然一点儿都没有表现出吃惊来，我说，哦，我猜就是他。

我其实并没有见过，我努力想象他的样子，但我眼前浮现不出一点儿具体的东西，不管鼻子、嘴巴，还是说话的声音。我想得起的，就是那把我挂在墙上的土耳其弯刀。我走进卧室，把弯刀摘下来扔在地上，拿陆战靴狠狠地踩。我一声不吭，狠狠地踩着。

爸爸跟进来，满脸都是惶惶不安，他说，你干吗呢，凤儿？你干吗呢，凤儿？

我说，没干吗，爸爸，我没干吗，只是想踩就踩了。

我不晓得踩了多少脚，刀把上镶嵌的珠子已经脱落了，有的粉碎，有的满地乱滚，但刀身却是完好无损的，怎么踩也踩不烂。

爸爸说，算了吧，你踩刀做什么呢？

是啊，我踩刀做什么呢？我想，我他妈的跟一把刀有什么过不去的呢？就连爸爸都认了的，跟我有什么关系呢？

我把刀子捡起来，拿手指在刀刃上抹了一下，似乎听到像风刮过水面的声音。我的手指被拉出了一条血口子，血渗出来，痛得让我心里好受一些了。

我躺在床上，翻来覆去地睡不着。今天晚上的被子变得就跟铁似的，又冷又硬。我翻来覆去的时候，尽量小心翼翼，不弄出什么声音来。爸爸从隔壁传来轻微的打鼾声，我真是佩服他心里放得下事情。爸爸睡着了，也可能他是因为疲倦才睡得那么死沉沉的吧？他不睡又如何呢？妈妈说，爸爸除了喝两杯酒说两句豪言壮语，他还从没敢跟谁红过脸呢。何锋丢了，可怜的爸爸就连这两杯酒也不喝了。好在爸爸还能吃，虽然他总也长不胖，爸爸还能睡，虽然他其实心事也重重。

我很想起床喝点儿水，在红泡沫吃的小吃很辣很咸，我口渴得厉害。我觉得喉咙口像有小火苗在燃烧，我的舌头都快要烧起小泡了，但我还是忍住了，我怕吵醒爸爸。他的后半辈子没有军婚了，没有军衣了，他只剩下了我。而我能够给他的，就只剩下他妈的安静了，我就安静地趴在床上别动吧。我把那把弯刀抽出来，用刀身贴住额头、脸颊、嘴唇，甚至还把刀把塞进口腔里，那钢铁的凉意让我的口渴一点点地缓解了。

我还是第一次这么用我的身体、皮肤和口腔去贴近一把刀子。刀子在黑暗中闪着暗淡的光芒、绿莹莹的光芒，它的弧度、锋利、沉甸甸的分量，都显得那么优雅和神秘。我的眼前不停地映现出那个拐走了我妈妈的男人，他面容模糊，声音像黑夜一样发哑，其实我根本就没有见过他一面。我现在明白了，他从来没有见过我，是他一直害怕见到我，他晓得他的仇人不是我爸爸，而是我爸爸的女儿。

这应该是一个让我仇恨的男人，可我困在床上被干渴烧灼的时候，我一点儿也没有力气去仇恨谁了。我想到那个送我土耳其弯刀的男人，心里居然没有仇恨。我抚摸着刀子，后来就睡着了。在梦中，那个面容模糊的男人变得清晰起来，他的脸就是一把弯刀。他对我说，有狠劲的男人，都长得跟他妈弯刀似的，你信不信？

我醒过来的时候，爸爸还在隔壁打着轻微的呼噜，他睡得多么熟啊。我终于赤着脚板下了地，踮着脚尖先去看看爸爸。我摸到爸爸的床前，把头向他凑过去。突然，我差一点儿就叫起来——在黎明前的黑暗中，爸爸一边假装着打鼾，一边睁大了眼睛看着我……噢！

13
金贵也来了

上课的时候我几乎都在打瞌睡，金贵是什么时候进来的，我一点儿都不晓得。

我实在是困死了，眼皮重得不得了，我只想结结实实地睡一觉。课间的时候朱朱摸了摸我的额头，大惊小怪地说，你怎么烫得像个火炉子！

我一摆手就把她荡开了。我说，你烦不烦？天气不好，烤烤火炉有什么不行的。你看着别人把我脑袋打扁了都不管，倒管起我的脑袋发不发烧了。

朱朱眼窝子里立刻就包满了泪水，她的样子却跟在冷笑似的。她说，别人，别人是谁？不就是你心肝宝贝的情人吗！挨了他的打，你才晓得什么是男人啊……

血一下子冲上我的脑门，我觉得额头真成了一座火炉子了。我本应该扇朱朱一个大耳光的，可是血冲上我的脑门，就把脑袋冲得天旋地转了，我全身都软下来了，一点儿气力也没有了。我趴在课桌上，又迷迷糊糊地睡了过去。

但即便在迷糊中，我的手仍伸在书包里，刀子，是我的两把刀子，都躺在那儿沉沉地压着书包底底。我攥住刀柄，觉得心里多了一些踏实。送弯刀给我的人拐走了我的妈妈，送猎刀给我的人差点儿揪掉了我的耳朵，我该拿这两把刀子派什么用场呢？为什么把两把刀子都带来了？不晓得。也许是今天的书包特别轻吧，我懵懵懂懂，谁晓得我在干什么。我不晓得要用它们干什么，用刀尖干掉丑陋的伊娃，或者用刀把敲碎陶陶的踝骨，谁晓得呢？就算是做一次了结，或者作一回秀吧。我脑子里晕乎乎的，攥紧了刀把才能让我清醒过来一点儿。

包京生来摸过一回我的板寸，他说，风子，用得着我吗？我该给你做点儿什么事情？

我说，用你的时候，我会叫你。

过一会儿，我听到巴掌在响，好像在欢迎哪个做报告。但宋小豆叽叽喳喳了几句，也就完了。

同桌推了推我，说，风子，新来了一个金贵。

我咕哝着，金贵是谁？

同桌却不回答，只嘻嘻地笑，口中念道，金贵金贵，金子还能不贵？！尽他妈的废话嘛……

我就懒得再问了，金贵干我什么屁事呢？

磨蹭到下午放学，朱朱来搀扶我，她说，要么我们去医院看看，要么你去我家吃饭，有西红柿炒嫩蛋，还有白油烧豆腐、康师傅面霸120……

我扑哧笑出声来，说，只有我才那么贱，刚才被你骂得狗血喷头，现在又屁颠屁颠跟着你去吃香香。

朱朱噘了嘴，说，我才贱。

我说，是我贱。

朱朱说，不，是我贱。

我说，好好好，都贱，都他妈贱。好不好？

我们说着话就到了栅栏门口，这儿是个瓶颈，人流一下子拥挤起来，拥挤得人和人都跟粘住了似的。前边有个人穿着崭新的蓝西装，提着书包，一摇一晃的，不像学生也不像老师，看着很扎眼。

我问朱朱，从哪儿冒出一个宝贝来？

朱朱不答话，却冲着那西装的背影叫了一声，金贵！

那人突然转过身来，脸上还留着吃惊的表情，他说，班长，是你叫我莫？

朱朱有一小会儿不说话，就像是在把金贵展示给我看。金贵，就是我趴在桌上时新来的那个金贵吧？个子还算高，却瘦得不得了，头发是卷曲的，也是乱蓬蓬的，额头上、嘴唇边长了好多的青春小疙瘩，脸和手就像被风吹狠了，红通通的、潮乎乎的，就像是怕冷，老把手往袖子里面缩。他的西装是那种五十元买两套的跳楼货，分明是新的，却散着让人恶心的樟脑味，袖口还钉着一块黄色的小标签。他恐怕还想把书包也缩到哪里去吧，因为书包又小又旧，上边还绣着三个字，是"美少女"。

可怜的美少女，我哈哈地笑起来，说，你就是和包京生一起转来的金贵？

金贵说，波！我波晓得哪个是包京生。

金贵说话很慢，努力咬清每个字和词。但我还是想了半天才明白，他说的"莫"就是"吗"，"波"就是"不"。听起来是土得不得了，细细一品，又怪文绉绉的，好笑得很呢。要不是他手里提了一个"美少女"，金贵怎么看都像是进城打工的乡巴佬儿。

金贵又怯生生地问，班长，叫我莫？

朱朱说，嗯，明天别忘了交钱买校服哦。

波，金贵说，波得忘记的。

朱朱像模像样地点点头，说，波得忘记就好啊。我心头发笑，天，她还会这样摆派头呢。

金贵先是有些发窘，最后却很腼腆地笑了笑，他说，班长好幽默哦。

我也笑了，我说，班长漂亮波漂亮呢？

金贵一下子涨得脸通红，就像呼吸都急促了。他伸了手到乱蓬蓬的头发里抠了好一阵，抠得头皮屑纷纷落在肩膀上，就像雪花在开春时节飘下来。可怜的金贵，他憋得难受，却说不出话来。

就在这时，有人在后边喊，闪开闪开，闪开闪开！

是陶陶的声音，他举着捷安特劈开人群，朝大门外硬挤。他挤过我们身边时，一靴子踩在朱朱的脚背上，朱朱痛得哇哇地叫起来。可怜的朱朱真是要痛死了，她要蹲，蹲不下去，要站，又站不稳，汗珠泪珠全在她的小脸上乱滚。我搂住她，冲着陶陶大骂，你他妈的喜欢一个瘸子，就想把所有的女孩儿都踩成瘸子是不是！

陶陶本来已经站下了，当然他也不得不站下来，因为朱朱的叫声让所有拥在门口的人都定住了脚，并且拿看稀奇的眼睛望着朱朱痛苦不堪的样子。听到我的臭骂，陶陶连车带人整个地转了一圈，把脸朝着我，手里的车子放到了肩上，很像农民扛着一根扁担。

我说，你傻看着我做什么呢？你还没有看厌吗？我没有瘸腿，也没有鹰钩鼻子，有什么好看的呢？

陶陶的脸色变得煞白，嘴唇不住地哆嗦。我以为他就要大发作了，我就等着他大发作呢。我又补了一句，你要是觉得不方便，我们就换个地方？

但是陶陶什么都没有说。他可能只是沉默了一小会儿，可那些看热闹的人却觉得白等了一百年，他们吆喝着，走，换个地方，就换个地方嘛！

灰狗子打扮的保安把人群像赶马似的往门外推，他的嘴里也在吆喝，换个地方嘛，换个地方嘛，人打死马，马打死人，跟我×相干！

陶陶的喉咙很夸张地起伏了一下，可能是吞了一大口唾沫，也可能是吞了一大口恶气，他回转身就走了。

事情也许就该这么结束了。陶陶从来没有受过这样的侮辱，可他毕竟已经受了，也就是说他认了，吞了这一大口恶气，他走了。

然而，天意要陶陶不能一走了之。天意，晓得吗？这是谁都没有办法的事情。

陶陶转身的时候，他肩上扛着的自行车正巧打在了一个人的身上，打得并不重，甚至只能说是擦了一下皮。但是那张皮正长在那个人的脸上，而且是用车轮子擦上去的，脸上立刻就有了扫帚横扫般的污迹，却又保留着轮胎上均匀的碎印，肮脏而又滑稽，好像啪的一声，盖了个邮戳。围观的学生，还有灰狗子一样的保安，都哈哈大笑起来。那个吃了苦头的家伙也不说话，横手抓住陶陶的车龙头猛地一扯，车子落下地来，就连陶陶本人也打了几个跟跄，差点儿摔倒。这时候陶陶才看见，他惹恼的人，正是他千小心万小心想要避开的冤家包京生！

车子已经落在地上了，但车龙头还提在包京生的手里。周围已经水泄不通了，人群里三层、外三层把我们几个人裹在中间，却又空出了一圈空地，围观者都很有耐心，敬候着一场好戏上演。包京生已经缓过气来，他提着捷安特的车龙头，冲着陶陶骂了一声"操！"。是的，包京生只骂了这一个字。他那么高大、魁伟、有气力，一手提着车龙头，一手捏成了品碗大的拳头，脸上还留着擦下的污痕，是那种得理不饶人的凛然气概，他只需要骂一声：

"操！"

我把两手抄在裤兜里，悄悄地捏出了两把汗。我看着陶陶，我希望他能够拿眼睛瞪着包京生的眼睛，也骂一声"×！"或者是"操！"。朱朱挽住我的手，很平静地期待着，谁晓得她期待的又是什么呢？她漂亮的小嘴巴抿成了曲线，就像随时准备露出莞尔一笑。

但是陶陶一点儿火气都没有了，他一点儿都没有了他该有的狠劲，他甚至根本就不是他妈的陶陶了。他说，哥们儿，对不起，真的是对不起。

包京生撇了撇嘴角，没有说话。

陶陶的嘴唇一直都在哆嗦，就连声音也颤抖了，他说，真的对不起，我有急事情，换个时候我请你吃烧烤。

包京生把脸扭给我，他的声音变得和蔼、亲切，像个伪装慈祥的熊家婆，他说，姐们儿，您说呢？

我是想说什么的，可一张口，就觉得被一口唾沫噎住了。我看着陶陶，陶陶也看着我，期待我能为他说点儿什么。陶陶的眼光是仓皇的、无助的，我从他的眼睛里清晰地看出了他的意思。就是这个男孩儿曾把我热气腾腾地拥在怀里，后来又为了一个瘸子，差点儿拧下了我的耳朵，还逼着我向那个瘸子磕头。他现在的样子应该让我感到痛快，可我只是觉得难过。我把头别过去，不看他们俩。

但是我听到了陶陶的声音，我从来没有听过他用这种声音说话，那是微弱、羞涩而又屈辱的声音。他说，风子、风子，你跟他说说，我不是有意的，你跟他说说吧……陶陶的声音竟然带着一丝哭腔，他说，风子，我要赶紧走。

陶陶的哭腔差点儿就要让泪水从我的眼窝里滚落下来了。我没有想到陶陶会是这样的，我情愿他被包京生打得头破血流，也不要对谁告饶啊。这个可怜的男孩儿，曾经那么热气腾腾地拥抱过我，用湿漉漉的嘴巴有力地堵住过我湿漉漉的嘴巴，可这个嘴巴现在说出的却是哀求。我真的就要哭了。噢，是的，我回过头来，我想替他向包京生请求谅解。他既然已经趴下了，我不能真看着他被打得像一条丧家的狗。

就在我回头的那一刹那，我看见一个女生拨开人群，从校外一瘸一拐地冲了进来。她的额头出了很多汗，把头发紧紧地粘在上边。她几乎是扑过来的，因为她是瘸子，她脚下拐了一下，真就他妈的扑在了陶陶的怀里。这个人自然就是梁晨，也就是那个所谓的伊娃了。伊娃用一条胳膊圈住陶陶的腰杆，一手指着包京生的脸，破口大骂起来。

我一下子变得很冷静，要滚出来的泪水也被什么混账的风吹干了。我很仔细地听伊娃都骂了些什么，但是我很失望，我发现她骂人的时候，一扫才女的风度和机智，完全没有了《大印象》给人的俏皮和愉悦。女人在骂街的时候，又有什么才女和泼妇的区别呢？只需要凶悍、撒野就好了，哪用得着那些纸上谈兵的把戏呢！伊娃骂包京生，你这个臭狗屎、五大三粗的北方佬儿、天生的贱骨头，你敢动他一个指头，我就扒你的皮，咬你的肉，敲断你的腿，要你和我一样当他妈的瘸子去！

围观的人群爆笑起来，就连包京生的大嘴都咧开了一条缝，乐颠颠地频频点脑袋。陶陶急了，摇了摇身子，想把伊娃摇开。可怜的伊娃依然满脸都是悲愤，她哪晓得别人在笑什么！陶陶摇动的时候，她反而跟条藤子似的，把陶陶箍得更紧了。

陶陶的脸上冒出大颗大颗的汗珠子，急得像逼慌了的猴子，他说，你放开我，你放开我。

伊娃闭了嘴，也不骂人，也不松手。她看着陶陶，含情脉脉地说，陶陶、陶陶、陶陶，你不怕，你不要怕……

朱朱拿一根细指头捅了捅我的肋巴骨，她说，风子你听到了吗？你听到她在说什么吗？

我怎么会没有听到呢？可我听到了又能怎么样呢？我冷笑了一声，却笑得毫无意义，听起来干巴巴的，完全没有一点儿冷笑的意义。

朱朱说，金贵、金贵。

金贵说，班长，你叫我莫？

朱朱说，你有劲，把梁晨拉开。

金贵说，波，我波晓得哪个是梁晨。

朱朱指着伊娃，说，就是那个瘸腿、鹰钩鼻子、丢人现眼的。我们站得如此之近，朱朱的指头都差点儿戳到伊娃的脸上了。

金贵点点头，说，好。他犹豫了一下，把右手提的书包换到左手，不晓得为什么，他在空气中比画了两下，又把书包换回了右手，伸出左手去抓伊娃的肩膀。我不晓得他为什么要用左手，他的动作看起来笨拙得可笑。他抓到的实际上是伊娃肩膀上的一片布，可是伊娃尖叫一声，你敢！就像金贵抓住了她的肉，而她在一瞬间，就成了要誓死捍卫贞节的圣女。

金贵回头看看朱朱，像是询问，但更像是请示。

朱朱一噘嘴，说，看我做什么！

金贵就松了手，再一抓，抓还是抓住了，却没把伊娃从陶陶身上抓开。伊娃这一回没有尖叫，但是她长长地呻吟了一声，定定地望着陶陶。这一声呻吟，比尖叫更有力量，似乎一下子把陶陶唤醒了。

陶陶对着金贵低声道，放了。他的声音虽然低，但确实是压抑的咆哮。

金贵说，波。他不仅没有松手，反而抓住伊娃使劲地扯，活生生要把这两个连体婴儿撕开来。

当时我们都没有注意到，当对峙一开始出现的时候，我们的脚步都在一点点地朝外挪动着。当事人、围观者，还有大街上匆匆回家的行人、骑车收破烂的农民、住在铺板房里的闲汉，闲汉手里还端了堆着红油泡菜的饭碗，都裹着我们，一点点地挪动着。出泡中栅栏门右手是一条小巷，小巷钻进去几步是个臭气熏天的公厕，卖门票的麻脸老太婆兼卖着十几种报纸。人群跟又肥又大的苍蝇一样，嗡嗡地呼应着，终于在公厕的入口处停了下来。公厕有一扇共享的圆形拱门，还绘了一圈玫瑰花或者是红苕花，进去才分男左女右。虽然是臭不可闻，却像里边真供着什么神仙眷侣，可笑得很啊。当然，这也是一个方方面面都能接受的好地方。蒋副校长多次讲过，要撒野出去撒野，到茅坑边上去撒野。要打架的人也喜欢在这里动拳脚，因为这儿既不阻碍交通，看热闹的家伙又数目适当，缺了看热闹的人起哄，这架不是白打了？

包京生的手上还提着陶陶的捷安特，他其实已经是在拖了，拖到那个麻脸老太婆身边扬手一扔，说了声"操！"。麻脸老太婆倒不惊慌，依然埋着头理她的小角票，一张张叠成硬邦邦的三角形。

伊娃还是缠着陶陶，而金贵的手还抓住伊娃的肩膀不放。陶陶重复着低声的咆哮，他说，放了，我叫你他妈的放了，乡巴佬儿！

伊娃扭了扭身子，自然是没有把金贵的手扭下去。金贵的手爪几乎已经穿过了她的衣服，就像铁丝穿过了犯人的锁骨，除非你真拿刀把它砍了，不然你休想挣脱它。

现在，包京生已经成了一个旁观者了，我们都成了旁观者了，所有的眼睛都落在了金贵的身上。金贵抓在伊娃肩膀上的左手成了一个死疙瘩，而朱朱早忘了这疙瘩是她系上去的，只有她才是可以解开疙瘩的人。但是她的表情却分明告诉我，天哪，出什么事情了？应该怎么办？哦，这就是朱朱，你说她是装蒜吗？我现在也想不清楚。

陶陶照准金贵的胸前猛掀了一掌。那一掌也是猛啊，金贵向后一倒，刚好一屁股坐在摆满报纸的木板上，木板轰地翻了，报纸啪啪啪地飞起来，就像是一群鸽子受了惊，都打在我们围观者的脸上。麻脸老太婆的脸上看不出愤怒，愤怒都被麻子遮蔽了，她小心翼翼把三角形的角票收拣好，站起来俯身朝着金贵的脸，一连啐了好几口。金贵很快就直了起来，一只手还抓住伊娃，一只手还提着书包，他不能揩脸，也不能还手，老太婆的唾沫就像屋檐水一样挂在他的脸上。他就那么傻乎乎地站着，一声不吭。

陶陶说，放了！

金贵说，波！

陶陶终于动了拳头，他捏紧拳头，似乎短暂地犹豫了一下，兜底一拳打在金贵的下巴上。我们都听到像气球爆炸时"嘭"的一声，金贵的脸很滑稽地扭歪了，又还原回来，但是血从他的嘴角流出来，却不能够再流回去了。

朱朱指着陶陶，她说，住手，你住手，陶陶。你疯了！陶陶！

但是陶陶不搭理她，又一拳打在金贵的胸口上，那胸口也跟充满了气的口袋一样，发出"嘭"的一声。

金贵晃了晃，但没有倒下去。

陶陶嘭嘭嘭嘭，一拳又一拳地打在金贵的身上。金贵每次都要倒了，最后又摇摇晃晃站住了。

陶陶吼道，放手！放手！乡巴佬儿！

我也吼起来，还手，你他妈的还手啊，你这个臭乡巴佬儿。他要打死你的，你这个乡巴佬儿！

金贵扭过头来看了看我和朱朱，他眼里全是无奈和委屈。他说，波、波、波……可怜的金贵，他左手抓住伊娃，右手提着"美少女"，他已经没有手来还手了。

包京生把双手抱在胸前，很认真地观看着陶陶打金贵的动作。陶陶似乎累了，嘴里气喘吁吁的，而金贵咬着牙，还是打死不松手。包京生就笑了，他说，哥们儿，你们总得有个人松手，是不是？不然，不打死也得累死啊。

金贵自然是没反应，陶陶却仿佛一下子被点醒了，这一回他是对着伊娃说了。他的声音听上去依然是怒气冲冲的，他瞪着伊娃说，放了放了！

伊娃很吃惊、很可怜地看了一眼陶陶，放开了自己抱着陶陶腰杆的双手。她松开手，把空空的巴掌摊在眼前看了一小会儿，忽然"哇"的一声大哭了起来。而陶陶立刻就像松了绑，对伊娃的哭声充耳不闻，他跨上一步，双手揪住金贵的头发，朝前直冲过去。金贵的头发是卷曲的、乱蓬蓬的，也是油腻腻的，他被揪住磕磕碰碰地朝后退去。地不平整，昨夜下了雨，现在还坑坑洼洼的，人群呼啦啦地跟着朝后倒，不晓得要出什么事情。但他们很快就停了下来，因为金贵的身后就是一个揭了盖子的化粪池。陶陶抢前赶到，并且跪了下来，把金贵的头发死命地揪住，也立刻逼着他跪了下来。陶陶揪住金贵的头发，把他的头狠狠地朝粪池里按。粪池里冲出来的已经不是臭气了，而是他妈的让人天旋地转的恐怖。

然而陶陶忘记了，金贵的左手还揪着另一个人，那就是伊娃。当金贵跪下来的时候，伊娃也跪了下来，而且她整个上半身都快被金贵拉到粪池里去了。伊娃哭着，她说，陶陶放手，陶陶你放手啊放手！

金贵手里的伊娃是他挨打的理由，可是到了最后却成了他完美的人质。

但是陶陶对伊娃的哭声充耳不闻。陶陶不理睬伊娃的哭声，金贵手里的人质就成了粪池里的一堆大粪。陶陶依然死命地要把金贵按下去，他要把金贵的头按到灌满了大粪的池子里去。陶陶是敢这么做的，他也做得到，他惩治这个乡巴佬儿的理由好像已经不存在了，剩下的仅仅是惩治。

金贵的嘴里发出一阵呜呜的声音，他肯定是要呕吐了，但还憋着没有吐出来。他的鼻尖都被按得快要贴着大粪了，但还在顽抗着。我晓得金贵的滋味，我就这样被陶陶揪着耳朵没命地折磨过。如果没有谁插上一手，陶陶会一直按到你真正把大粪吃下去，他是真他妈的做得到的啊。

我朝着陶陶的后边迈出去一步。朱朱扯了扯我的袖子，她说，风子，别傻了。

我没有理会朱朱，我晓得我想干什么，而且我晓得我该怎么干。

突然，陶陶大叫了一声，这一声非常地短促，也非常地压抑，和笼子里的猛禽差不多，被逼慌了，饿极了，不得不叫，悲愤难耐，好像被按到粪池里去的人不是金贵，而是他自己。陶陶大叫了一声，把他妈吃奶的劲都使出来了，他要在这一按之下，彻底把金贵解决了。

围观者一片喝彩，还有人做好了拍巴掌的准备。他们真是高兴呢，他们为什么不高兴呢？看一个又帅又酷的男孩儿教训乡巴佬儿，好比看火车站的保安用皮带追打背着铺盖卷的民工呢。

他们吼着，好！

但是陶陶这最后的一逞被制止了。

我趴在陶陶的背上，把猎刀横在了他的脖子上。就是那把他送给我的猎刀。我这还是第一次在室外把它抽出来，在开始麻麻黑的光线里，刀身上发出阴黢黢的光，还有一丝金属般的花香。我说，放了，陶陶，你把他放了。我说得非常地平静。

　　为了向所有的人证明我是认真的，我用刀刃在陶陶的颈子上压了压。他颈子上立刻像被红圆珠笔画了一条线，而且在他嫩滑的喉结上起伏着，又像是一根漂亮的红丝带。我没有骂一句粗话，陶陶也没有。他晓得我使刀子是他调教出来的：如果手上有一把刀子，就要让人相信你敢把它捅出去。

　　里外三层的人都安静下来了。最外边的人也许什么也没有看到，但他们被粪池边传出来的安静震慑了，统统闭上了鸟嘴巴。只听得到车轮和脚步碾过小巷的风声，还有那个麻脸老太婆的鼻子在呼噜呼噜地响。

　　陶陶咚地一下栽倒在粪池边上，他全垮了。

　　我的眼前浮现出一个人，就是送给我弯刀的叔叔，那个拐了我妈妈在中亚的沙漠里瞎窜的男人。

14

金左手

公厕大战后的第二天，金贵得到了一个绰号，叫作"金左手"。这不是一个什么光荣的称号，因为大粪的颜色就是金子的颜色嘛，而金贵就是在粪坑边上成名的。有什么光荣可言呢？他依然是陶陶的手下败将，而且他依然是一个乡巴佬儿。金左手只是让全校的学生都晓得了，泡中新来了一个金贵，而金贵是一个闷头闷脑的憨东西、死心眼、左撇子和乡巴佬儿，一个让人好笑而自己却一点儿不懂什么叫好笑的人。

金贵用左手提"美少女"，用左手拿筷子，用左手握球拍，还试图用左手写字……反正，他的一切举止都和大家是左着的。左着的，你可能不明白，在我们的方言里，左的就是别扭的。有一次英语课听写单词，宋小豆一边踱步，一边咕哝着声音。走到金贵跟前停了停，金贵赶紧抬起头来，乱蓬蓬的头发下，满眼都是惶恐。没事，宋小豆做了一个手势，而且她还笑了笑，说，金贵和国际接轨了，克林顿也是用左手签字啊。

全班自然大笑，金贵拿左手的手背揩了汗，也跟着傻乎乎地笑。他的同桌问他，晓得笑什么？他说，波，波晓得。

金贵是从大巴山来的。哦，你不晓得大巴山，是吧？我也只是晓得而已，没有去过。对我们这座城市的人来说，每个人从小就听说过大巴山，听得耳朵里边都要长出黄土了。大巴山的巴就是乡巴佬儿的巴，大巴山千百次从父母、邻居、老师的嘴里传出来，大巴山就不是山了，大巴山就成了一个固定的说法：还有比大巴山更远的山吗？还有比大巴山更穷的山吗？还有比大巴山人更乡巴佬儿的吗？……而金贵就是大巴山来的人。他来到这里，是因为他的哥哥死了。

这一切都是我们后来才晓得的。金贵的哥哥比他早三年下山、进城、打工，他生前做过的最后职业是清洁工，清洗玻璃幕墙的清洁工。这个工作要了他的命，当时他的身子正停留在三十三层高楼的外边，捆住他腰杆的绳子突然断了。金贵的哥哥从三十三层高的地方飘落下来，他飘落的时候一定就跟纸一样轻盈的。因为物理老师坚持说，物体处于自由落体状态中，速度都是一样的，一团棉花、一坨铁、一个人，或者一张纸……都是一模一样的。唉，我但愿金贵的哥哥飘落到地上时，他没有痛苦，也没有血流出来，他仅仅是死了。

保洁公司的老板，当然是一个屁大屁不大的老板，他提出只要金家不告到法庭去，他可以把金贵接进城来读书、生活、工作。金贵的父亲点了头，只说了一句话，不要再做清洁工了。

我们问过金贵，你从小就是左撇子吗？金贵说，我波是左撇子，我波晓得啥子是左撇子。我割草、砍柴、拿牛鞭子……都是左手是顺手。

金贵的话很少，当然，反正也很少有人来找他说话。他是一个憨头憨脑的憨子。

陶陶在公厕大战之后，就成了另外一个憨子。当然他不是真憨，他的憨是沉默寡言的憨，是河流被冰封了，天晓得下边在折腾什么的憨。他除了和阿利还能说几句话以外，对谁都不理不搭了，上课是径直而来，下课是径直而去。他和伊娃的关系也彻底断了，真的是断得彻底，两个人打照面，不是扭头不见，而是视而不见，就像她是一棵树、一把椅子，或者一张缺了腿的课桌。有一回课间休息，我亲眼看见伊娃泪眼汪汪地揪住陶陶的领口，她说，我就算是一张缺了腿的课桌，它也能挡挡你的道啊，或者把你撞一撞啊。我现在算什么，空气、风，还是水？你从我身子里穿了过去，又不留下任何痕迹是不是？

伊娃的声音不大，实际上她的声音总是很小的，小得刚好能够让全教室的人听清楚。果然，大家开始窃窃私语，并且用目光又把他们两人绑在了一块。我的脑子总是要比别人少根弦，我没有听出伊娃的弦外之音，只是佩服她真不愧才女的称号。我就对朱朱说，人家当怨妇也当得那么有文采，发牢骚也跟他妈作诗似的。朱朱听了，皱着两条细眉毛沉思了一小会儿，很认真地问我，她妈妈真是一个诗人吗？我愣了愣才回过神来，哇哇大笑，在她的脸上狠狠拧了一下，我说，你这个假眉假眼的家伙，也学着搞笑了。但朱朱没有笑，好像还在沉思或者期待着什么呢。她说过她喜欢我骂她、拧她，但愿她不是故意说傻话来讨打。谁会认为朱朱是个神经病的女孩儿呢？她是那么漂亮、招人心疼，而且大多数时候都是怯生生的。

后来我才发现，朱朱恐怕是又装了一回糊涂了。因为包京生给我们提了个问题，伊娃干吗要骂陶陶从她身子里穿过去？我觉得包京生真是蠢到了头，我说骂架就跟打架一样，捡到什么就使什么，石头、刀子、妈的×，哪个还去多想为什么。但是包京生却挤了挤一只眼睛，很坏地笑起来，他说，别看你留板寸、穿皮靴，像个嬉皮士，可你还没长醒啊，你还是个没见过天的青屁股。他朝朱朱撇撇嘴，说，你说对不对，小美人？

朱朱没吭声，我看看她，她的脸都红了。我不晓得干什么她的小脸要假眉假眼地红，不就顶多是一句粗话嘛。况且陶陶对这句话根本就没放在心上啊。

那天，陶陶把伊娃的手从自家的领口上扳下来，再把她轻轻一推，她就一屁股跌在了座位上。伊娃就咿咿呀呀地哭起来，她是想用哭声来把陶陶圈住，可陶陶丢下她已经走了，哪管她在哭什么。

这一次伊娃哭得细声细气，但又哭得意外地长，绵绵的雨水一样，不能让人惊心动魄，却把人搞得心烦意乱，永无宁日似的。就连上课的时候，她也在抽抽嗒嗒，没完没了。好在伊娃的哭声掌握得很有分寸，刚好在不干扰教学的范围内。泡中老师的涵养也真的是不一般，他们听见了也就跟没有听见一样。在泡中当老师，蒋副校长曾在广播里说过，第一是要涵养好，第二是要涵养好，第三还是要涵养好，我们泡中的老师，就是涵养最过得硬。这番话，蒋副校长在每年的教师节时都要重复好多遍，既表扬了老师，也讨好了学生。而宋小豆说过一句更为精彩的话，涵养不好早见鬼了。

这还是陶陶转述给我的，宋小豆骂他，骂着骂着，就先后用双语叹息了这么一句。宋小豆说出来的那个鬼是西方人的鬼，不是我们的鬼，叫个什么蛋，也许是傻蛋或者鸟蛋吧？陶陶也没有搞清楚。陶陶现在再不会给我说什么了，他和我一点儿关系也没有了。陶陶大概想和所有人都把关系了断了，他站在那儿，坐在那儿，就像没鼻没眼、没心没肺，就像一团气。

但是伊娃是不依不饶的，这个瘸腿女孩儿的想法总是非凡的。她把她的想法、她的秘密，都记录在了她的《大印象》里，不过她再也不会由谁朗读给我们听了。她除了哭泣，就是埋着头，一个劲地写啊写啊。她的脸色是煞白的，脸颊薄得像一把刀子，鼻尖上的弯钩和鱼钩一样尖锐。我们都想晓得她写了些什么，任主任的侄儿说，愤怒出诗人，伊娃的愤怒肯定更让她妙语连珠吧。但是她不让任何人碰她的《大印象》，她走到哪儿都拿双手把本子抱在胸前，和电影里日本、韩国的女孩子一样，活脱脱成了个假眉假眼的淑女了。不过，至少我当时是这么认为的，这全都是他妈的假象啊。不然，伊娃如何是伊娃呢？

有一天阿利告诉我，他亲眼看见伊娃在十三根泡桐树揪住陶陶，扇了他一个耳光。

我并没有吃惊，我只是问阿利，陶陶也没还手吗？

阿利软软地吐口气，他说，陶陶没还手，陶陶什么话都没有说，就骑着自行车走了。

可怜的阿利，在公厕大战之后他也连带着给废了，就像挨了一顿黑打的家伙就是他本人。

公厕大战其实是好事者们瞎叫起来的，哪有什么大战呢？谁都没有挨黑打。如果按麦麦德的说法，一盘棋才刚刚落子，就已经成了残局了。没有谁遭到黑打，也没有谁为此受到警方、校方的惩罚。这种事对泡中来说，说到底，也没什么好说的。只不过它发生在高二·一班，我、陶陶、金贵，还有包京生、朱朱凑巧算是它的当事人，所以它才对我们几个少而又少的人产生了一丁点儿的影响吧。我还是我，我和陶陶的事情早在这场所谓的大战之前就结束了，我从来没有好好地了解过他。当然，他可能也从没有了解过我吧？管他呢。我失去的仅仅是那把猎刀，十八岁生日的礼物。那天我从粪池边直起身子的时候，猎刀就已经不在我的手里了。也许谁把它捡回去了，也许谁把它一脚踢进粪池了，这和我已经没有关系了。反正，我手里已经没有这把刀子了。

有一回麦麦德单刀匹马去劫持一支富商的骆驼队，在格斗中他把刀丢了，把刀丢了，他还在和他们拼命搏杀。对方吓坏了，说，这个人真要命，这个人连刀都不要了！他们就发一声喊，跑了个精光。噢，也许，一个人到了不要命的时候，就连刀都不要了，就把自己也变成了一把刀了？这个情节我记得最熟，因为我至今也没有弄懂这到底是为什么。

我劳神费时地想过该怎么处置剩下的那把刀子，就是那把镶嵌有红宝石、绿宝石的土耳其弯刀。最初我想将它扔进烂肠子一样的南河里去，由它在污泥浊水中埋葬吧，让恶心来冲刷恶心。但我终于没有扔，扔了对不起打造这把刀子的师傅，他一定是个很有耐心的老年人，披着和麦麦德一样的袍子，有着和麦麦德一样灰色的眼睛，那是像沙漠一样滚烫、柔和的眼睛。他打造刀子的时候，一锤一锤地敲，一刀一刀地刻，才把它做得这么漂亮的，漂亮得就像弯曲的月亮，就像朱朱的眉毛。朱朱的眉毛是不该沾上污泥浊水的啊。因为我想不明白，我反而每天晚上都把弯刀攥在手心里摩挲。我还从来没有这么亲近过一把刀子，过去我是不厌其烦地观赏它，现在我是长久地在黑暗中抚摸着它。就像一双婴儿暖洋洋的手在抚摸着一朵花，直到花也变得暖洋洋的了，盛开了，并且萎靡下去了。

爸爸躺在隔壁翻来覆去睡不着，他不停地咳嗽，吐痰，起床喝水，上盥洗间……他做这一切的时候，都小心翼翼，克制着减少响动，生怕惊扰了我的好梦。他哪里晓得，我有什么好梦？我一直睁大眼睛等待天亮呢。我默数着他发出的每一个声音，我晓得是他压抑的声音、装得跟小猫一样的脚步，真正使我有了说不出的伤心。我想趴到他的床头上去给他说说话，可我不晓得应该说些什么才好，已经记不得上一次趴在爸爸床头说话的时间了，也许是十几年前的事了吧。

丫丫谷的潮湿和阴暗完全把爸爸给废了，他总是在阳光遍地的天气也叹息关节痛、肌肉痛和皮肤瘙痒。他的军帽、军装就挂在门后的衣钩上，帽徽和中校肩章在闪闪发光。爸爸每天的功课就是擦拭它们，干干净净，保持着明亮。

我已经好多天没有买过鲜花了。爸爸老是打喷嚏，呼吸急促，他说他可能是对花粉过敏。爸爸已经被转业办安置到一个信箱工作了。信箱的首长说，老何你还是老本行吧，做做保卫工作，军人嘛，就是这些特长，不卫国了还可以保家，因为这个信箱就近在我们的家门口啊。首长还当即发给爸爸一套崭新的灰色制服，就是那种泡中灰狗子保安的制服，还有一根电筒一样的电警棍、一双大得不得了的白手套，爸爸的手放进去，就像耗子钻进了棉被窝。我问爸爸，你是怎么想的呢？爸爸不说话，只是用使劲的喷嚏和咳嗽来答复我，他把脸咳得通红，眼窝里都要溅出血来了。他摆摆手，我就把桌上那束百合从窗口扔了出去。从此我就没有买过鲜花了，真的，我一次也没有买过了。

妈妈还没有回来。我不晓得她和爸爸达成了什么协议，反正她没有回来。她给我通过一次电话，说，妈妈再咬咬牙多干些，我们就是有钱人了。

我冷笑了一声，我这还是第一次对妈妈冷笑呢。我说，我晓得你咬着牙齿在干什么？

妈妈在电话那头好久都没有吭声，半天才骂了一句，妈的！

我把电话撂了。我觉得很好笑，我不是妈的是谁的呢？

昨晚，刮了一夜的东南风，把我们家窗台下的芭蕉都打折了。大树下那些用来搓小麻将的桌椅都在风中乱跑，窗户噼噼啪啪作响，到天亮的时候，我还看见谁家的小裤衩、小内衣一直在天上飘扬呢，就像是粉红色的鸽子和燕子。我心情忽然变得很好，我说，爸爸爸爸，你去割一斤肉，买两个萝卜，再加半斤蒜苗，晚上我给你做回锅肉。

爸爸用叹息一样的声音答复我。我的好心情使他也有了好心情，他的叹息是高兴的、惶惶不安的，生怕那好心情忽然会被风又吹走了。

学校操场边的一棵老泡桐树也被吹倒了，树倒下来横在跑道上，一下子把跑道都堵死了。这树也实在是大，倒下来就跟一间房屋坍塌了一样，数不清的枝枝丫丫上还留着肥大的叶子。树冠上还有鸟巢，鸟巢又大又柔软，它摔下来，里边七个鸟蛋居然一个都没有摔烂。

上午第一节课就是我们的体育课，体育老师让班长带领同学先把大树清除出去。朱朱喊了声，男同学都来呀，但没有一个人应答。风虽然小了，但还在刮着，气温降了许多，我们都没有及时添加衣服，风吹在身上冷飕飕的，我们都缩了脖子、抄着双手在操场上跺脚，谁想做这种破烂事情！可怜的朱朱没法子，就围着树干转了一转又一转，好像一个拳击手在绕着对手兜圈子，真要笑死人了。但是她转着转着，忽然惊叫起来——她成了第一个发现鸟巢和鸟蛋的人。

朱朱把鸟巢和鸟蛋都捧在手心里，就连声音都有点儿喜极而泣了。是的，是喜极而泣，当瘸腿伊娃描写到浪子回家、情人重逢……她总是会使用这样一个词：喜极而泣。朱朱就是喜极而泣的，她差点儿说不出话来了，她就那么捧着，说，风子风子，七个蛋，七个蛋啊七个蛋。同学们一下子哄笑起来，有个坏家伙摇头晃脑地念起来，朱朱不摸蛋，一摸就是七个蛋。我一脚踢在他的屁股上，我说，妈的×，有你说的！其他男生冲上去把朱朱围起来，嚷着，要蛋蛋，要蛋蛋，我们要蛋蛋。

朱朱在人群中娇滴滴地抵抗着，她说，不要不要。

我看了看，只有两个男生站在那儿没动，一个是陶陶，一个是金贵。金贵的头发还是乱蓬蓬的、油腻腻的，但他已经不是穿西装的金贵了，他穿着红色的校服，和他红扑扑的脸一样地红。他的颧骨高高的，也被风吹红了。在一瞬间，我忽然觉得金贵很像一个人——一个贴在广告画上的印第安男人，头上插着羽毛，手上拿着补肾丸，真是土得不像话。

我说，金贵金贵，你还不去护着班长！班长对你那么好。

金贵犹豫了一下，又看看陶陶，陶陶一点儿表情也没有。金贵就冲上去，用左手一个一个地揪住男生的衣领，把他们硬邦邦地拉开了。没有一个人试图反抗，都笑嘻嘻地退了几步，金贵的劲他们都晓得的，不是狠，是蛮。公厕大战之后，金贵的金左手名噪一时，但慢慢地，班上无架可打，大家就有点儿把这个乡巴佬儿忘了。金贵不说话、不发言、不交朋友，闷头闷脑地上学放学，可现在他一出手，谁都把他的蛮劲记起来了。

人群散开后，空出一个圆圈来，就朱朱一个人站在那儿捧着鸟巢、鸟蛋，她那么苗条，又那么丰满，又那么可怜兮兮地可爱。她的样子是不知所措的，茫然得让人心疼的。我喊了一声，朱朱，你傻站着做什么呢？交给老师啊。

体育老师正在一边吸烟，就把烟屁股扔了，还拿脚尖去抹了几抹，他说，我不要。他别过头向着那棵树，很疲倦地说，赶紧把正事做了吧。泡中的体育老师都是这副很疲倦的样子，当然，也都是很酷很想招女孩子喜欢的馋相。

金贵看了看朱朱，慢吞吞地走到那棵倒下的大树旁。他躬下身子，把左胳膊伸到树干下掭了掭，一使劲，想把树扛到肩上去。但那树千真万确是太沉了，树叶哗哗一片乱响，树却没动。所有人都望着金贵，静静地，只有风在轻脚轻手从操场上刮过。金贵把红通通的脸都憋得要冒血了，还是不行，他就把左手收回来，两手扶在树干上，拿肩膀静静地推。是静静地推，嘴里一点儿声音都没有，他的身子都绷直了，两只脚在地上蹬出了两条小沟。树开始慢慢地移动起来。陶陶走过去站到金贵的身边，用肩膀顶住树干，也推了起来。然后是阿利和几个男生。

包京生看着我。我说，还看什么呢，你不是大老爷们吗？

包京生说，我凭什么？

我说，你不是还欠着我吗？就算我帮朱朱。

包京生说，你也欠我。

我说，就是欠，也分先后顺序是不是？

我们都没再说话，两个人走到树的那边，一齐伸出四只手来拖。包京生大概是好久不洗澡了，他站在我身边，汗味刺鼻，很熏人，也很暖人。他真跟一头河马似的，喉咙里头轰轰作响，就像在喊着号子，打着节拍。那树一小会儿就被我们搬到墙根去了。

朱朱怀里的鸟巢、鸟蛋后来都被任主任取走了。她把鸟巢扔进纸篓，把七个鸟蛋整整齐齐码了一盘子。盘子是细瓷的，跟婴儿皮肤一样白，鸟蛋放在上边透亮，还微微泛红，就跟朱朱一样招人怜呢。放学的时候，朱朱噘着嘴巴告诉我，任主任又在盘子里添了一个小鸡蛋，凑成一个"八"，亲自送进了蒋校长的办公室。蒋校长就是从前的蒋副校长，他现在是蒋校长了。蒋校长还住在从前的办公室里，四周植物茂密，那屋子还像农庄一样古老、时尚。

朱朱从牙齿里小声切出几个字，她说，他、鸟、卵、的！

15
交换

蒋副校长之所以成为蒋校长，里边还有两个段子，虽然比不上赵本山和潘长江的精彩，可也让我们快活得半死了。蒋副校长不是演小品的职业演员，他不过是友情串演，四两拨千斤，就把校长的交椅搞定了。

当然，所谓四两拨千斤，也是他煞费苦心多少年，才一拍脑门子，顿开了茅塞。不过，据伊娃告诉我和朱朱说，其实凭蒋副校长那油光光的脑门子，他到死也不会有长进，还不是有高人当头敲了他一棒，才把他敲醒了。

朱朱就问，那个高人是谁呢？

伊娃嘴里叽叽咕咕了一阵，说，还不是那个会说他妈鸟语的女人！

我们再傻，那人是谁，也自然是清楚了。可我有点儿吃惊，伊娃的声音里，咋个就夹了那么多的恨意呢？

更早的时候，伊娃在《大印象》中这样说过，男人和男人可以成为好兄弟，男人和女人可以成为好朋友，但是女人和女人只能成为生死冤家。为什么会这样呢？伊娃说，世界上属于女人的东西太少了，到手的就怕被别的女人抢走；而要到手的，也只能从别的女人手中去抢。所以女人和女人的关系，就是防范和抢夺的关系、警察和小偷的关系、猫和耗子的关系、冤家和冤家的关系。

朱朱听了，笑吟吟地问过她，我和风子也是冤家吗？

伊娃也是吟吟一笑，说，不是，你们俩不是冤家。在你眼里，风子还是个女人吗？

朱朱当作笑话转告给我，我倒也不在意，只说了一句，妈的，我不是女人？！

已经想不起我和伊娃是怎么摒弃前嫌的。"摒弃前嫌"这四个字是伊娃告诉朱朱的，你现在晓得，这么文绉绉的话我哪说得出来呢？伊娃对朱朱说，被同一个男孩儿甩了的女孩儿应该摒弃前嫌，而且惺惺相惜（或者是心心相印？）。我确实不记得，这话她是在我们摒弃前嫌之前还是之后说的，反正，我们开始说话了，还交流着对那些鸡零狗碎事情的看法。伊娃的《小女子大印象》还在秘密地写着，而她说名称已经改为了《地下室手记》。我很吃惊，朱朱也说，你不是在课堂上写吗？咋个就成了地下室呢？伊娃把她的鹰钩鼻子歪了歪，很宽容地说，这个，你们就不懂了。

是啊，我想，我们都懂了，伊娃如何还是伊娃呢？

关于蒋副校长当上校长的事情，伊娃是这样说的，他和任主任水火不容已经多年，上边放出话来，如果他们两人不能改善关系，就要一锅端了，再派人来做掌门。他们自然是怕两败俱伤的，就达成了妥协，任主任支持蒋副校长扶正，而蒋副校长承诺，让任主任接他的班。但是教育局局长，也就是从前泡中的老校长，他对蒋副校长有看法，一次来泡中视察，在饭桌上借着酒劲说蒋副校长"水深"。蒋副校长涨红了脸，还只得傻乎乎地问，怎么叫水深啊？局长就说，深不可测。蒋副校长再要装憨，又害怕局长疑心自己是作秀。

那个会说鸟语的女人就冷笑说，作秀有什么？×××还作秀呢，不怕你作秀，就怕你秀得还不够。她献了一计，蒋副校长听了还不敢相信，他说，仙人指路，也不过如此啊。他就买了很多礼物，自然也就是玉溪、五粮液、龙井之类的东西了，大包小包一大堆，先到教育局分管人事的副局长（也可能是书记）的家里走了一遭，面带焦虑，言辞恳切，说听到传闻，局里要让他当校长，这让他惶恐不安、茶饭不思，因为自己才疏学浅，做副校长已经是捉襟见肘，如何做得校长，千万使不得！可怜的副局长，也可能是那个应该绰号"憨憨"的书记，感动得泪珠子都要掉下来了。他在局里

177

开会时动了情，操着舞台腔做报告，同志们哪，自古只有花钱买官的，哪有送礼辞官的？这样的同志不当校长，谁当校长？！当然，这是后话了。

蒋副校长接着就去武汉考察"合格学校"的办学经验，在黄鹤楼上给教育局局长和老婆各写了一封信。给局长的信是汇报考察所得，条分缕析，头头是道。给老婆的信则声称今天是自己的五十岁生日（也可能是五十五岁的生日），几两白酒下肚，往事涌上心来，就面对滔滔江水，向老婆回顾自己的人生。他说，鲁迅名言，人生得一知己足矣，这还不够，应该加上一句，人生得一导师幸甚。我的导师就是老校长，没有他的帮助，哪有我们家的今天？最后的几年，我就是当好副校长，做好未来校长的助手，为老校长分忧。我要这样做，你也要这样想。官场水深，深不可测，但老校长在一天，我就觉得心里舒坦了……完事之后，他把两封信装错了信封，用口水贴了邮票，走到江边一处邮筒投了进去。信发回去，两千里外，弄得他老婆听了一回汇报，而局长则吃了一次惊吓。局长差点儿扇了自己的耳光，相处十几年，自己是伯乐不识骏马，昏君不识忠臣啊。第二天局长到办公室签任命书，那手都还哆嗦呢。

伊娃说着，还站起来，一瘸一瘸地表演给我们看。于是傲气凌人的宋小豆、老谋深算的蒋校长、老实憨厚的副局长，还有大权在握的局长，全成了他妈的一窝残疾人。我和朱朱捧着肚子，生怕笑岔了气。

我说，你太坏了，你咋个晓得这么多的秘密呢？你把瞎编的小说当真了。

伊娃满脸不高兴，她说，现在还有什么是秘密啊！克林顿和莱温斯基被窝里的事，还不是全世界人民都晓得了？

是呀，这么说来，可怜的伊娃也许就真的没撒谎。麦麦德说过，世人多昏聩，偏偏聋子能耳听八方，瞎子可以眼观六路。为什么瘸子就不能跑遍旮旮旯旯呢？可是，那个会说鸟语的可怜人，她为什么要给蒋副校长献上锦囊妙计呢？

伊娃说，天晓得。

我说，你什么意思啊？

伊娃说，天晓得。

我懵懵懂懂，似乎又真有些懂了。天晓得的意思就是：一、鬼才晓得；二、只有上帝知道。

就在我们搬运泡桐树的那天，包京生又一次邀请我去泡吧。他已经不止几十百把次地邀请过我了，他说我欺骗他、利用他、开空头支票、许他妈天大的愿，到最后他什么也没有得到，倒成了人人笑话的傻×！在食堂排队打午餐的时候，他紧紧地靠着我，他身上刺鼻的汗味和蒜苗、大葱、红烧肉的味道混在一起，让我有点儿窒息，还有点儿发晕。他站在我后边，他嘴里的热气吹进我的后颈窝，我感到像有小虫子钻进了小背心，一阵比一阵痒得更厉害。我是留板寸的，板寸又短又硬。包京生却居高临下，凑着我耳根子很邪气地笑，他说，姐们儿，别人都说你的脑袋像刺猬，只有我看得见，你颈窝长着嫩毛毛呢。我气得转过身子，拿起饭盒就朝他脸上扣去，但我其实根本转不了身。这混账的包京生早就掐算好了，用两只手拉扯着我的衣角，哪容我动弹，他说，乖乖的乖乖的，啊？

我买了饭菜，突然恨恨地在包京生脚尖上踩了一下。可他也跟掐算好了似的，套着高帮的运动鞋，踩上去厚垛垛的，他连哼都没有哼一声。我端着饭盒到处找座位，包京生就跟狗似的跟着我，弄得我紧张，还能听到心跳。我不是害怕，我怕什么呢？我就是心跳呢。在食堂里慢慢兜了几圈之后，他还跟着我，我就对直朝着最僻静的角落走去。角落里只坐着一个人在吃饭，他慢条斯理地用左手刨着饭菜，很悠闲地打量着乱糟糟的人群。我走拢去，才发现那个人竟然是金贵。

金贵见我和包京生在他对面坐下来，脸上的悠闲忽然就没有了，他想招呼一下，但嘴里包满了饭菜，只嗯嗯了两声。他又想站起来，但桌椅间太窄，他的膝盖只能弯着。包京生说，得得得，免礼吧。金贵就坐下来，依然用左手拿了筷子，慢慢地刨着，眼睛却放在我们身上，直直地看。朱朱曾说金贵的两只眼睛隔得很远，一看就带点儿蠢相。我就往金贵的眼睛多看了看，却看不出名堂来。

我忽然笑了一声，我说，你看起来总有些笨手笨脚的，金贵，左撇子都是天生的吗？对不起，我用惯了右手，总觉得左撇子都是笨手笨脚的，不好使。

波，金贵说着，又用左手握着筷子刨一大口饭吞下去，波，我波是左撇子。

包京生不耐烦了，说，哪来这德行？这么多波波波，不右即左，你还能是右撇子？

波，金贵说，我波是右撇子。

包京生火了，他说，我操，你他妈还能没撇子！

波波波，金贵也急了，但急得很有耐心，他说，我波是说我莫得撇子。他慢慢举起他的右手，老年痴呆似的在空气中画了半个圈，说，我是波晓得我是哪个撇子呀。

我点点头，说，你说不清楚我帮说你，你只晓得你的右手不好使，是不是？

金贵不说话，点点头，很感恩涕零的样子。

朱朱也端了饭盒凑过来。金贵见了朱朱，就清清楚楚叫了声"班长"。

朱朱嗯了一声，说，金贵好，金贵不讨厌。

我就对包京生说，你要请我泡吧，就把朱朱和金贵都叫上。

朱朱说，金贵不讨厌。

包京生愣了愣，说，行行，我也叫个人，叫上阿利跟我们一块去泡红泡沫。

但是阿利拒绝了，他说，我去哪儿都可以，就是不泡吧，我要是泡吧，我爸打断我的腿。

包京生把手放在阿利的肩膀上，他说，阿利，我诚心诚意跟你做哥们儿。

阿利的嘴唇在哆嗦，他乞求似的看看我，说，风子晓得，我真的不泡吧。

包京生说，不泡吧，就不泡吧吧，我们去吃麦当劳。

我也不吃麦当劳，我还有事，阿利看看我，就像在说一件我晓得内情的事，陶陶今晚约了我。

包京生也看了我一眼，好像他在跟我商量，他说，那我们明天吧，我们有耐心，阿利。

阿利的嘴唇哆嗦得更厉害了，连声音也发颤了，他说，风子，我们各耍各的吧。

然而包京生否定了阿利的话。他用手拍拍阿利的头顶，像悠闲地拍拍皮球，他说，七点半，就七点半吧，我们都在麦当劳门口等着你。

七点半，阿利来了，但我们远远就看见，阿利是和陶陶一起来的。麦当劳的大门开在横跨大街的天桥上，从门口可以望见斜对面瓦罐寺的红墙飞檐，也可以看清脚下蚂蚁般乱窜的人群。阿利和陶陶在桥下放了自行车，就噔噔噔地上来了，正是人流的高峰，他们在人流中侧身穿行着，很急促也很利索的样子。

包京生把一只手搭在我的肩膀上，肥大的巴掌反复地攥紧又放开，关节咕咕地响着。我觉得不自在，要把他的手推下去，推了几下，他却一点儿没反应，只是看着越来越近的阿利和陶陶。我就让它搁在那儿了，我感到它是需要有个地方搁的，因为它在变得发烫和颤抖。我想让他放松些，就说，爷们，你看陶陶的脸像不像双层的牛肉汉堡啊？

但是包京生就跟没听见似的。阿利和陶陶已经上了天桥了，上了天桥，他们的步子忽然慢了下来。天桥上挤满了擦皮鞋的、拉二胡的、跪在地上讨口饭的，阿利微微斜着身子，既像给陶陶让道，又似乎在听候陶陶的吩咐。陶陶把两手抄在裤兜里，慢吞吞地走过来，眼睛在我们每个人脸上扫一遍，然后落在我们背后那个著名的招牌上。红底黄字的 M 就跟一个巨大的屁股似的，全世界的人都想凑过去咬一口。陶陶把那个狗屁的 M 看了又看，步子几乎都要停下来了，本来就只有几步路，他们硬是让我们等了老半天。我忍不住了，我说，阿利，你带个人来，吃饭呢还是打架呢？

阿利不说话，看了看陶陶。陶陶把眼光从 M 上收回来，久久地打量着我的嘴巴。我的嘴巴没什么出奇的地方，大一点儿罢了，厚一点儿罢了，这是他用他的嘴巴堵过无数次的嘴巴，现在跟他是什么关系也没有了。我看着陶陶，我好久没有这么平静地、正面地看过他了。他看起来消瘦了，脸上的轮廓变得方正了，皮是皮，骨是骨，没有多余的肉，多余的是上嘴唇有了些脏兮兮的东西了，就像拿锅烟抹了一抹黑。我说，陶陶，你都是长胡子的人了，你就别当傻瓜了。你想打架你就真傻了，你回去吧。

但是，我这句话还没有说出来，陶陶已经开口了。他是冲着我的嘴巴，就是那个他无数次用自己的嘴巴亲热过的、湿漉漉的地方在说话。他就跟看透了我的心思一样，他说，我不是来打架的，为什么要打架呢？各有各的耍法是不是？哪天你们耍腻了，说不定也就放单飞了。也说不定，他说，就又想跑来跟我打堆了，对不对呢？说到后来，陶陶甚至还微笑了起来，他微笑的时候，嘴角和眼角都有了让人吃惊的小皱纹。

包京生的手关节还在我肩膀上发出咕咕的声音，他笑了一笑说，哥们儿，还是哥们儿。他突然伸出手去，一下子就把阿利抓住了，他抓阿利一点儿不像金贵抓伊娃，他的手臂像陡然长了一长节，一下子就把阿利揽过来了。包京生把我和阿利一左一右揽在怀里，他嘴里不住地说，好哥们儿、好兄弟，我们今儿好好乐一乐！

你说得没错，再没比阿利更好的兄弟了，是不是？陶陶顿了顿，他说，我说句话你们不相信，别以为谁该侍候谁，等到砖头掉下来砸了脑门还以为是汉堡呢。他又扫了一眼朱朱和金贵，说，朱朱还是那么漂亮，可惜……

朱朱莞尔一笑，说，可惜什么呢？

陶陶却把目光和话头都岔开了，他看着金贵，说，都是好姐妹，也都是好兄弟。说完他转过身就走了。

阿利喊了一声"陶陶"，但是他哪把陶陶喊得回来。

陶陶刚走了两步，就被一个擦皮鞋的绊了一跤。陶陶站稳了，扬手就是一耳光，我们都听到了绵渍渍的一响。那家伙倒下去，把自己前边的小凳都扑倒了。陶陶说，今天是你的好日子。他掏了一张钞票，大概十元钱，扔在地上，扭头就走了。

包京生不耐烦了，夹着阿利和我，他说，得得，英雄落魄，杀条狗来出气，俗不俗套？他吆喝着，把我们一拨人赶进了麦当劳。

包京生挑了一个临窗的座位先坐下来，他点了一大堆东西，无非汉堡、鸡块、薯条之类。他指指金贵，说，你跟着阿利端盘子，你有力气，有力出力吧，啊？

金贵看着阿利，阿利则看着包京生，阿利的眼睛里亮着一团火苗。包京生却做得懵懵懂懂的，他很和蔼地问阿利，阿利，我说错了什么吗，阿利？

阿利使劲闭了闭眼皮，说，你没说错什么。

包京生点点头，说，那就赶紧吧赶紧，啊？

阿利转眼望着我，可是我避开了，我看着窗外。落地玻璃墙的外边，又在飘雨了，霓虹灯鬼眨眼似的亮起来，夜色又泛滥又伤感。有些伤感的电影就是这样开头的，不是吗？我可以顺口举出九九八十一部电影来，都是这样的。伤感不是个没用的东西，它让人牵肠挂肚。我听到店堂里在放一支伤感的曲子，是小喇叭吧，跟一条丝带似的，在我们中间绕来绕去。店堂总是这样的，饭馆、面馆、咖啡馆……老是放伤感的曲子，好像伤感另外的功能就是增进食欲。我回过头来，阿利和金贵已经回来了，把吃的喝的摆满了一桌子。

阿利挨着我坐着。他再次看着我，他这么近看着我，我就无法把眼睛移到别处了。阿利的眼睛红红的，小兔子一样，他说，风子，今天晚上算是我请你吃饭，他们都是陪客。

包京生一口气喝掉了大半杯可乐，他说，错了，阿利，你今天是我请来的客人。

阿利的嘴唇在哆嗦，说不出话来。我摸了摸他的耳朵，摸了又摸，我说，没事的没事的，阿利。阿利就耷了眼皮咬起汉堡来。

包京生又说，今天阿利是我请来的客人，你们都算陪客。

朱朱说，算了，我们都晓得谁请谁，完了还不是阿利在买单。

但是包京生坚持要把事情弄清楚，他说，谁买单我不管，阿利今天是我请来的客人，对不对，金贵？

金贵正用左手到纸袋里取薯条。他显然是第一次吃麦当劳，但让我吃惊的是，这个乡巴佬儿一点儿都没露出馋相来，相反，他吃得彬彬有礼、慢条斯理，吃完一点儿还用餐巾纸仔细揩嘴巴！听到包京生叫他，他并没有马上回答，他把那根薯条送进嘴里，反复地嚼，直到把它嚼得什么都没了。金贵说，波，我波晓得。

包京生瞪着金贵，把一个汉堡夹在手心里，夹成了一张薄饼。他说，你不晓得，那你晓得什么呢？

金贵却不看那张薄饼，他喝了一小口可乐，就跟品了一小口红酒似的，还说了一句文绉绉的话，你把我弄糊涂了。

包京生瞪着金贵，而金贵却没事一样吃着喝着，根本就不看他。包京生终于笑起来，很亲热骂了句，你他妈是装憨呢。

但金贵再不接话，只是慢慢地吃喝。朱朱就说，包大爷们，我是憨人说憨话，高二·一班有两个人你别去欺，欺了你要遭天罚。

包京生说，哪两个？

朱朱说，一个是伊娃，一个是阿利。

包京生忽然很难受地"啊——"着，长长地"啊——"着，然后打了一个天大的喷嚏，震得我们耳膜子轰轰地响。眼泪、鼻涕涌上来，包京生的样子充满了委屈，他说，陶陶把两个人都踩了，他倒没事。

我呸了一口，谁踩谁？！阿利是陶陶的朋友，陶陶才是阿利的跟屁虫。

包京生看着阿利，说，阿利，是吗？

阿利伸出一根指头指着包京生的脸，我从没有看过阿利做出这个动作来。阿利说，包京生，你要还是个什么爷们，就别去惹陶陶，他爸爸被抓了，他不想跟谁有什么事。

我正咬了一大口汉堡到嘴里，想说什么，却呜呜地叫，什么话都说不出来了。

16
空空如也

　　现在你有什么想法呢？如果你是一个爱过陶陶的女孩子，你突然晓得他在和别人打架时，脑子里浮现着爸爸被抓走的情景，你会怎么样呢？他只有十八岁，坚强有力、趾高气扬，突然有一天他看见爸爸被一双手铐铐走了，他会对着谁去哭呢？我现在明白了一切，包括从那时直到现在，陶陶为什么是这样一个陶陶。那一天，他应该找到一个心疼他的女人，好好地哭一场。没有掩饰，也没有羞愧，跪在地上，或者扑进她的怀里，哇哇地哭，把伤心和委屈都哭得干干净净。他找到了吗？那个人一定不是我，不是伊娃，也不会是他妈妈。这个时候，他妈妈哪还能承受一个男孩儿的哭泣！我不晓得陶陶是否找到了这样的女人，我只是一想到公厕大战前陶陶的仓皇、无助、哀求，我心里就滋味难言。如果我当时晓得他的处境，我会为他做些什么呢？然而，现在已经不是当时，我也找不回当时的心情。噢，陶陶对于我，到底又算是什么呢？我说不好。我就不说吧？

陶陶的爸爸是在公厕大战前一晚被抓走的。当时他已经躺下了，正靠在床头上吸着烟看晚报的市场版，他说了一句，×，王八又涨价了！这时候警察敲门，进来就把他铐走了，他还披着带条纹的睡袍，趿着羊皮拖鞋呢。据说，陶陶的妈妈曾拉着陶陶给警察下跪，求求他们放了陶陶的爸爸。但下跪又有什么用处呢？警察叹息了一声，说，起来吧，丢人现眼的。这个擅长把别人的钱当自己钱的男人，就被铐走了，再也没有回过家。几个月之后，也许是一两年之后，他查出有肝硬化，或者是肝癌，死在了监狱中。当然，这已经是后话的后话了。

我问过阿利，陶陶的爸爸犯了什么罪？

阿利瞪了我一眼，老气横秋地说，还不是工商所长爱犯的那种罪。

我还是不明白，但我也不想再问了。我又不是工商所长，那种罪跟我又有什么关系呢？我只是微微诧异地看着阿利，阿利真的是有些老气横秋了，他的上嘴唇也像给锅烟抹了一抹黑，脸上还挂着点儿漠然的笑。

阿利要比我矮上半个头，我忍不住伸手去擦他的嘴唇，我说，阿利，你也变得脏兮兮的了。

可阿利横手一挡，把我的手挡到一边去了，他说，你别老把我当娃娃。

我心里"铮"地响了一下，就跟有什么东西被抽走了，就跟刀子被抽走了只剩下空空的鞘。我说，阿利，你好像有点儿怨恨我？

阿利说，没有没有，你搞错了，我怎么会怨恨你呢，风子？

是啊，阿利怎么会怨恨我呢？在我们高二·一班，只有我是真心护着他的。陶陶护着他，是因为陶陶是他的保护人，我护着他，是我真心地觉得我应该护着他。看着小兔子一样的阿利被几双强壮的手抓来抓去，我总是心头发痛。阿利现在的保护人变成了包京生，包京生上上下下都把他攥在手心里。

包京生越来越爱吃烧烤了，每天中午他都要拉了阿利去吃烧烤鸡屁股。晚上呢，他喜欢喝豆浆，就去台北豆浆王喝豆浆、吃饺子。包京生还叫上我一块去，我不去，但阿利用那种湿湿的眼睛看着我，我就晓得自己是非去不可了。我说，去吧，把朱朱和金贵也叫上。于是，我们几个人就凑成了一个不伦不类的小团体，一帮可怜的寄生虫。

没有人再提起陶陶和伊娃，因为他们都像水印一样，被吮吸到地里或者墙里边去了。至少陶陶是这样的，除了上课，我很难再看到他。而且陶陶现在坐在最后排，我只晓得他坐在那儿，却不晓得他在干什么。他可能根本没有看黑板吧，不然的话，我的后颈窝怎么会感受不到他目光的触碰呢？管他呢，我这样想，可越是这样想，我就越是要想下去。有一次我从十三根泡桐树走过，回了几次头，也没有看见一辆捷安特疾驶而过，当然，也没看见一个留板寸的傻女孩儿靠着树干在等谁。

而伊娃也许更像是一只穿山甲，她钻进自己的《地下室》，把我们都抛开不管了。我很想把她的《地下室》偷来看一看，她一定记录有真实的陶陶、虚构的陶陶，还有跟影子一样在校园里出没的陶陶。当然这是不可能的，因为我们之间没有这种交情。虽然照她的说法，我们已经摒弃前嫌，但又照她后来补充的说法，两条受伤的狗在相互打量之后，只能各走各的路。伊娃对朱朱说，把伤口贴在伤口上，伤口就只能化脓生蛆，永远都别指望它结疤。然后，她就抛开我们，像穿山甲一样在她的《地下室》里面地遁了。

快到元旦的时候，语文老师，就是任主任那个可怜的侄儿，出了一道作文题，叫作《展望我理想的愿望》。我看着这个题目就不觉嗤嗤冷笑了，我算是明白了他为什么只是个肄业生。展望属于未来，理想属于未来，而愿望也属于未来，这就等于是说，未来我未来的未来，对不对？完全是天大的废话嘛。但我还是老老实实写了几个字，麦麦德说，只有傻瓜才去给傻瓜讲道理。所以我一笔一画地写道：

我想投考烹调学校，学会做家常菜、回锅肉、白油烧豆腐……恰到好处地辣、恰到好处地烫，可以当小饭馆的好老板，也可以当爸爸的好女儿，还可以给一个好男人当好老婆……

我不晓得小任看了我的作文怎么想，反正这都是我真实的想法，平时没有想过，提起笔来写的时候，这个想法就流出来了，就觉得这真是我要的那个未来的未来的未来啊。小任也许会冷笑，也许不会，因为他根本不认真看作文，只依据字数长短和字迹好坏来打等级，更不会搞什么作文讲评了。

不过，这一回小任破了例，就像伊娃老爱引用的钱什么书说的话，因为有公例，所以有例外。小任破了例，他在班上大念了伊娃的理想，大夸她写出了"内心的真情实感"。他把伊娃作文中"最精彩的段落"反复读了两三遍，以至于我们每一个人都能把它背下来了。

伊娃这样写道：

虽然我的腿是瘸的，可我的心灵是健康的。因为我的心灵是健康的，所以即便把我的瘫腿锯了，我也不会怨天尤人。即便让我的眼睛瞎了，我也会看得很远很远。倘若我注定要在黑暗中度过一生，我将会变得更加平静和安宁。不出门的人，能看见世间的纷争；不推窗的人，能领会天下的大道。英国的斯蒂芬·霍金坐在轮椅上观察宇宙，古希腊的荷马在黑暗中吟唱诗歌。我呢，我的理想就是在失去了眼睛之后，我也要在黑暗中思考和写作。因为我的世界是黑暗的，天下人的世界也都成了黑暗的了，我的世界就和那个世界连成了一体了。在那个世界里，我会挑选一个好男孩儿来爱他、心疼他、呵护他、思念他，我还会鼓励他去四处漂泊、浪迹天涯。因为在我的思念里，我的世界和他的世界都是黑暗的，所以他走得再远，也都如同就在我的身边。而他在世界的每一个角落想起我的时候，我都是正在黑暗中想念着他……

小任把这一段反复读了两三遍，我也就把这段话反复听了两三遍。说实话，我没有听出哪一点儿好来。我不想当瘫腿，不想坐轮椅，也不想坐在轮椅上思念一个狗屁的好男孩儿。可小任读到最后一遍的时候，忽然呜呜地哭了。他用一块灰手帕堵住鼻子、嘴巴，呜呜地叫了两声，他说，我读不下去了。

全班人的嘴巴都同时发出一声压低的"嘘——"，好像在彼此提醒，喂，别笑！谁都没笑，真的，直到下课，大家都跟没事似的，就跟谁都没有听到小任哭了。

中午围着烧烤摊吃鸡屁股的时候，包京生说，操，小任的初恋情人肯定是个坐轮椅的丫头。

朱朱说，你把小任打得不成样子，他还能给你讲情史？

包京生说，我们是不打不相识。你是没爱过男人吧，一点儿体会也没有？伊娃是写到小任的伤心处了。

朱朱红了脸，小小地呸了一口，说，谁信呢，编这些鬼话。我就想不出来，把你和伊娃放在一起该怎么弄。

包京生咧开嘴巴很坏地笑了两声，他说，该怎么弄就怎么弄，你觉得弄和弄还有什么不同吗？他把"弄"咬得很重，恶狠狠的，也是得意扬扬的，他嘴里的鸡屁股味道都冲到朱朱的脸上了。

朱朱本来是涨红了脸，现在又气得发青，她说，包京生你说什么脏话！朱朱瞅一眼我，我觉得好笑，把头别过去不看她。她又瞅一眼金贵，金贵喘口气，就瞪着包京生，波，你波要说脏话！

但是包京生一脸的无辜，他很委屈地说，操，谁他妈的说脏话了谁他妈的说脏话了，是朱朱在挑逗我啊！他用油腻腻的手拍拍我的肩膀，说，风子是不是朱朱在挑逗我啊？

包京生的鸡屁股味道冲到我的脸上，差点儿要把我熏昏了。我说，我们都啃鸡屁股吧，臭嘴巴说臭话，谁也不要嫌弃谁。我就在火上抓了一串烤煳的鸡屁股往嘴巴里塞，但包京生一把夺了去，换了一串再给我。他说，姑奶奶，错了错了，女孩子要吃公鸡屁股才觉得香。

朱朱忽然抓起一串烤土豆，或者是烤藕疙瘩，猛砸在炉子上，扭身就走了。炉子上腾起一股灰，河边的风把灰吹得直往我的脸上灌。我大叫了一声"朱朱"，就要去追她。但包京生一把把我拉住了，他说，别管她，小妮子醋劲也忒他妈大了。

我说，吃醋，吃什么醋？我看了看包京生糊满鸡油的大嘴巴，笑起来说，别做梦了，朱朱还会爱上你！

包京生摇摇头，说，风子风子，你真是疯子。他的大手捏住我的手，把我的手揉来揉去，像揉一团湿面。我挣了一下没挣出来，我的手怎么就像没骨头了一般。我瞅一眼金贵，金贵看着我们，很平静地啃完一串鸡屁股，从摊子上扯了一节卫生纸揩揩嘴巴，走了。

我说，金贵，你去找班长吗？

金贵说，我去找班长。

我又看看阿利，阿利就跟什么都没看见一样在喝可乐，嚼他的豆腐皮。

放学以后，我在十三根泡桐树等候包京生。他也是骑着自行车过来的，街灯已经亮了，他背着光，他的影子先于他的人到了我的脚跟前。有一小会儿，我把他看作了陶陶。实际上我晓得，他们两个人是完全不一样的，就像一辆捷安特和一辆邮车的差别那么大。是的，我这才第一次注意到，包京生骑的是一辆邮递员用的邮车，出奇地大和出奇地结实，即便在屁亮的街灯下也能看出它闪着绿森森的光，像一头咬着牙齿的侏罗纪动物。

我叉开两腿跳上邮车的后座。但包京生回过头来招呼我，别，别这样，女孩子要像个女孩子。

我不晓得有什么不对的，我坐陶陶的车子从来都是这样的。我有点儿傻了，我说，我哪又错了？婆婆妈妈干什么呢？

包京生笑笑，他把一只腿定在地上，很有耐心地对我说，别叉着腿。他的语气从来没有这么和蔼过，他说，女孩子叉着腿像什么呢？侧一边坐吧，啊，风子？

我忽然一下子胸口都酸了，我真没有想到这个混账的包京生会这么对我说话呢。我没吭声，乖乖地下了车，再侧着屁股坐上去。

这就对了，包京生说着，慢慢蹬着邮车朝前走。

我怕，我说，我怕掉下来。

包京生说，抱着我的腰，抱紧了。

嗯，我说。我简直不明白我这是怎么了，一下子就那么听他的话。

包京生骑车和陶陶完全不一样，他一点儿也不疯，慢慢地蹬，可我还是能感觉到风在我脸上刮。虽然是慢慢地蹬，我晓得车子是骑得快也骑得稳。我抱紧了他的腰，跟抱紧了一棵树一样地稳。

邮车骑进了一个黑咕隆咚的宿舍区，有点儿像我们的跃进坊，可又不是。没有麻将桌子，也没有聚在树下喝茶的闲汉闲婆。包京生使劲地按铃铛，因为有很多人在黑地里匆匆地走。我还听到很多人在说话，口音五花八门、南腔北调。

我问，这是哪儿呢？

包京生说，到我家了，到我舅舅家了。

我又说，这是哪儿呢？

包京生说，这是七号门货运仓库的宿舍区。他把邮车停下来，说，要是你愿意，上我家坐坐？

在初夏的黑夜里，包京生的声音格外地温和。我点点头。他自然没有看见，又问我，上我家坐坐吧？

我老气横秋地笑了笑，说，来都来了，就坐坐吧。

楼道里更黑，包京生扛了车在前边走，转弯的地方就提醒我，小心了。我简直不相信这是包京生。

不晓得上了几层，包京生开了一扇门，先摁亮了灯，灯光映在地上，就像水泼在地上一样，哧溜一下就被吸进去了。我才看清，地是水泥地，曾经被鞋底蹭亮过，现在却已经翻砂了。屋子是旧式的两居室，一间屋里搁着一张大板床，客厅里到处放着大大小小的纸箱子，纸箱子中间摆着一张大沙发，沙发上扔满了衣服、被褥、床单子。我没有见到别的人，只是闻见一股湿布的气味，湿得我从鼻孔一直堵到了心窝子。

我问包京生，这就是你的家吗？

包京生说，是啊是啊，是又不是，家是舅舅的，房子是我住着的。他说，七号门全废了，工人全都下岗了，舅妈去帮人守面馆，舅舅去找人搓麻将，我就一个人住着呢。他叉了腰，大人物似的挥了一挥手，说，这一片全成了外来户的地盘，天远地远都有人来赚钱，乱得很。有人赚了钱，就搬走了；有人没赚钱，还得住上八年十年二十年。

我就问，那你要住多久呢？包京生说，不知道，真的不知道。我们家的人一辈子没日没夜都在走，谁知道还要走到哪儿呢？他说着话，在堆满了衣服的沙发上刨着，刨出一个坑来，把我按进去。

包京生说，你坐着，我给你泡葱烧牛肉面，今儿是立夏。

我忽然站起来，说，我该给我爸爸打个电话的。

他说，我们家没电话，第一个公话亭离这儿两里地。

包京生一边说着一边脱衣服，他没有解释他们家为什么没电话，他也没有用他的一无所有来嘲笑"将军府"的豪华和奢侈。他脱了肥大的外衣、校服，显得很精悍，扭扭腰杆，腰杆挺有弹性。他说他们家没电话，说得若无其事，这让我的脸烧乎乎的。我想起爸爸正坐在阴黢黢的屋子里消磨着时间，心里就婆婆妈妈地酸起来。爸爸每天都要对我说，你晚了我就自己吃了，我喜欢吃方便面，我就吃方便面吧。

我已经闻到方便面的味道了。包京生从厨房出来，手里端着两大碗方便面，他说，今天是立夏，我请你吃葱烧牛肉面，好吃看得见。

我说，我还以为今天是冬至呢。我的脸在发烧，我把脸埋进碗里，热气就把我的脸藏起来了。我呼噜呼噜地把面往嘴里刨，也就是眨眨眼的时间，我把一碗面和一碗汤都吃完了。抬了头，才看见包京生还端着面碗站在沙发前。可怜的包京生，我赶紧把我身边的衣服被褥推了推，把那个坑刨得更大了一些，我说，坐吧，你坐下来吃。

包京生坐下来，他说，狗屁好吃看得见，委屈你了，几个牛肉小疙瘩。他的客气让我羞涩起来，我发誓我从来没有这么羞涩过，就像可怜的包京生从来也没有这么客气过一样。我想说什么，忽然打了一个嗝，但嗝只打了一半就打不出来了，那股气就在我的肠子里窜来窜去，上不来也下不去，弄得我眼泪汪汪的，难过得不得了。

包京生问我，怎么了，我的大小姐？

我忸怩了半天，连我都不相信，我也可怜巴巴地学会忸怩了。我指了指肚子，说，有气……

包京生把碗放在地上，他说，没事没事，没事的。他左手把我的头揽来放在他肩膀上，右手却从我的衣服下摆伸了进来。陶陶多少回想把他的手就这么伸进去啊，我弄死也没有让他得逞过，包京生就这么自自然然地钻进去了。我不晓得为什么，我就这么由着包京生。我由着他，是因为我不舒服。他呢，他像个郎中似的，隔着一层薄薄的棉毛衫，把手搁在我的肚皮上轻轻地揉，跟揉一只皮球一样旋着、揉着。他的手真大、真厚、真有力又真体贴，谁想得到他的手会这么体贴呢？那股气就顺着他的手掌，在我的肚子里慢慢转顺了，哧溜哧溜着要往下沉。我忽然想叫一声"不"，但是那气已经钻出来了——我放了一个屁，长长的，把我舒服得不得了。我羞得把头都要缩进脖子里去了。包京生拿左手在我脸上拍了一下，他说，我操，有什么害臊的？

我不说话。包京生的手就慢慢退出来了。可它退出来，却挑开了那最后一层棉毛衫，又摸了上去。他的手摸着我的皮肤，粗糙地、砂轮似的锉着我的肉。这是第一次有男孩子这么锉着我的肉。我没什么感觉，我只是觉得累得慌，我靠着包京生，就想这么睡过去。他的手又在我的乳罩下停了停，他说，风子，睡吧，就当没我这个人。

我闭着眼，呸了一口，那你现在在哪里？

他的手从乳罩下边挤进去，把我的奶子全覆盖了，覆盖得就像什么也没有了。

我说，你都是这么弄女孩子的吗？

他不说话，拿手挤压着我的胸脯，挤压得我的奶子平得什么都没有了。他说，疼吗，风子？

我确实觉得疼，但我没说疼。我说，它们很小，是不是？

包京生不回答我。他的左手把我揽进他怀里，很深地揽进他又宽又热的怀里，并且用嘴巴在我的后颈窝、耳轮、脸颊、鼻子、眼睛、嘴巴，小口小口地吧吧吧亲着。他做得那么老练，熟手熟脚，一点儿都没有急不可耐。

我觉得全身都沾上了烤鸡屁股的味道，湿乎乎的、黏糊糊的。我想，他把我真当作一块烤肉了吧？

包京生抱着我，使劲往衣服堆里钻，我们都快钻进衣服堆里不见了。衣服堆散发出湿布的味道、霉菌的味道和汗腻腻的味道。我说，别，别把我弄痛了。我说，我痛，我不。我细声细气地说着，就跟朱朱在发嗲一样。唉，我也会像朱朱一样在发嗲！如果他把发嗲的声音当作了纵容，我也是一点儿办法也没有。但是包京生很顺从地停下来了，他说，没事，没事，你会好的。

我们重新在沙发上坐好。他帮我把衣服穿好，把扣子扣好，他说，没事的，没事的。

我哇地一下子就哭了，呜呜地哭，哭得又委屈又伤心。我说，我是个傻瓜，没用的傻瓜。

包京生就不停地拍我的脸，他说，傻瓜、傻瓜，你又犯什么傻呢？

我犯傻了吗？噢，你能告诉我，我真的犯傻了吗？我的故事讲到这儿，你也会感到吃惊吧，我怎么会倒进包京生的怀抱呢，这个河马一样臭烘烘的家伙？如果我不是一个女孩子就好了，可我千真万确是一个女孩子啊。我曾经以为我不是一个女孩子，我是被爸爸丢失的何锋，是误生了的女儿身，只喜爱刀子而远离脂粉，然而我错了。当包京生臭烘烘的味道裹住了我时，我明白我曾经有的那些想法，全都他妈的没用了。我喜欢陶陶，是喜欢他的英俊、神秘、骄傲，但他身上没有味道，因为他还是一个干净的男孩子。男人就不同了，男人干干净净的，男人还如何是男人呢？包京生身上的气味是男人的气味，这种气味裹住了我，温暖了我，而他做得又那么出人意料地温柔。天哪，在那些日子里，我是多么需要温柔啊，就像一滴雨水渴望被太阳蒸发得无影无踪。

从那天起，我们几乎每晚都在这张沙发上吃方便面、搂抱、抚摸……搂抱、抚摸让我很疲倦很瞌睡，我无力地蜷在乱糟糟的沙发上，我说，对不起，我要睡一会儿……然后，包京生就用邮车把我载回东郊的跃进坊。我告诉爸爸，要考试了，天天都要晚自习。爸爸点点头，他说，爸爸知道了。

妈妈打来电话告诉我，换季的积压物资正源源运往边境，生意忙得不得了，六月才能回家了。爸爸说，知道了。我也说，晓得了。知道了，晓得了，我们还能够怎么样呢？

我和爸爸已经习惯了没有妈妈的生活，习惯了我们两个人在阴黢黢的光线中吃饭、说话、歇息，还有沉默。时间过得很快，就像麦麦德说过的那句话，时间在等待中过得最慢，而在无所等待的时候就过得很快，因为你已经忘记了时间是长是短了。

进入五月，我们的城市一直在断断续续下着小雨。到了晚上，街灯下的雨水就跟雪虫似的飞舞，夏天的雨水成了潇潇的春雨，冷飕飕的风如同是上一季的北风。包京生的手对我漫长的抚摸，已经让我对它有了依赖，让我有些离不开了。他的手总是热得不得了，简直可以把一块生肉慢慢地烤熟，就像烤熟一块淌着油脂的肥肉。上学的路上、上课的时候，我都在走神，我都在想着包京生的手，我对自己说，你不在想男人，你只是在想着男人的手，想着它来把你弄暖和。

有一天朱朱忽然对我说，你看起来要病了。她的细眉毛拧成一个结，她说，你的头发长长了，声音发软了，也想跟我们一样做小女人了？

我傻了半天，摸摸脑袋，还真没有了那种板刷一样的感觉。我的头发长长了，也就跟我的嗓音一样，变绵了、变软了。让我吃惊的是，我还在额头上摸到了一排齐刷刷的额发，是那种被叫作刘海的东西。我说，我怎么会呢？朱朱，我怎么会这样呢？难道我会忘了剪头发吗？

朱朱松开眉头，莞尔一笑，她说，你忘的就这一件事情吗？

我还记得那一天晚上的风特别大，天上自然也是飘着飘不完的雨水丝。街道显得很空旷，道路显得很干净，我打着一把伞，坐在包京生邮车的后座上看街景。他说，操，姐们儿，你真像一个乡下的小媳妇儿啊。

我忽然也很邪气地笑了笑，我说，妈的，你一会儿操姐们儿，一会儿操媳妇儿，你到底操过多少呢？

包京生说，你真想知道吗，风子？他的声音忽然变得很小，变得很正式，就像一个嬉皮士忽然套上了燕尾服，有些扭捏，或者说忽然有些羞涩，或者说是犹豫。你想知道吗，风子？他说，你想知道，我马上就让你知道的。

我想说什么，我忽然觉得自己也变得扭捏了，我红了脸，居然说不出话来。我会有扭捏得说不出话来的时候？我自己也吃惊呢。雨水在我的伞上蹦豆子似的跳，包京生的雨披后边，雨水一竖一竖地淌。我想，我也会扭捏了。

到了包京生家里，我的手脚、全身，就连脑子、心脏都被风和雨水弄得硬邦邦的了。进了门，我很吃惊地发现，沙发上收拾得干干净净的，茶几上也是干干净净的，上面摆了几瓶红葡萄酒，还有好多面包、罐头，罐头中间立着两只高脚的玻璃杯，看起来高高低低的，有的把光线吸进去，是暗淡神秘的样子，有的光芒四射，是按捺不住的样子。

我呵着手问，你劫了财了？

操，劫财的事情我不做。包京生说，君子爱财，取之有道对不对？我找阿利借的。

包京生脱了雨衣，雨水从它的下摆流下来，从他的鞋子四周浸开去。干巴巴的水泥地上，水的痕迹慢慢变大，仿佛电影里的作战地图，一个版图在侵蚀着另外一个版图……

我回过神来的时候，包京生已经拿了家什在开罐头、酒瓶了。

我说，你就是在劫财，你是在劫阿利。

包京生说，那阿利劫谁的，他爸爸的？他爸爸又劫谁的？还不是劫我们的。我借他的钱用，还有还他的那天是不是？

我霍地站起来，就往门边走，我也说不清，我为什么突然发了那么大的火。陶陶找阿利拿钱，包京生找阿利拿钱，我们都晓得，有什么区别呢？阿利最不缺的东西不就是钱嘛。可我还是火了，噔噔噔就走到了门边上。我想我是在撒娇、发嗲，或者挑起事端吧？这不是我的性格的，我的头发长长了，我就成了一个小女人了吧？

就在我给你讲述这件事的时候，我忽然发现，我发火的原因其实连自己也没有意识到，我是在找一个理由逃离开。我把手拧住门把，门把如同一块冰，简直要把我的手粘住了。我的手离不开门把，同时我的手也拧不开门把了。这时候，包京生从后边跨上来，把我抱住了。他的身子那么宽大，骑车又骑得他热气腾腾，我一下子就跟冰一样在他的身子里边发软了。

包京生抱住我，把我抱回沙发上。

噢，接下来，我不晓得该怎么给你讲。不是羞于启齿，因为我并不觉得这是什么羞于启齿的事情。我只是担心你是否能够听明白，一切都和我预料的不一样，当然，也和你此刻想象的大不同。如果我让你发生了什么误解，那就按你的误解去理解吧。麦麦德说过，当你把一匹骆驼误解为一只羊，又再把一只羊误解为一匹骆驼，然后事情就接近真相了。

包京生小心翼翼地弄我……把我弄得一身热乎乎的。我始终都睁大着眼睛，看看他，看看茶几上的食物，看看头顶上阴黢黢的灯泡。包京生的嘴里发出吭哧吭哧的声音，声音越来越大，可我什么感觉也没有，没有感觉到胀，没有感觉到痛，也没有感觉到快乐或者痛苦。真的，我什么感觉都没有，我只是觉得很暖和，我被立夏之后的雨水淋得硬邦邦的，而包京生把我从头到脚都弄得暖洋洋的。

包京生吭哧吭哧的声音越来越大，动作越来越猛，我感到很奇怪，我居然有空隙去想，哦，他真像一头悲愤的河马在跟自己搏斗啊！接着我就开始难过地意识到了，我还没有被胀满，却已经在被抽空了，这种被抽空的意识，就是伊娃写过的那种"空空如也"的感觉……所有黑暗的、秘密的愿望都空空如也了，一股痛得发酸的潮水涨起来，从我的肚子涨到胸口，再涨到喉咙和脑勺，涨得我的眼泪都漫出来了……空空如也，我在心里念叨着，我闭了眼睛，又睁开眼睛去找包京生。我说，你就是这么操的吗，哥们儿？

包京生呼了一口气，他细声细气回答我，你总算知道了，我就这么操呢。他把巨大的头颅伏在我胸脯旁边的沙发上，很久都没有抬起来。我侧了侧身子，我只看到他巨大的脑勺在起伏，他呼出的气把沙发弄得像风箱一样地叫……

后来这个情景就过去了。因为这个情景无论漫长还是短暂，总会过去的，我们有的是时间。对于我们来说，对于泡中的孩子来说，我们富有的不就是时间吗？即便你泡不起吧，泡不起妞，你至少还泡得起时间啊。后来，我和包京生坐在沙发上吃东西、喝酒，靠着沙发打瞌睡。过了一阵，就是说又过了比较久的时间之后，包京生说他还想试一试。我说，你要愿意，你就试一试吧。我不晓得这天晚上他一共试了多少次，每一次都和第一次一样，空空如也。我不晓得在哪一次的间歇睡着了，到醒来的时候，已经是第二天的中午了。我发现我们都还在那张沙发上，水泥地上的水迹早已看不出一丝痕迹。我们吃了很多东西，喝了很多酒，又睡了比较长的时间。

这一天是英语和语文的半期考试，可我们把这两件事情都睡过去了。

17
惩罚

漏考是要受到惩罚的，但惩罚迟迟没有来临，甚至看不到来临的征兆。就连朱朱都让我放宽心，说这种破事情泡中多的是，最坏也就是写检查、补考吧。我也觉得是这样的，甚至我都想好了，请伊娃吃一顿麦当劳，让她为我和包京生代笔写检查。我松了气，一切照旧，一连几天风平浪静。我和包京生都以为事情就这么过去了，我们还是天天晚上到他家里吃方便面。当惩罚到来的时候，真是犹如晴天霹雳，把我们一下子打蒙了。

当然事后想起来，其实是看得出一些迹象的，就像风暴过境的时候有短暂的宁静。没有人要求我们为漏考做出解释，宋小豆见了我们一声不吭，完全若无其事，登记成绩的班委也没有提出疑问。阴谋就在不声不响中积攒起来，只有陶陶还像是一只能预见地震的狗，冲着我乱咬了几声。

陶陶是在楼梯拐角和我并排走到一起的，就是他从前截住我并第一次拧我的那个拐角，我们是去出课间操，好像很自然地就走成了并排。恰恰就是在那个拐角，陶陶的脚绊了一下，他哎哟了一声，抓住扶手，把背脊躬了躬。我说，陶陶，没事吧？陶陶抬头看着我，嘴角浮起微笑来，他说，我没事，绊一下有什么。你呢，你没事吧？陶陶的话很好笑，我有什么事呢？我和包京生的事谁都晓得了。我说，我一点儿事也没有啊。

陶陶的嘴角还浮着微笑，但微笑僵持久了，就有点儿像是冷笑了。他说，没事就好，有事也躲不过去。因果因果，有因就有果，小心点儿不会错吧？

这时包京生从后边下来，在陶陶的背上拍了拍，他说，哥们儿，你没事吧？

陶陶说，有事也是小事。

我心里焦躁起来，我说，陶陶，你说话怎么变酸了？到底是什么意思呢？我简直听不懂你的话了。

陶陶咕哝了一句英语，有点儿像"这该死的"，但不是"这该死的"，谁晓得呢？我们曾经叽叽咕咕模仿宋小豆，模仿她的鸟语，其实全是些胡说八道。陶陶叽咕完了，就做得一瘸一瘸地走了。

今天是半期结束前最后一次课间操，宋小豆早读的时候就宣布，陶陶是要站在前边领操的。她说，虽然是半期，可半期也算一个总结，我们应该有始有终、虎头豹尾，豹子的尾巴多漂亮啊。说到豹子的尾巴，宋小豆的声音欢喜得发颤，连脸上都现出了红潮。她的独辫子从颈后绕过来，搭在胸前，她现在喜欢一边说话一边抚摸辫子，辫子和豹子的感觉都是一样的吧？

我不记得高二·一班有过什么可怜的虎头了，但我还是喜欢宋小豆的说法，豹子的尾巴的确是很漂亮的啊。而且我还发现宋小豆也变得漂亮起来了，她的脸色、嘴唇都明显地变得饱满、红润了，尤其是那两瓣突出的小嘴巴，就跟玫瑰花一样友好地迎着人们开放了。她还有好长时间都没有夹着英语骂过我们了，她只是告诫我们，要珍惜光阴。珍惜光阴，她说完这句话的时候总要努一努嘴巴，嘴巴软得就像唇膏快要滴下来了。

有一回吃烧烤的时候，朱朱对我说，密斯宋要结婚了吧？

但包京生摇摇头，他说，你懂什么，密斯宋是在恋爱呢。

我没有发表意见，我觉得他们全在瞎说。宋小豆这样的女人是不会恋爱的，她会被哪个男人摆平呢？真是笑话啊。宋小豆那么骄傲，还需要男人做什么呢？但我没有说，我怕他们骂我是傻子。

我更不敢说出我对陶陶的感受了，虽然我对他已经没有什么感受了，因为我根本就看不到他。即便是一个影子他也会在眼前晃荡，是不是？可他的影子就像被另外的影子吸了进去，无声无息地没有了。所以，当他突然站在前排给我们领操时，我真有一种久别重逢的感觉呢。刚才在阴黢黢的拐角处还不觉得，现在他和我一下子面对面了，我就有些发愣，就像是彼此隔了八年十年的光阴。宋小豆不是说要珍惜光阴吗？可光阴就这么过去了八年十年了。有很多脑袋在我们之间滚动着、起伏着，像漂在河面上的瓢，五月的阳光射下来，让人眼睛发黑，却感觉不到一点点的热。陶陶的表情很严肃，动作做得一丝不苟，简直可以说是优美大方，的确没有人有他做得那么好看了，那么粗犷又那么优雅。我不记得陶陶从前是不是也做得这么好，我只是觉得他是明显地消瘦了，两边脸颊给斧子各劈了一斧似的，陡峭得可怕，而且白得发青，眼睛很疲倦，里边冷冰冰的，和今年五月的太阳没什么两样。我看着陶陶，看了又看，看啊看的，就有小虫子爬到了我的眼角，爬来爬去，痒得心口发酸。我拿手指头在眼睛上揉了又揉，再睁开的时候，队伍已经散了，陶陶自然又是人间蒸发了。

半期有一个总结报告，我们坐在教室里聆听蒋校长的声音。蒋校长的声音第一次从那幢被植物覆盖的小楼里传来，和蒋副校长的声音没有什么不同，缺乏起伏，也不要抑扬顿挫，但是平静、沉着、语重心长，就像一张打湿的抹布在耐心地擦拭有灰尘的课桌。而事实上，没有变化是不可能的，因为在这个报告中，蒋副校长已经正式成为蒋校长，如果没有变化，他如何要花那么大的力气呢？

五分钟以后，我开始打瞌睡了。外边在吹着风，皂荚树的叶子跟麻雀似的在乱飞，教室的窗帘拉得死死的，我们鼻子呼出的热气把自己的脸都蒸得红通通的，而蒋校长的声音又多么催人入梦啊，就像睡在火车上数铁轨的咔嚓声。当然，我瞌睡的原因是我晚上没有睡好。我越来越迷恋于和包京生在沙发上做事了，虽然总是"空空如也"，但也就有了更多的追求，因为是空空如也，反而就锲而不舍。什么是人间的理想？麦麦德说，就是挂在毛驴嘴边的一块肉啊。当然，我嘴边就连这一块肉也见不到呢，我见到的只有包京生，他可以是一块巨大的肉，也可以什么都不是。哦，可怜的伊娃，为什么要让我晓得"空空如也"？

我已经连续三个晚上没有回家了，我对爸爸说，考试期间我要住在同学家复习功课。爸爸自然不会说什么，他嗯了一声，表示听到了。我不晓得包京生是怎么给他舅舅舅妈说的。我见过他舅舅舅妈一次，很晚了，我都在沙发上睡着了，只听到开门的声音，有人说话，北方话，很重的卷舌音。我迷迷糊糊看到两个同样高大的男人和女人，搀扶着进里屋去了，一阵风拂到我的脸上，后来我就接着睡着了。醒来早已天亮，这个家里又只剩下了我和包京生了。天是早已亮了，我们起来的时候汗水淋淋，因为包京生总要徒劳无功地干上一回。干吧，我说，你想干就干。包京生的动作很猛，河马似的嘴里轰轰作响。我则平静地躺着一声不吭，我发现我很可怜他、心疼他，想他好，想他如愿以偿，想我自己能够变成屋顶上的牝猫。真的，我情愿变成屋顶上的牝猫，使劲地叫，叫得泪水舒舒服服地流出来，我和他也就舒舒服服多了吧？

我聆听着蒋校长的声音，但我不晓得他在说些什么，他的声音穿过我的耳朵，没有留下任何痕迹。我回味着想象中的那种舒服，几乎就要沉入睡眠了，好比一艘潜艇正向着深海下潜。但就在这个时候，蒋校长的声音突然跟刀子一样，把我的耳膜割痛了，刮了一下，又刮一下，我开始清醒过来，耳膜还在痛，痛得我睡意全没了。我看见同学们都在看着我，眼睛里个个都漂着怪怪的表情，我不晓得这是为什么。

我瞟了一眼包京生，他还是坐在我的前边，跟个坟包似的，鼓在大家的头上。好在蒋校长说到什么关键处，都会反反复复地唠叨。我听过瓦罐寺的和尚敲木鱼，敲到得意的地方，个个都是摇头晃脑，敲了一遍又一遍。我很快就听明白了，蒋校长正在宣布一项校长令，校长令的目的是确认他成了校长，但内容却是要严肃校规，把两个倒霉的家伙赶出泡中的栅栏门。这两个人就是包京生和我——鉴于高二·一班包京生和何凤两位同学多次违反校规，扰乱秩序，抗拒考试，屡教不改，特将包京生开除出校，何凤保留学籍……此令，校长蒋××。

我一点儿想法也没有，没有思想，也说不出话来。就像在沙发上听凭包京生干事情，似乎是被灌满了，其实是被抽空了。我长长地呼出一口气，差点儿又他妈的昏睡过去了。

中午我们照旧去吃烧烤，大家都不说话，吃了一串又一串，竹签子扔了一地。阿利也吃了很多鸡屁股，他忽然说了一句话，妈的×，鸡屁股还越吃越有味道呢！包京生笑了，他说，阿利是个明白人，你知道得忒晚了，可你还是知道了。他又转向朱朱，说，朱朱，你说是不是呢？

朱朱莞尔一笑，她说，是晓得了，可还是晚了，你说是不是呢，我的大爷？

我一直在等待着包京生说话，因为散会之后他就沉着脸，没有说过一句话。我等待着他爆发一串轻蔑的大笑，或者说些山摇地动的大话，哪怕是打肿了脸充胖子。可他就是一言不发，他的脸阴沉着，就跟河马的皮松松垮垮地耷下来，感觉他轰轰的声音只在身子里打转。现在他终于说话了，朱朱的笑把他紧闭的牙床撬开了，我晓得他要不是仰天大笑，就是要怒不可遏地把烧烤摊子踢翻了。但是，他什么也没有做，他说，吃吧吃吧，吃一串是一串，对吧？他长时间地看着我，笑眯眯的，把眼睛眯成了一条缝。我难过得眼泪都要淌出来了，我说，大爷、大爷，你就找不出一个办法了啊！

包京生做出没有听清楚的样子，他说，办法，什么办法？你为什么偏偏要我找办法？他的嘴大张着，我们仰望着他，看得到他发黑的天膛，甚至还能看到他充血的扁桃。他把扁桃对着朱朱、阿利，还对着金贵，他说，风子，你为什么不问问他们，他们又能找出什么好办法？！包京生从前粗声粗气的嗓门，现在变得意外地尖厉，就像一个小孩子捂住耳朵，发出细细的尖叫。

我有些发蒙，我说，大爷，你装什么疯啊，他们找办法干什么？

包京生冷笑起来，说，那我又找办法干什么？

我拿一根指头指指他，又指指正在炭火上冒着黑烟的鸡屁股，我说，你真的是疯了，你明天就不是泡中的学生了，可他们明天还在这儿吃烧烤。

包京生瞪着我，久久地不说话，脸上交替着僵硬了的笑容和怒容。大家都不说话，都傻乎乎地看着他，说什么呢？

我应该是可以说两句安慰话的，可我被判了死缓，我似乎也该等着别人来安慰吧。

打破沉默的人居然是金贵。金贵说，波，波算啥子的。我们吃烧烤，包京生也吃烧烤，烧烤跟烧烤，有啥子区别呢？

金贵的话土了吧唧的，我们好像都还没有听懂，可包京生已经舒了一口气，全身四处都在轰轰地响，把憋闷的鸟气都排放出来了。他说，好，金贵说得好，有啥子区别呢？今儿我怎么做，明儿还怎么做，包京生不还是包京生嘛？

只有金贵憨憨地笑了笑，两个人四目相对，就像武侠小说里讲的心意相通。我们离开时，在河堤上扔了遍地的竹签。河里涨了水，河床很难得地被塞得满满当当，河流忽然就有了富足的感觉，把肮脏的浅滩，也把下水道的气味，都掩盖了下去。我不晓得会发生什么事情，我当然也不晓得包京生在打什么主意。

半期结束，校长的报告一完，就跟吃了半顿散伙饭差不多——散了散了，回家吧，轻松几天再说吧。第二天照例是家长座谈会，但对于学生来说，那已经是家长的事情了，和我们有什么关系呢？学校的铁栅栏门嘎吱嘎吱吃力地叫着，被灰狗子推来关上了。灰狗子是一脸的轻松和得意，他的意思就是说，这几天即便你在校门口被人打个半死，或者反过来，你把哪个倒霉蛋踹个四脚朝天，都是活该，我只会在栅栏里边乐呵呵地观赏，除了观赏，这和我又有什么关系呢？

半期考试不是期末考试，可对于我们泡中来说，只要是考试，过后大家都要轻松轻松。

那天在蒋校长的报告后，吃完了烧烤，我本来是要跟包京生走的，但是他告诉我，我不能跟他去了，因为他父母从西藏来了，就住在那个有大沙发的家里休长假。他说，你不能去了，风子……说完这句话，他就蹬着庞大的邮车，慢慢地消失了。

我晓得他是在撒谎，但我没有把他的谎言戳穿。他想一个人待着，我也想一个人待着。

风在泡桐树的枝丫里嘎吱嘎吱地响，我觉得很累，人在午后总是觉得很累，我就靠着一棵泡桐树歇息着。上午开会的时候，我还在回想怎么和包京生取暖取乐呢，这事情转眼就过去了。如果两个人都是凉的，那暖气又从哪儿取呢？可怜的包京生，当然还有可怜的风子。

包京生这一回有法子化险为夷吗？明天的家长座谈会，我是打定了主意要请假的，妈妈本来就不在；爸爸呢，在我的谎言中，他早已从大使馆内调，成了一方的部队长，我就说他正在指挥一场军事演习吧，将军怎么能轻易下火线呢！

包京生怎么办？他的家长来了，也就是领取一份学校的书面通知书。不来？不来那就算是默认吧。包京生即便被逼成了一条疯狗，他也跳不过这道墙了。宋小豆后来总结过，校长令就是校长的决心，或者，她咕哝了一下，或者说就是雄心。

时间还早，我一个人跨过滨河路，沿着河堤慢慢走。河面上升起薄薄的雾，有个男人穿了水靴，站在水里搬网。河水本来已经深了，搬网又搬起了污泥浊水，臭气熏得人的眼睛都要落泪了。可那个人就那么站在水里操作他的渔网，很有耐心地搬起来，又放下去。偶尔有几条么指拇大的小鱼在网里跳跃，肚皮银光闪闪的，他捡过来看看，又扔回了水里。岸边有几个找不到工作的民工跟我一样，呆鸟似的守着那张网傻看。他们的样子和刚来的金贵差不多，头发又长又乱，衣服又薄又旧，嘴唇已经冷得发乌，却还是毫无表情地看着那张网。那张网在污水里起伏着，出没着，最后还是空空如也的。

太阳从灰扑扑的云里挤出来，在水面上映出刺目的光芒，光芒让河水变得好看了，我的眼睛也被这光芒射得流出了泪水。泪水流到我嘴角，我伸出舌头舔了舔，我的泪水是咸的，也是真正地有暖意的。

我别过头，发现那些民工早都走掉了。然而，在河堤的那一头，也就是在一排柳树的下面，有一个人在朝着我挥动手臂，已经挥了很久了，还一直在耐心地挥着呢。哦，是朱朱，我这样想。你也是这样想的吧，除了朱朱，还有谁会对我这么有耐心呢？

可是我错了，那不是朱朱。我拿手背和袖子把泪水揩干净，才看清是伊娃。伊娃脸上在笑着，因为这笑，使她苍白的脸上有了更多的阳光，她的鹰钩大鼻子也就有了更深的阴影，看起来她的脸就像雕塑一样的了。河堤上有很多雕塑，伊娃成了雕塑中最漂亮的一个，而且她的手上还有个什么东西在闪闪发光，针尖似的刺着这儿刺着那儿。

我朝伊娃走过去，她微笑着等候着我。风还在吹着，她那一头干枯的黄毛让风托住，一浪一浪地浮动。我现在不得不承认，伊娃的微笑使她看起来很漂亮，漂亮得像一个北欧女王呢。而我呢，就像一个被打败又被招安的野蛮人。我走到她跟前，她还真跟女王似的伸出手来摸了摸我的脑袋。当然，她不是平手压压我的头顶，而我也没有把膝盖朝她弯一弯，我比她高出一个头，她做不到。

伊娃只是拍了拍我的脸颊，她说，风子，你哭了？

这种话她居然敢来问我，可她就是这样地问了。她的声音和从前不一样，很慈祥、很关怀，在这个五月吹着凉风的午后，她的声音听起来就跟个老奶奶似的。我说，哭了，哭了又怎么样呢？我的话是挑衅的，可听起来就像是在发嗲。

我为自己居然发嗲感到难过，而且是在瘸子伊娃的面前，我差点儿又要落泪了，因为伊娃手上那根闪闪发光的针又刺痛了我的眼睛。我怕她觉得我真是在哭哭啼啼，就先拿话堵住她，我说，你装神弄鬼的，就像手上真的戴了颗针尖大的钻戒，是不是？

伊娃呻吟了一声，我发誓就像陶陶第一回抚摸她瘸腿时那样呻吟的。她说，天，风子，是谁告诉你的呢？她把右手举起来，放到我的眼皮底下，说，好看不好看？

这次我扭扭头，避开了那道光芒。我看清楚了，伊娃的无名指上真他妈套着一枚黄金戒指呢，戒指上千真万确嵌着一颗钻石，只有针尖那么大。我拧住她的无名指，拧得她的脸都变歪了。我说，你们都喊我疯子，世界上哪有比我更正常的疯子！你作什么秀呢？

伊娃却不生气，她把手使劲抖了抖，变歪的脸慢慢回到了正常。她说，我没有作秀啊，真的，我为什么要作秀呢，不就是一枚戒指吗？

我也笑起来，她戴戒指碍了我什么事呢？我说，你爱戴不戴，不就想炫耀你又有了个男孩儿嘛。

伊娃的微笑变成了冷笑，她说，风子，我从前是高看你了。戒指，你想说的是订婚或者结婚的戒指吧，非得男人给我们买吗？自己给自己买行不行？伊娃脸上的冷笑缓和下来，成了悲天悯人的笑，她说，风子，你还不明白我的意思吗？

我摇摇头，说，伊娃，你总是比我们高深，就像涨了水的河，我哪能明白呢？

伊娃做得很心疼的样子，在我的脸颊上又轻轻拍打了几下。她说，我爷爷的爷爷的一个亲戚，就是你们说的俄国老毛子，在海参崴发了财，要接我去圣彼得堡做手术。

手术？我没有反应过来，我说，做什么手术？

瘸腿啊。伊娃大大方方地提了提裤脚，当然是象征性的，我并没有看到她神奇的瘸腿。她说，如果手术成功，我就能跑能跳能登山了，我就满世界去好好玩。你看，你们这些能好好玩的人，却成天满腹心事、悲悲切切的。她说完，指头弯成一个钩，在我的鼻子上很亲热地刮了一下。

我有些发蒙，定定地望着她阴影很强的鹰钩大鼻子，好像这时候我才看出来，它和关于它的传说都是千真万确的。

我说，手术失败了呢？

伊娃说，失败了，哦，失败，他们是说过失败的事情。据说要是割错了某一条神经，我就会成为瞎子。不过，瞎子也没有什么啊，我不是写过这就是我的理想吗？谁都不能想做什么就做什么，对不对？那时候，我想看却看不见，你想飞却不能飞，我们是平手。

我怔怔地看着她，说不出话来。

伊娃递给我一个砖头厚的东西，用黄色的绸缎缠着，像一盒夹心的巧克力。她说，送给你看着玩，我的《地下室手记》，我晓得你们早就想看了，是不是？

我说，是的。

伊娃笑笑，说，想我的时候给我打电话，上边有我的号码。

打到圣彼得堡吗？我说，就打到那个冰天雪地的地方？

那有什么呢？伊娃说，电话线又不怕冷，也不怕热。

我的泪水噗噗地掉下来，溅在黄色的绸缎上，立刻就化开了，像子弹穿过玻璃留下来的惊纹。

伊娃，就是我们几乎忘记了她本名的瘸腿才女梁晨，她最后刮了一下我的鼻子，说，眼泪可是好东西，好东西给自己攒着吧。

晚上，我在台灯下解开绸缎，绸缎的黄色和灯光的黄色沉瀣一气，把我的心都印得蜡黄了，是那种死气沉沉的黄。绸缎里边是硬壳的笔记本，翻开笔记本，里边却什么也没有，所有的纸芯都被快刀切豆腐似的整整齐齐切走了。封三上留着电话号码，一长串阿拉伯数字是用大头的泡沫笔写的，又粗又黑，散发着淡淡的酒精味，像这位瘸腿的家伙在狡黠地笑。

很久之后的后来，我在一个情绪低落的晚上曾经按这个号码拨了几次，几次都传来一个毫无表情的声音，像机器人张着假嘴在自言自语，您好，您拨打的号码是空号，请核对后再拨。您好，您拨打的号码是空号，请核对后再拨……

我一下子笑了起来，伊娃、伊娃，你开什么玩笑呢？

18
隔着一盆茉莉

　　家长座谈会定在下午两点半召开，午饭以后朱朱就带了几个班委在教室里瞎忙，挂横幅，做清洁，给每个座位上摆放成绩册。他们还造了表，准备预收下学期的学杂费，学杂费存放在银行里，能够生虱子似的，为蒋校长生出一笔利息来。朱朱手里还握了一大摞单子，上边印着些奇奇怪怪的字迹，说是要有针对性地发给某些家长。伊娃就说过，宋小豆是天生的恐怖主义者，可惜她不能投身中东或者南美，她当不了红色恐怖分子，就只好在高二·一班制造恐怖气氛。而可怜的朱朱，她的样子也活像是一个大人物，除了那一摞单子，她手里还夹着粉红色的粉笔，不时用夹了粉笔的指头撩一撩刘海。绿森森的泡桐树都把枝丫伸到窗台上了，阳光落在肥厚的叶子上，再淌进教室来，又映在朱朱的俏脸上，显得特别地凉爽。

　　朱朱见到我忽然闯进教室，喉咙里小小地呻吟了一下，脸上现出怪怪的表情来。她就像有好多年都没有见过我了，脸上全是惊讶、犹豫、询问……最后她走到我的跟前，说，风子，你是来看看我的吗？朱朱的鼻尖和眼圈都沾着些粉红色的粉笔灰，这使她的眼睛也显得红了一点点，她说，你不跟包京生跑了？

我学着伊娃那样，食指弯成一个钩，在她的鼻子上刮了一下。我说，我跟谁跑呢？我跟你跑，我来看看朱朱，也是来看看班长。我爸爸来不了，我就来了，我帮你做事，你帮我搪塞宋小豆，好不好？

朱朱缓了一口气，她说，原来是这样，你爸爸要指挥军事演习是不是？他这个将军要永远当下去呢，还是就当到今天为止？

你什么意思呢？我做出生气的样子，但我心里有些发虚，我说，你以为我在撒谎吗？

朱朱完全回到了原来的朱朱，她莞尔一笑，说，撒谎不撒谎又有什么关系呢？你去找一张抹桌布，把所有的桌子、椅子都抹一遍吧。

我很有耐心地做着朱朱交给我的任务。我换了七桶水，抹完了三十张课桌、一张讲台和三十把长椅子。油漆剥落的木器在细致擦拭后现出了木头的颜色，陈旧但在发出暖融融的光芒。我的手被冷水泡得红通通的，水浸到骨头缝里就像北风穿过了我的身子，反而变得烧乎乎了。现在只要有什么事情让我干，我都能干得非常好。最后我把抹桌布里的水拧得一滴不剩了，啪啪地抖了几下，晾在门后边的一根铁丝上。朱朱正在黑板上用中英文书写"欢迎您来到泡中"，听到了啪啪的声音，但她连头都没有回，就吩咐我去花圃里抱一盆花回来。蒋校长为了让家长会开得有气氛，特别要求美化教室，并在讲台上摆放盆栽的鲜花。

说起来你不会相信，我在泡中读了四五年的书，我只晓得花圃在校长小楼的后边，可我从来都没有去过。有一回伊娃在《大印象》中写过，花圃曾经在半夜闹鬼，有一个女鬼像一张白纸上上下下飘，还咿咿呀呀哭。蒋校长叫骂了几声也不管用，后来他放了一炮，也许是一个鞭炮吧，四周才平静下来了。第二天早晨，巡逻的灰狗子发现，花圃的篱笆上真的贴着一张白纸，就跟布告一样在宣读着什么，可惜上边没有一个字。没有人把伊娃的把戏当一回事，只有可怜的陶陶呆头呆脑问过她，到底是真还是假？伊娃用挑衅的眼光瞥了他一眼，她说，是魔幻现实主义，谁管他真真假假。

那时候，陶陶还没像刀子一样扎穿过伊娃的心。

走到花圃的篱笆前，我眼前浮现出伊娃在河边最后给我招手的样子，她的笑是心中有底的，你晓得吗？她大概是在说，我把所有的秘密都带走了。是啊，伊娃把所有的秘密都带走了。我看着近在咫尺的篱笆墙，篱笆墙上覆满了墨绿的爬墙虎，别说一张白纸，就连一根竹竿都看不见了。爬墙虎覆盖了篱笆，还覆盖了校长楼，这使它们融为一体，一个从另一个中间伸展开来，有了起伏，有了面积。我回头望望小楼和小楼上的窗口，窗口就像是掩埋在浓眉下的蒋校长的眼睛。

已经有好几位同学在端花盆了，还有好多同学在陆续赶来，我也顺着他们朝里走。但是有个女人把我叫住了，她说，喂，你停一下。起初我没想到是在叫我，还走着，地上很湿润，花圃散发出很呛人的草青味。但是那个声音提高了嗓门，她说，就是叫你呢，你这个女生！

我侧过脸来，才看清是任主任站在篱笆门的边上。从前任主任留给我的印象是站在座位边严厉地俯视我，而现在是我在俯视着她，我发现我其实要比她高多了，甚至她宽阔的下巴也是那么干巴和无聊。你说奇怪不奇怪，我就那么猛然地长高了，看到自己已经在俯视任主任了，这个发现让我心跳和不安。我把头埋了埋，让自己的背显得有些驼，我说，任主任好，你是在叫我吗？

任主任笑了笑。你学乖了，任主任说，你学乖了，你都不像是你了。你看，我知道是你，一下子倒叫不出你的名字了。我现在有些喜欢你了，知道吗？我是记情的人。

我有些蒙了，我说，任主任记我什么情呢，你又不欠我的情。

任主任哦了一声，她说，你比我想象的还要讨人喜欢呢，我没有看错。如果你不是何凤的话——哦，我现在想起你的名字来了——如果你不是何凤的话，你已经被开除了，还留在学校察看什么呢？

是这样的，我明白了。我看着任主任，她正对我露出慈祥的笑容，阳光射在她染得黝黑的头发上，就像戴了一顶亮铮铮的贝雷帽。我说，谢谢任主任，你给我留了一条出路。那，包京生怎么办呢？

任主任还是笑着，她说，你什么时候不留板寸的呢？我还以为你真成熟了呢，才晓得你头发长了，见识就短了。包京生在校的时候，校规管他，离校以后，就是法律管他。任主任伸出手来，在午后的阳光中画了一个圈，把进进出出搬运花盆的学生，把可怜的我，还有小楼和阴影，都画了进去。她说，所有的人、所有的东西，都不是孤零零的，知道吗，啊？

噢，现在你算服气了吧，泡中就是泡中，泡中的领导都有那么一套呢，硬得起来，也软得下去，说话讲究人情味，夹着威严感，停顿的地方却是那种似是而非的格言。不然，他们如何能做泡中的领导呢？我说，任主任，如果包京生同学坚持要来上学呢？

但是任主任就像没有听见我的话，她说，女孩子还是长头发好看，女孩子，要那么长的见识做什么呢？任主任说着，就朝着篱笆门外走掉了，一步一步踱到校长小楼的阴影中去了。

我站在那儿出了半天神，我觉得后背上热乎乎的。太阳本来是照着我的脸和胸脯，现在就像又有一个太阳在贴着我的后背，汗水哗哗地在我的衣服里边悄悄地淌下来。我回过头，看见包京生紧挨着我站着。他的样子让我吃了一惊，他剪了一个大光头，发青的头皮在发楂儿下隐隐可见，脑袋就像发酵的馒头，一下子又大了十倍。而他的呼吸吹着热风一样吹到我的身上，他的额头上面、眼皮底下、鼻子两边，都挂着豌豆一样大的汗珠子，他的河马一样的大嘴巴像下水道的盖子一样，一掀一掀地喷热气。

我说，你还是来了？

他说，我来帮你抱花盆。

我一时说不出话来，我说什么呢？包京生的样子有一种松弛，那是把什么都豁出去的松弛，跟他平时表现出来的满不在乎不一样。他用蒲扇一样的手背揩了揩脸上的汗豆子，又拿蒲扇一样的手掌扇了扇风，他说，我来开家长会，朱朱说你在这儿抱花盆。

我说，你开什么家长会呢？你不就是领一张开除出校的通知书嘛。你实在想要那张纸，我可以替你拿啊……你走吧。

包京生摇摇头，他说，操，我就是来开家长会的。

我看着午后阳光下的包京生，忽然觉得他真有点儿像北京人了。当然，是电影里的那种北京人，闷头闷脑、一根筋、犯傻，卷舌音在嘴巴里打转，就是吐不出来。我晓得他这是真的犯傻了，我无话可说。他虽然被开除了，可今天的家长会他总还是可以开的吧？

我说，你抱吧，抱那盆最大的。

那盆最大的花是茉莉花，花盆的口径足足有一张桌面大，包京生抱了两抱，才把它抱了起来，可见它的沉重，也可见包京生的蛮劲。我提了一小盆月季走在前边，我想用我手里的小来衬托他怀里的大。那时候我还不晓得有将功折罪这种说法，可我已经晓得了这样去做，我算是给包京生创造一个将功折罪的机会吧。

走到教室门口，我看见已经有几个家长在靠着栏杆抽烟、看报纸。还有一个面容憔悴、头发枯干的妈妈在对着手机吼叫，我三点半来！我三点半来！我说了我他妈的三点半肯定来！

宋小豆穿着天蓝色套裙站在门口，就像一个站在波音747舱口迎接乘客的空姐，满面春风，笑容可掬。她的独辫子束起来在脑后盘成了一个菩萨髻，她的双手交叉放在小腹上，我承认，我从没见她这么光彩照人过。在她的左右，站着班长朱朱，还有什么也不是的陶陶。这是五月的午后，蝉子在泡桐树上悠扬地叫，吹过树叶的风正在热起来，可陶陶的脚上还套着我给他买的陆战靴，手上戴着露出指头的皮手套，背上背着一个阿迪达斯的新书包，里边沉甸甸的，不知放着什么鬼东西。他垂手站在宋小豆的身边，就像一个忧郁的礼仪官。可怜的朱朱，表情却是怯怯的，宋小豆不时伸手去给她拢一拢刘海。朱朱的样子就像小动物，只想躲得远远的，却又无处可以躲藏。

我望着宋小豆笑了笑，径直朝教室里边走。宋小豆把我拦住，她说，是月季吗，那么好看？她示意我把花提高一点儿，她用鼻子闻了闻，说，月季是没有香味的，对吧？她很克制地笑了笑，但嘴角和眼角还是露出了浅浅的小皱纹，她咕哝了一句英语，说，再给花浇点儿水，浇得就像露水一样，好不好呢？我点点头，可我发现她不像是对我说的，她的声音有些发嗲，她总不会冲着我发嗲吧。我还是点点头，密斯宋，我说，我就去给它浇点儿水。

教室里也稀稀拉拉地坐了些家长，大家磨皮擦痒，都在埋头拿了成绩册看了又看翻了又翻，成绩册就是一只麻雀也被揉熟了。他们个个的脸上都没有表情，这使应该有点儿闷热的教室如同开了冷空调，冷冷清清的。我把月季摆在讲台上，回过头，却发现包京生没有跟进来。

陶陶伸出手来把他拦住了。陶陶说，你把花放下吧，谢谢你了。

包京生笑笑，他说，哥们儿，你谢我，我怎么谢你呢？这样好吗，你替我送进去，我替你看着门？他说着，就把花盆放下地来，腾出了两只手，他的两只手湿淋淋的，全身都是湿淋淋的，汗水就跟雨水一样把他浇透了。我隔着几步远，也能感到他全身火炉似的在燃烧。包京生别头看着宋小豆，眼里全是汉奸狗腿子一般的谦卑和恭顺。他说，密斯宋，我舅舅舅妈不上班就得扣工资，扣了工资年底就得扣分红，扣了分红就得炒鱿鱼，所以我就来了。您说可以吗？

宋小豆莞尔一笑，笑得就跟朱朱一模一样，不一样的只是她有浅浅的皱纹，皱纹里藏着冷漠和高傲。她说，我要说不可以呢？

包京生依然在揉着自己的大手，就是一张蒲扇被这么揉着，也变成了一张北京的摊饼。他说，您不会这么逼我吧，密斯宋，是吧？

宋小豆也依然在笑着，她说，不是我在逼你啊。

包京生把两手垂下去贴着裤缝，跟陶陶那样像个礼仪官似的。他说，所有的事情都是我的不是，都该由我一个人来承担，跟你们没关系，跟我舅舅舅妈没关系，跟我父母也没关系，我不上学算什么呢？包京生就是活得跟一条狗似的也就是一条狗吧，可真那样我父母就没法活了，您给他们一条生路吧，密斯宋！

宋小豆用英语咕哝了一句"挪丝"，头却在很优雅地往两边摇动。我从来弄不懂，"挪丝"用在哪儿才算是他妈的同意或者否定。我靠着讲台，瞥了包京生一眼。

包京生和宋小豆之间隔着那盆桌面一样大的茉莉花，也隔着茉莉花那甜得沁骨头的芬芳味。就在这芬芳的距离中，包京生把发青的大脑袋垂下来，把腰杆也弯下来，给宋小豆鞠了一个九十度的躬。

但是陶陶伸出一只手，把包京生的下巴托住了，他这一躬竟没能完全地鞠下去。

19
抽吧，石头

陶陶说，包大爷们，男人不要轻易低头啊，更不要轻易弯腰啊。

包京生试着把陶陶托住自己下巴的手扳开了，他喘了一口气，说，你让我进去好不好？不会是你不让我进去的吧？

陶陶说，是我我就不进去了，今天进得去，明天也进不去，是不是？

包京生涨粗了脖子，我看见几条血管在他的脖子上蹦出来，激动地抽搐着。他说，操，明天明年，我包大爷们都在这儿进进出出呢。

宋小豆用英文哼了一声。是的，她是拿英文哼的，虽然不说话可我们也能听出来，就像老年人假装咳嗽润嗓子，接着就要来一记撒手锏了。她说，包京生同学，这是我最后一次叫你同学了，你真的要强行闯入吗？

包京生冷笑了一声，脸上豆子大的汗珠都抖了下来，砸在水泥地上啪嗒啪嗒地响。他说，笑死人不是！学生进课堂天经地义，强行闯入多感人，可他妈强行了还闯不进去呢，您说这是学生混球还是学校混账？

宋小豆的眼睛刀子般地亮了一下，但马上又收敛了下去。她甚至还浮出了一些微笑，她说，你就是这样对一个女老师说话的吗？你的唾沫星子都溅到我的脸上了。

包京生一下子说不出话来，就像给自己的唾沫噎住了。他看看朱朱，他眼里是无助和茫然，在他能够找到的人中，朱朱是他最后的一根稻草了。

朱朱倒是不急不缓、不动声色，她也是莞尔一笑，说，包京生，你给密斯宋道个歉吧。她顿了一顿，又补充道，你给她留下的最后印象，不要太坏了。

最后印象，包京生闷了半天，在嘴里嘟嘟囔囔地念着，最后印象、最后印象……他突然冲着朱朱张开河马一样的大嘴、舌头、喉管和扁桃，他的牙齿白森森的，就像一口要把朱朱咬进去。他轰轰烈烈地怒吼着，什么意思？你说最后印象是他妈的什么意思啊！

包京生的怒吼在走廊和教室里回响，如同狂风大作，朱朱的刘海乱飞，就连她娇小的身子都在摇晃。走廊上的家长、教室里的家长，都呼啦啦地围拢过来，满是惊喜和期待——在这个烦人的下午，包京生的怒吼真是他妈的天赐好戏啊！

朱朱自然是花容失色，用双手紧紧地捂住耳朵。宋小豆的脸色也是惨白得不行，但更像是那种敷粉过多的白，或者电影里日本艺伎的白。她伸出手臂，把朱朱揽在怀里，说，不怕不怕不怕，可怜的，你不怕。

陶陶伸出一根指头指着包京生的鼻尖，冷冷地说，你是什么东西，对女同学动手！你敢碰她一下，我敲掉你的门牙！你碰啊，你不敢对不对？

包京生怒吼一声，张开蒲扇一样的手掌就要朝着朱朱扇过去。朱朱尖叫一声，要哭却还没有哭出来。

就在这个时候我心里一下子雪亮了，包京生今天只有一个下场，就是跟狗屎一样地完蛋。一切都准备好了，四面都是石头，就等他这个傻蛋自己砸过来。但我还是大叫了一声，不！并且朝着门口冲过去。我本来是不想给他添乱的，可我添乱不添乱，他都已经被预设为一枚傻蛋了。

我的叫声太大了，以至于成了一声破响，仿佛铜锣被击成了碎片。包京生吃了一惊，猛地把双手缩回了背后。我冲过去想拉开包京生，但我刚刚走到陶陶的身边，他突然提起陆战靴在我的脚背上狠狠地踩了一下，我痛得妈呀一声跪下来，正扑在包京生的脚跟前。陶陶踩得真狠啊，他就用我给他买的陆战靴踩我的脚，我觉得我靴子里所有的骨头都粉碎了。我的脚随后肿起来，就像掺了假的大吐司。

　　我扑在包京生的脚跟前，眼泪汪汪，却说不出话来。包京生弯下身子来拉我，陶陶指着他的鼻子，冷笑一声，骂道，你打了女同学，还想要流氓！

　　包京生这一回也不出声，他一手把我抓起来，一手横过去扇了陶陶一耳光。那一耳光非常地响亮，所有人都听到了，高二·一班的家长、这条走廊上别班的家长，都赶了过来。我们被水泄不通地包围起来，陶陶的半边脸上立刻就像贴了一只血手套，但是陶陶不说话，他让所有人都看见了这只血手套。男家长在用舌头咂咂作响，女家长则夸张地捂住嘴巴叹息，就像淑女见了强奸犯。宋小豆的菩萨髻也不知什么时候散了，可能就是给包京生的掌风掀乱的吧，头发落了很多在她的脸上，还有一缕横着咬在了樱桃小嘴里，就像是一个受难的女神，很悲壮很坚定的舞台妆。

　　包京生这一耳光扇下去，就连最傻的傻子也晓得没救了，何况包京生本来并不傻呢。我撑直了靠着门框，一点儿力气也没有，不想说，也不想动。陶陶并没有还手，其他人都没有说话。包京生把蒲扇大的手收回来放在眼皮底下，细细地观看了很久，好像在欣赏一件心爱的宝物。忽然他哈哈大笑，指着宋小豆、陶陶、朱朱，说，爷们赔了千千万万的小心，还是给你们算了，算了就算了吧，一个耳光和一百个耳光有什么区别呢、呢、呢、呢……他不等自己话音落地，就照着对面的三个人抡开巴掌乱打。陶陶迎着巴掌跨上半步，揪住包京生的领口，把他拖到了走廊上。巴掌扇在陶陶的脸上，就像浸了冷水的皮鞭抽在浸了冷水的牛皮上，滋滋地疯响，一个血手套盖住另一个血手套，迅速印满了陶陶的双颊、脖子还有手臂。但包京生还是被陶陶揪到了护栏边，陶陶试图要把他上半身掀出护栏去。人群一片轰响，大喊，使不得！

但是陶陶并没有成功，包京生当胸一拳，嘭的一声，并不格外响亮，就像击在一只气囊上。陶陶仰面倒下去，还滑行了三五步，他的手里抓着一块从包京生领口撕下来的布片子。

包京生不等陶陶站起来，冲上去就是一阵乱踢，在风快的乱踢中，包京生的脚成了灰色的雨点，雨点落在陶陶的头上、脸上，还有身子的各个地方。好在包京生的脚冬天穿老棉鞋，夏天穿布鞋——针线纳出来的千层底布鞋，换了陆战靴，十个陶陶也早踢死了。一个踢，一个被踢，两个人都不吭气，陶陶伸了戴手套的手来抓包京生的脚，看着已经抓到了，却立刻被更加猛烈地踢开去。倒是人群在随着脚踢发出有节奏的呼喊和呼吸，愤怒的和喝彩的都他妈一样地亢奋，跟在拳击场上看泰森打霍利菲尔德一样紧张和亢奋。

是的，这时候你应该问，你在哪里呢？你在想什么呢？

这两个男孩儿不曾经都是你的男孩儿吗？噢，是的，我就在那儿，我晓得他们都曾经是我的男孩儿，或者说，我曾经都是他们的女孩儿，现在我觉得有什么区别呢？可当时我什么都没法去想，我就靠着门框立着，被踩的那只脚和半边身子已经完全麻痹了。我现在可以说，如果他们两个人中有一个人死了，我就让另外的半边也他妈完蛋算了。真的！我就是这么想的，我只有这一个想法，我反倒平静了，由他们去打吧。

但是很多人都没有我平静，很多人都在惊慌失措着。我后来听到朱朱在喊金贵，宋小豆也在喊金贵，她们的声音是凄惶的，跟在乞求似的。我看见金贵就站在包京生的旁边，很仔细地看着他们两人是怎么动的手。金贵右手抄在裤兜里，左手握成拳头护在肚子上，他看得那么专注，嘴唇抿成了一条线，样子是出奇地冷静。这个乡巴佬儿，这时候看起来竟像韩国电影里的小酷哥，朱朱、宋小豆怎么喊他，他都不理睬。朱朱喊，金贵金贵金贵……宋小豆喊，把他们拉开拉开拉开……我也在心里叫着，算了算了算了……可他们还在拼死恶斗着。

当然，恶斗的时间并不算太长，当灰狗子和警察来得及赶到之前，他们就已经结束了。陶陶很快放弃了抓住包京生腿脚的努力，他把身子朝着一侧奋力滚动，在避开包京生踢来的一瞬间，终于跃了起来。包京生立刻把脚头换成了拳头，陶陶躲闪着，却不后退，只是反手伸进自己的书包去拿什么。陶陶的头上、身上都连挨重拳，身子摇摇晃晃，但他还是撑住了，并从书包里把东西抽了出来。

所有的人，还有你，都以为陶陶抽出来的是一把刀子吧？噢，不是刀子，如果是刀子那才好了。一把好的刀子，是不会在这种场合出现的，好的刀子是漂亮的、优雅的，是用来想象的、自我慰藉的，怎么可能用在一场肮脏的格斗中呢？所以在那个时刻，陶陶他抽出来只是一件包扎好的汗衫。汗衫原来是大红色的，但是被汗水和肥皂咬成了冷漠的浅红，里面裹着一块比包京生拳头还大的鹅卵石，这样汗衫就成了可怕的链球。不过这是我们后来才晓得的，那时当陶陶把汗衫挥舞起来的时候，别人还以为他是被打得手忙脚乱了呢。

包京生立刻就落了下风。汗衫里的石头抽打在他的头上、肩上、胸口上，不晓得比脚和拳狠辣了多少倍，但却一点儿声音都听不到，全被他的棉和肉吸进去了。陶陶用汗衫不停地抽打着，就像农民挥舞一束稻子打向拌桶。包京生毫无还手之力，而陶陶虽然使了吃奶的劲，却依然呼吸均匀。最后包京生被逼到一个角落里，蹲下来用两只蒲扇大的手抱住了自己的头。再后来，陶陶可能是累了、厌倦了，总之是不打了，他就一脚踢去。包京生仰面倒下来，双手慢慢松开，血从他的鼻孔、嘴角蠕出来，浓得就跟糨糊一样地浓，黑得就跟墨汁一样地黑，热腾腾的，腥味也是刺鼻的、呛人的呢。

陶陶把汗衫小心翼翼放回书包里，没有再动包京生一个小指头。他把一只脚踏在包京生的胸脯上，看着包京生。我们都能听到陶陶的呼吸，还是那么均匀和稳定，他很平静地说，包京生，这儿是学校，你知道吗？这儿是学校，你耍什么流氓呢？

20
错过了该哭的好日子

宋小豆吩咐恢复秩序的时候，是两点十五分。因为她抬起手腕看了一下表，我们都听到她清晰地说，离开会还有一刻钟了，清扫一下吧。她还伸手拢了拢朱朱的刘海，说，朱朱，不要搞得乱糟糟的。

随后，宋小豆从手袋里掏出牛角梳子和小镜子，踱到一个角落补妆去了。朱朱带了人用湿拖把拖去地上的汗和血，陶陶已经走掉了。只有包京生还躺在地上，他脸上看不到一丝血迹，但眼睛已经睁不开了，也可以这么说吧，他的五官都已经区分不出来了，他的头和脸肿得比我的痛脚还要大一百倍。有几只苍蝇绕着他的大脑袋飞了几圈，很无趣地飞走了，苍蝇也许是找不到下嘴的地方吧？唉，谁晓得苍蝇的事情呢。

这场恶斗前后的时间其实也就几分钟吧，围观的家长就像苍蝇嗡嗡地响过之后，似乎有些扫兴地走开了。我看见有一个没有尽兴的家长，当然他是谁的爸爸，他就站在包京生的旁边，用粗短的手臂做了两个拳击动作，对着空气兜底一拳，再兜底一拳，活像一个神经病。

包京生就躺在那儿，没人去过问。

我扶着墙壁，一瘸一瘸地挨过去。我努力显得正常一些，但我实在是每挨一步都感到钻心地痛，痛是又尖又长的一根锥子，在我受伤的地方没完没了地锥。相比起来，伊娃的瘸腿简直可以算连跑带飞了，而我每挨一步都有汗豆子满身地滚。终于挨到包京生的旁边时，我一下子就倒下去了。

一只手从后边伸过来，把我拦腰揽住了，我这一倒，居然就没有倒在包京生的胸口上。金贵说，波，风子，你波要倒了。

金贵的表情也是他妈的非常平静的，我发现有些男人这种时候总是平静的，好像他们就是来比赛谁最没有心肝的。金贵已经变了很多了，但他还是老把"不"说成是"波"，他是可以改的，他却说自己已经习惯了。当然，我们听起来，他的"波"已经顺理成章了，不"波"反而不自然了。有一次金贵问朱朱，班长，你举个例子说，什么是自然，什么是不自然？朱朱很有班长风度地笑了笑，这时候她恶心得就特别像宋小豆。她说，金贵，你说"波"是自然，你左撇子是自然，你处处都像我们就是不自然。金贵笑了笑，说，金贵波得忘记了。

　　金贵稳住了我，又躬下身子，用他的左手把包京生一抱，就抱了起来。他的劲真大啊，他把包京生抱起来顺势就背在了背上，也不看我，也不看别的人，什么也没有看，背着包京生就下楼去了。

　　第二天课间操的时候，我待在教室里没出去，所有人都认定是包京生把我的脚踩成了大吐司。我也懒得跟哪个去解释，一个人趴在窗口上看南河那边的风景。也没有什么风景好看，车子、人都急吼吼地往两边赶路，只有河水在慢吞吞地流，流得人心里黏糊糊的，粘了一块叮叮糖一样，越拉越长、越拉越细、越拉越乱糟糟的不舒服。这时候，一个人轻手轻脚溜到我后边，问了我一句，你要我帮帮忙吗？我本该吓一跳的，可我没有，因为他问得太绅士了，泡中居然有男生这样问女生的！我回过头来，是金贵。我说，金贵，你也学着假眉假眼了。你给我说说包京生吧，他还没有断气吧？

　　金贵吁口气，他说，包京生的气还长得很呢。

　　金贵告诉我，他背着包京生刚走到校门口，就被刚进来的一个家长接到他的车上去了。那个家长文质彬彬，戴了一副金丝边眼镜，看了包京生的样子，也不吃惊，只是哦了一声，说，这不是我孩子的同学吗，玩过火了吧？那人就吩咐司机载了包京生和金贵去医院。到了医院，很多事情都是司机在做，包括化验、照片、交费……一切的事情。天还没黑，包京生就醒了，连喝了三大碗医院熬的莴笋稀饭，出了一身大汗，把身下的棉絮都湿透了，就跟尿了一床尿似的。包京生嚷着要回去，司机就送他和金贵上路。一路上都是包京生在指东指西，他的头和脸肿起来，把眼睛都陷到肉里边去了，可他的手指头还跟指南针一样，居然一点儿看不出有什么犹犹豫豫。

金贵说不出这是什么牌子的汽车，反正很长、很大、很凉爽，包京生躺在里边正合适。汽车在灯火里七弯八拐，终于停下来，金贵推门一看，傻了眼，原来这就是泡桐树中学的校门啊。包京生下了车，就往学校里走，走了两步身子一摆，差点儿就要摔在地上了。金贵赶紧抱住他，说，包哥包哥，你搞错了，怎么还往学校跑呢？包京生反手给了金贵一个耳光，好在他的手软得面团似的没有劲，他说，我就是要回学校，要回学校，要回学校……司机也来劝他，过几天回校也不迟，何必只争朝夕呢？包京生反手又打司机，可他就连这点儿劲也没有了，蒲扇大的手掌就像树叶一样从司机眼前飘过去了，他出了一身虚汗，再次被抱回了车里。司机小声跟金贵说，你同学是刺激受得太大了，当心一点儿吧。

但是金贵说自己没有什么好当心的，就是尽一个同学的职责罢了。司机就笑，说，跟我们老板一样，时常都在学雷锋。

后来，他们终于还是把包京生送回去了。关于包京生家里的情况，金贵没有向我提过，只感慨了一句，那张破沙发，大得真像他妈的一张双人床！

我很吃惊地看了看金贵，他的样子却像是在说一句家常话。他把双手抄在裤兜里，嘴唇抿成一条曲线，脑袋一点一点的。我忽然觉得自己有些恍惚，金贵看起来很面熟，仿佛我早就认识的某个人。

但是，我还没有多想，金贵哼了一声，不经意似的问我，晓得那个家长是谁的家长吗？

我默念了一下，自然心里雪亮，但我却不告诉他。我只是也哼了一声，说，金贵，你不要自作聪明了，他是哪个的家长我都不放在心上。家长和家长还有他妈的什么区别呢！说他是你的老爹，说他是宋小豆的老爸，我都觉得不吃惊。我顿了一小会儿，觉得我碰到了自家的痛处，突然冷笑起来。我说，人要都跟狗一样势利，金贵，你早被我们咬得遍体鳞伤，从高二·一班滚出去了，是不是？

金贵的脸色变得煞白，他的嘴唇哆嗦着，伸出一根指头指着我，他想诅咒我，或者想扇我一耳光，可是他没有，他脸上的表情也慢慢地变成了冷笑。风子、风子……他有些说不下去似的，但冷笑还在脸上挂着，风大姐，你受了什么刺激吧，你拿我一个乡巴佬儿来出气？

看着金贵被逼得可怜巴巴的样子，我忽然觉得很无聊很没意思，我拿一个乡巴佬儿出什么气呢？当人人都可以冲我吐唾沫的时候，我转身朝着一个乡下佬儿骂，×你妈。我该是多么可怜啊。我扭过头去，望着窗外。窗外刚好有风，阳光跟水一样在泡桐树的叶子上淌，软软地淌，淌得让人觉得自己的心里也有什么在淌着，淌着。

如果是在昨天以前，我的意思是，在昨天家长座谈会以前，我趴在桌子上失声痛哭，所有人都会觉得这是将军的千金在发嗲呢。可现在不了，我的眼泪算什么呢？自我可怜罢了，就像那个什么成语说的，我的哭声是破罐子摔在地上砸出来的破响，是又丑又难听啊。在他们可以把我的哭声当作发嗲的那些日子里，我却从来没有发过嗲，我真是错过了该哭的好日子。

昨天，当包京生被金贵背走之后，血腥的现场立刻就被收拾得干干净净，甚至在被拖把擦拭得发亮的走廊上，还映射出喜悦和宁静的光芒来。家长会按时举行，成年人的体味充满了教室，他们清理喉咙的声音就像流水不畅的水龙头。人基本已经到齐了，我看见爸爸最后一个走了进来。

爸爸出现在教室门口的那一瞬间，我甚至都没有认出他来。我可能和所有人一样在惊讶，这老灰狗子怎么跑到这儿来了？只是当他开始询问的一瞬间，我才认出来，这是我的爸爸啊。噢，是的，爸爸是保安，身上那套制服他就跟军服一样在珍惜。我坐在最后排，隔了一片黑压压的人头，我还是看出来，这千真万确是我的爸爸啊。爸爸的礼貌、谨慎、卑微，都在向别人揭穿着我撒过的谎言。那一瞬间，我明白我的好日子已经完蛋了。至少，那跟蛋糕一样的好日子被人粗暴地搅乱了，弄碎了，拿去喂麻雀或者喂狗去了。我当然不是在骂我的爸爸，怎么会呢？我爱他，可怜他，只不过他凑巧是穿着灰狗子的制服罢了。我没有想到他会来，真的，我们本来是说好他不来的，我把成绩册拿回去就可以了。可他还是赶来了，他走进教室的时候，还是气喘吁吁的，宋小豆正在清嗓子，准备讲话。我坐在最后一排，任务是随时提供服务，其实痛脚已经让我成了真正的瘸子，我躲在家长们的后边，只能跟狗一样喘息呢。朱朱还站在前边的门口，手里捏着一摞可疑的单子，那些单子真的就像本·拉登的邀请书一样，收到单子的家长都做贼一样，把头埋在了自己的手心里。

爸爸进来的时候，朱朱拦了他一下，她说，您，是谁的家长呢？宋小豆也别过头来，脸上带着点儿愠怒。对，是愠怒，我刚好上学期在补考时遇到过这个词，愠怒，就是不失风度地表达生气，就像宋小豆面对着一个她不喜欢的人。爸爸没有回答朱朱的提问，他已经越过朱朱的肩膀，看到了宋小豆的愠怒，他大概准确地判断出，她才是这儿真正的首长吧。爸爸把右手伸到帽檐下，隔着美丽小巧的朱朱，给宋小豆敬了一个军礼。他那么瘦弱，却穿着臃肿的灰狗子服装，汗水跟虫子似的爬满了他的脸膛，他敬军礼的时候，身子像旗杆一样在衣服里边不住地哆嗦着。家长们哄堂大笑起来，有人还拍了桌子，大叫，真他妈好耍啊！这真是高二·一班的教室啊，连家长起哄的时候，也多么像他们自家的宝贝。还有那些拿到单子的人，他们都抬起头来看着我的爸爸，如释重负，很阳光地笑了。

宋小豆也笑了，她用英语问了一声我爸爸，大致相当于笑问客从何处来吧，因为她的语调显得相当客气。我爸爸自然是听不懂了，台下所有的家长也听不懂，听懂了他们的孩子还读什么泡中呢！大家都安静下来了，在等着宋小豆的下文。宋小豆把笑藏起来，她换了中文，中文从她嘴里出来就变得冷冰冰的了，她说，你走错门了吧？

爸爸的眼里闪着迷惑，他说，是高二·一班吧？我找高二·一班呢。

宋小豆不看我爸爸，她转过头对着大家，说，高二·一班有这个家长吗？

所有的家长都在面面相觑，窃窃私语，做出很夸张的惊讶、茫然。有的人还跟美国佬儿似的耸耸肩膀，摊开双手，表示眼前这个人等于是一团空气。

我躲在那些中老年人的脑勺后边，远远地望着爸爸，他真的像是站在一团白气当中，他的脸、眼睛、嘴巴，就连他的手都充满了谦恭和谦卑的笑。爸爸把灰狗子的大盖帽摘下来，用一块皱巴巴的手帕揩着额头的汗水、帽子里的汗水，他说，我是我女儿的家长。

但是，教室里闹哄哄的，没有人听清爸爸的声音。我看见朱朱走到宋小豆的跟前，小声嘘了几句什么话。在闹哄哄的教室里，只有朱朱一个人看起来心中有数。谁也不晓得她嘘了些什么，宋小豆点点头，朱朱就过去搀扶着我爸爸的胳膊，她说，伯伯，我带您去别处找吧？

但是爸爸没动，他虽然很瘦削，可瘦削到了像一根棍子，插在土里也是不容易搬动的。他就当旁边没有朱朱这个人，只是伸长了脖子往一片脑袋中间寻找着，他说，应该就是这儿呢，我女儿说过的，是高二·一班的。

我把头埋下去，又抬起来，我这样来来回回做了好几次，然后忽地一下就站了起来。

麦麦德曾经搀扶一个乞丐去财主的帐篷里讨还公道，麦麦德说，你把你欠他的骆驼还他，欠他的草料还他，欠他的大饼还他，欠他的女人和孩子也还他。财主说，他是谁呢？麦麦德说，他是我父亲。财主就笑了，说，你又是谁呢？麦麦德把刀子拿出来搭在对方的肩上，说，我就是这把刀子，老爷。财主软下来，说，我知道了，你是爷。

我也随身带着刀子，就是那把我想象成麦麦德用过的弯刀，但我的手在书包里握住刀把，只是为了让出汗的手变得凉爽一些。我站起来，大声地说，他是我爸爸！

家长会结束以后，是朱朱搀扶着我爸爸离开的。其实爸爸还没有老到需要别人来搀扶，何况他还曾经是军人呢，穿了灰狗子的服装也没忘记了敬军礼。可朱朱还是从我身边把爸爸搀扶走了，她说，风子，风子你帮着收拾教室吧。我哪能收拾教室呢？我的脚还在像狗嘴一样，撕咬着要把我的肉咬下来，我痛得动都不能再动了。朱朱跟我眨眨眼睛，就和爸爸出了门，下了楼，走过干巴巴的操场，走过浓荫蔽天的泡桐树，出了有灰狗子把守的栅栏门。

爸爸的表情，充满了满足和幸福，连嘴唇都在幸福地哆嗦着。他没有想到朱朱会像自家女儿一样，当着那么多家长对自己那么亲热。爸爸已经晓得，宋小豆是班主任，而朱朱是班长，也就是说，朱朱是全班最漂亮的女孩子，也是最了不起的女同学，而她却对自己那么好。爸爸一定觉得，这都是因为自己女儿争气吧？朱朱把爸爸搀扶起来的时候，我看见他笑得满脸皱纹，把眼睛、鼻子都笑得发红了。

朱朱的妈妈也来开了家长会，散会的时候她过来拉着我的手，说了好多感谢话，她说谢谢我那么护着朱朱，不然朱朱会让她多么担心啊。我连连说，哪里哪里，应该的啊。可我心里觉得自己真是个伪君子。我太过分了，是不是，可这些是我的错吗？我不这样，我又有什么办法呢？

最后，就连我也是被朱朱搀扶着离开学校的。我们磨磨蹭蹭地走过滨河路，在南河的堤岸上坐下来。这个时候街上汽车如潮，而河边的游人正少，一个戴绿色口罩的清洁工用竹耙子把落叶和纸屑耙成一堆，点火焚烧。落叶都还青着，那火就不怎么烧得起来，倒是青色的烟雾跟古代的狼烟似的滚滚而起，清洁工被青烟呛得连连地咳嗽。青烟传到我们这儿，就已经有些稀薄了，烟中夹着草青的味道。朱朱说，草烟的味道很好闻啊。这是她搀扶我离校后说的第一句话。

好闻跟我有什么关系呢？我哼了一声，其实也就是从鼻子里呼出一口气来，我说，朱朱，我只觉得脚痛，我现在觉得脚痛也不错啊，脚痛我就能只想着脚痛，把鸡零狗碎的东西都抛开去。真的，我还想它再痛一点儿呢，不信的话，你再踩我一脚试一试？

朱朱自然是不肯踩的，她侧脸看着我，定定地看着我，也不说话，眼睛里湿湿的，像一头从草丛里钻出来的受惊的小鹿子。噢，这就是女孩子对女孩子的心疼吗？你受到过这样的心疼吗？我倒不觉得不自在，更不觉得有什么可怕，我只是不愿被女孩子的眼睛一直那么看着，湿湿的、水光盈盈的、含着什么脉脉的……我突然把嗓门提高了，我说，朱朱，你不相信吗？我撑起身子，用伤脚对着我们坐的水泥树桩狠狠地踢了出去。

朱朱尖叫了一声，幸好我的脚上没有什么气力了，我的靴子一碰到树桩就发软了。我蹲在地上，汗水、泪水密密麻麻跟蚂蚁似的从我脸上钻出来，我从来没有这么畅快地流过泪水和流过汗水。我总算找到了一个借口，我尽情地哭着，因为我的脚是那么地痛啊！

朱朱把手放到我的头上，反复地摸着，还把手指插进去，跟梳子一样梳着我的头发。她细声细气地说，哭吧，哭吧，风子，想哭就哭吧。朱朱叹口气，接着又叹口气，不住地长吁短叹，她说，反正你头发也长长了，见识也越来越短了，哭吧哭吧。

我还没有收住泪，就扑哧一声笑起来，我说，你怎么变得和他妈任主任一个腔调呢！

朱朱说，我们都在长大，就你一个人在一天天变小。连任主任都要哄着你，我还敢对你怎么样呢？

我说，朱朱，你可怜我吗？我要没脸见人了。

朱朱笑了起来，这一回不是莞尔一笑，而是夹在长吁短叹中，老气横秋的。她说，我不可以可怜你吗？

我瞪着朱朱，狠狠地瞪着她。朱朱把那张白皙娇弱的脸朝着我，一点儿也不避开，她的又长又细的眉毛、又湿又亮的眼睛，都让我觉得心里发酸，哦，我是为我自己心里在发酸。

我说，你可怜我，就给我弄点儿吃的来吧，我肚子都快饿瘪了。

有风吹过，烧落叶和青草的青烟都向着河上飘去了。我和朱朱都看见一个挑红木桶的人从青烟里走过来，有一小会儿，他头上的草帽被夕阳照着，好像是浮在水面上旋转。近了，就看清楚，这是卖豆腐脑的，他的红木桶擦拭得亮闪闪的，还用黑漆勾了边线，桶盖上搁着十几种作料。朱朱喊了一声，卖豆腐脑的。但那人没有听见，只管呆望着河那边，一路走过去。我接着喊了一声，卖豆腐脑的！那人吃了一惊，把担子一转，刚好搁在我们面前。

豆腐脑娇嫩得怎么都扶不起来，那人就用白铁皮做的小铲给我们铲了两大纸碗，上边浇满了作料，红油辣椒和脆花生瓣在豆腐脑上不住地颤抖。我吞了一大口唾沫，一下子就倒了一碗下肚子。看看朱朱，她却还没有动调羹呢。她对那人说，再铲一碗吧。

我一连吃了四碗。最后一碗我才吃出一点儿味道来，豆腐脑里也掺和着一点儿草青的味道，花生瓣则被牙齿磨出焦煳的油脂香，它们搅拌着让我的脑子晕眩起来，我觉得自己就像喝醉了酒。我说，朱朱，我不行了。

朱朱说，不行就放下吧，别逞能了，好不好？

我说，朱朱，你觉得我一直都在逞能吧？明明是个可怜人，却硬要撑出一点儿门面来？

朱朱说，其实，我早就晓得了。有人早就给我说过，你爸爸的将军是假货。

我再次瞪着朱朱，辣椒油和豆腐末糊满了我的嘴巴，而朱朱端着的碗还没有动过一调羹。我说，你为什么不戳穿我呢？你等着要看我的笑话，对不对？

朱朱说，我给菩萨烧过香，希望你永远都不要被戳穿，希望你永远不要闹笑话。只有我才会这样子，你不相信吗？我是真的，风子。

我再也说不出话来了。四碗豆腐脑和辣椒油在我的肚子里发胀、翻腾、烧灼，我却一点儿办法也没有啊。

出乎我意料的是，我没有听到一个同学议论我的事情，他们昨天对我怎么样，今天对我也怎么样。但是，我觉得他们是已经晓得一切的。当他们三五个人聚在一块说笑时，我怀疑他们说的正是我，他们一边从远处瞅着我，一边说得真是开心死了。我瞥一眼他们，他们就会把嗓门压下来，还相互挤一挤眼睛。有一回，我撑起来，一瘸一瘸挪过去，我跟他们说，说吧，也说给我听听，我也和着你们乐一乐啊。那些人笑嘻嘻地望着我，说，刚刚才说完呢，还说什么呢说？

我自然是十分无趣的。但我还是得撑着，既然我已经撑着站起来了，我就得一直撑下去，是不是？我说，那你们就再随便说说吧。

他们都不吭声。过了半天，有一个女生吞吞吐吐的，当然，也可以理解她是满不在乎的，她问我，你有什么好说的呢？

我差一点儿把痰喷在她的脸上了，我说，我没什么好说的，那你们在说 × 啊！

不过，我什么都没有说，我把这句话咽进肚子里去了。

我很感激朱朱，她并没有黏黏糊糊表现出对我深切的关怀，或者什么有难同当的姐妹亲情。你想想吧，当我把自己从人群中孤立出来后，她跟个影子似的跟着我，只能显得我更孤立、更可怜啊。朱朱心里比谁都清楚，我想要什么不想要什么。她经常远远地给我一个眼神，让我的心情变得安静下来。她的眼睛在说，别在意，别在意，有我呢。

阿利倒是常在课间陪我说说话，不过这时候又有什么话好说的呢，没话找话罢了。有时候他到小卖部给我买来可乐、酸奶，我们就趴在窗台上寻找钉在泡桐树上的蝉子，也虚着眼睛望一望阳光下闪闪发光的鸽群，一边啪嗒啪嗒地喝着。有一回，也就是我的痛脚已经可以自如行走的时候，我们正啪嗒啪嗒喝着，阿利忽然说，我请你和陶陶吃麦当劳吧。

我立刻明白了阿利的意思，只有陶陶才能把我从眼下的处境里拖出来。而阿利自己，除了钱和心意，似乎已经无能为力。阿利说，如果你愿意，我马上就去约陶陶、朱朱，再加上金贵吧，从前这几个人天天都在吃烧烤。

噢，如果是天天吃烧烤，那还有一个人阿利忘记了，那就是包京生。阿利没有提起包京生，那就是这个人已经蒸发了。我说，好吧，阿利，你去安排吧。

除朱朱之外，所有人都很爽快地答应了。陶陶说，吃吧。金贵说，去吧。但是朱朱说，我不去，我闻到麦当劳的味道就发呕。朱朱还对我笑了笑，她说，你该学聪明一些了吧，当心再被别人踩一脚。

朱朱不去，我本来有点儿犹豫了，可她这句话偏偏把我往麦当劳那边推了一把，为什么不去呢？说不定我能找到一个机会踩回来呢。

一开始我给你说过吧，麦当劳或者肯德基、德克士，那种地方是分不清四季的，永远温暖如春，服务生穿着粗条纹的 T 恤，影子一样忙进忙出。每一天，人们都像在过一个延期的情人节，或者是愚人节，谁晓得呢，反正店堂里人多得不得了，到处悬挂的彩球比春节的香肠、腊肉还要多。也许我们去的时间不对，那天麦当劳里简直是人挤人，没办法，我们只得改了靠窗而坐的老习惯，在角落里围着一根柱子摆了半个圆——从我的右边数过去，依次是陶陶、阿利、金贵。店堂里闹哄哄的，喇叭里还在播放美国的乡村音乐，大家都埋了头吃东西，不说话。这种坐法不好说话，也可能是找不到什么要说，我们的背都快抵着墙壁了，把人隐蔽在了这儿，把噪音也隐蔽在了这儿，至少我心里是有八分焦躁的。我侧身看看他们，陶陶在啃着一块双层的巨无霸，夹心里的奶油穿过生菜滴下来，滴得桌上一片肮脏，他也不管，只是张着嘴又咬又啃。阿利在专心对付一份香草冰激凌，金贵还跟往常一样，一边用左手去纸袋子里取薯条，一边小口小口地喝着可口可乐。炸过了一点儿，金贵咕哝了一声，但这一声在乱哄哄的店堂里那么微弱，没有人去搭理他。

我在用牙齿和舌头剔一根鸡翅，把它骨缝里的肉和筋，还有骨汁，都咂得干干净净，最后，鸡翅膀就剩下了一副完美的骨架，很轻盈地搁在了我的面前。当这种骨架已经在我的面前摆放了五具之后，我的心情变得安宁下来了。说什么废话呢？我对自己说，不说废话，我们也可以吃得很舒服呢，我们只需要吃就可以了，对不对？我正这么想着的时候，忽然觉得校服的后摆被一根指头轻轻撩了起来。

进了五月，我们的校服都换成了天蓝色的 T 恤。说是纯棉的，其实混了大半多的涤纶，贴身穿着，肉是肉，衣是衣，一点儿都不服帖，而且动一动就出汗。涤纶不透气，汗水就在下边跟盐水似的，把我们的肉都腌起来了。你不信可以咬一口，看是不是咸得像块腊肉呢？现在，我的后摆被撩开一条缝隙，凉风吹进去，有一点儿说不出的安逸呢。我也不管是谁的手指头，依旧埋了头去剔第六副鸡翅膀，翅膀上撒了盐和辣椒粉，把我的舌尖弄得痒痒的、烧乎乎的。

那根手指头的动作很慢，却不是胆怯，更不是犹豫。敢做这种事情，你想都想得到，他是一个老将和狠将。那根手指头找到了我的脊骨，轻轻敲了几敲，就仿佛一个买牲口的人在敲着它的背梁。突然手指头使劲地顶住我，顺着脊骨往上边走了好一段，一直走到了我乳罩的带子下。带子是松紧的，那指头挑了挑，带子就在 T 恤下面啪啪地响了响。然后，那手指头就退了下去。

我拍了一下桌子，一连叫了几声，阿利！阿利！阿利！

金贵别过脸瞟瞟我，脸上漾起笑意来。阿利吃了一惊，说，风子，你干什么呢？

我说，再来十副鸡爪子。不温不火，不死不活，真他妈的不过瘾！

阿利瞪大眼睛，说不出话来。

就在这时，那根手指头变成了一只摊开的巨爪，鸡爪或者是鹰爪，五指插进我的后背，狠狠地抓了一大把。我的皮是结实的，紧紧粘着我的肉和骨。但是，这一抓，就像把它们抓橡皮似的抓了起来，撕裂般的疼痛穿过了我的身子，刺入我的胸脯。我哎呀一声，呻吟起来。

阿利的声音都颤抖了，他说，风子，你没事吧？

没事，我哽咽着说，我的喉咙，让鸡骨头扎了一下子。

我悄悄提起我的右脚，用陆战靴对着另一只陆战靴，猛地踩了下去。

什么动静也没有。过了一小会儿，陶陶在说，阿利，请给我再来一个双层牛柳汉堡，还有一大杯可乐。

阿利说，好的好的。他站起身来。

金贵说，也请给我来一份吧，就是和陶陶一样的。

21
一个一个来

孩子和大人都对吃喝抱着幻想，以为吃一顿饭能把什么都摆平，其实呢，世界依然是那个世界，饭桌上的话，有哪一句当得真！克林顿把以色列人和巴勒斯坦人请到白宫白吃了多少饭啊，吃了饭照样打，一边是飞机导弹，一边是人肉炸弹。我们是孩子的时候，觉得大人很了不起，吃吃喝喝就玩转了地球，现在才晓得，全是鬼话。大人是很容易被模仿的，他们被模仿的理由仅仅因为他们是大人。那时候我们对大人恶心、叛逆、反弹，可我们说话、做事，哪一样不想摆出一副大人样？阿利想通过吃饭替我挽回面子，他是从他爸爸那里学来的。我相信吃饭可以解决问题，我是从电视里面看来的。噢，看看电视里的新闻，最惹眼的不就是吃饭和打仗吗？吃饭只能解决吃饭的问题，打仗才能解决打仗的问题，你瞧，弄明白这一点的时候，我们已经不再是孩子了。

那天吃过麦当劳之后，阿利以为我在班上的处境会发生什么变化，我则以为陶陶和我会有什么事情。我们自然都猜错了，一切都还是老样子。陶陶依然像影子或者气泡一样，出现在学校里，又消失在学校里。他没有单独和我说过一句话，当然他也没有伸手把我从眼下的泥泞里拖一把。我还是倒霉的我，我不屑和谁说什么，别人也都在远远地回避我。我甚至连阿利也疏远了，他眼睛里那种为我难过的神情，反而让我更难过。何必呢，为什么要让一个富人家的孩子为我泪眼婆娑呢？

有一回上课铃打响的时候，我还一个人趴在窗台上发呆，我一点儿也没有听到铃声，我趴的那个窗台位于讲台的右侧。是任主任侄儿的语文课，他上来就讲，台下的学生嘻嘻哈哈地笑着，他不晓得笑什么，抹了抹自己的脸上，脸上并没有粘着饭粒，再低头看看裤子，拉链也是拉得好好的。于是他再懒得理会，依旧高声读起课本来，他根本没有看到，他边上还站了个学生在眺望蝉子和鸽子。小任讲的是一首唐诗，诗人大概是一个喜欢借扶贫名义下乡喝酒的老汉，内容我只记得两句，因为这两句引发了一场乱子，不然，这两句也早还给那个醉醺醺的老汉了。我这种人，还背什么唐诗啊？

小任在和包京生"互殴"之后，脾气变得随和多了。当包京生被逐出泡中之后，他的随和又增添了喜气和自信，他原本就还聪明，现在愈发显得神采飞扬。讲课的时候，他经常踱来踱去，望着后边的墙壁或者头上的天花板，比画着手势，时而高声朗诵，时而自问自答。可惜我们可怜的伊娃不在了，她要是看见了，会把他描述为一个煽情的明星吧？不过也很难说，伊娃的鼻子，也许更能从他的喜气中闻到别的气味吧？谁晓得呢。

那天，小任在读出那两句我记忆犹新的唐诗后，就大踏步地朝着窗户走过去，去演示一个推开窗户的动作，因为那两句诗恰巧就是"开轩面场圃，把酒话桑麻"。小任边走边说，轩就是窗户，开轩就是开窗。当然，如果可能，他还会把手指蜷起来做成一个酒杯，表演一个一仰脖子豪饮的动作。但是，当他推窗的那一刹那，才发现窗台上趴着一个人，并且是一个高大的女生。教室里安静得不得了，就像怕惊动了我似的，要看看任主任的侄儿如何收拾局面。

我自然是什么都不晓得，只听到耳根边有人在喃喃重复着，开轩面场圃……开窗面场圃……小任喃喃地念叨着，因为他一时间真想不出对付我的法子来。我感觉自己身上有个地方在发痒，奇痒难耐，可能是突然的安静造成的，也可能是那喃喃的声音虫子似的钻进了我的衣服里去，我突然转过身来。我的下巴差一点儿撞到了小任的额头上，我和他都是大吃一惊，在那一瞬间，我居然没有认出他来，我低沉地怒喝道，你要干什么？

小任长着和他姑妈一样宽阔的下巴，但是这一回，我居高临下，他就只能仰望我的下巴了。他嘘了一口气，说，我、我只想推开那扇窗户……

我冷笑了一声，说，窗户不是开着吗？装什么蒜！

小任退了一步，用手指指着自己的面门，很疑惑地问，你是说我在装蒜？我，只是想推开那扇窗户啊。推开那扇窗户，他说着，试图伸手越过我的身子，去够着窗台。因为我的身子挡住了他，他的手就跟竹竿似的，把我朝一边赶了赶。我抓住他的手臂，使劲一折，他哎呀一声叫起来。

叫声把所有人都唤醒了。我这才发现，小任的手软软地攥在我手里，而他的脸上也终于有了威严和震怒。同学们全在有节奏地拍着桌子，喊，打打，打呀，这个装孙子的！

小任把自己的手挣回去。我怔怔地看着他，说，对不起，老师。

小任把手伸到眼皮底下仔细看了看，他说，你把我弄痛了。

对不起，我说，真的对不起，老师，我也不晓得为什么。

下面还有人在喊，打、打、打，但声势已经弱了，这是掩藏不住失望。小任说，你下去吧。

我坐回座位上，小任马上就接着讲课了。我做得非常诚恳地望着他的脸，倾听他的每一个声音，追随他的每一个动作，但是，我还是不明白他讲了些什么。我只是看见他再次走向窗台，把窗户关上，然后又推开，说，开轩面场圃，把酒话桑麻……我就努力去想，窗外有什么呢？蝉子、鸽子、灰扑扑的天空，狗屁不是的东西啊！

我听到背后两个人在叽叽喳喳地议论，声音小得刚好能够传进我的耳朵里。男的说，装孙子的是比他妈的装蒜的强，装蒜都要露马脚，装孙子的倒是临危不乱、声色不变呢。女的就发嗲，说，孙子多伟大呀，孙子是将军，还有孙子兵法呢，嘻嘻嘻嘻。

我觉得头痛得厉害，晕晕乎乎的，我用力摇了摇，还是不管用。嘻嘻嘻嘻的声音像蜜蜂在阳光下乱飞，弄得我心烦意乱。我背过身去，也看不清他和她谁是谁，我揪住两颗头，掰开来，再狠狠地一碰！钟碰着钟，碗碰着碗，炮弹碰响了炮弹！我只听到一阵鬼哭狼嚎，就放了手，依旧望着任主任的侄儿，就像望着一部无声电影。

下课的时候，小任从讲台上伸出一根指头，遥遥地点着我。你，他用尖锐的声音说，你要到我那儿去一下。

但是，当我站起来的时候，我发现自己根本无法走出去了。别说走出教室，就是走出我的座位都很困难。很多女生都堵在我的座位前边，男生则散在门口和讲台上，他们都在等着看热闹。还有些人假模假样地黑着脸，骂骂咧咧，指手画脚。我背后那对狗男狗女则在呜呜地哭，男的用肮脏的手帕在揩太阳穴上的血，女的则倒在谁的怀里，只看见肩膀在一耸一耸地动，像一只猴子的红屁股。是的，是猴子的红屁股，因为我们夏天的校服是一件天蓝一件血红，今天正好穿红色，血红色的涤纶，透明不透气。我可以想到，她哭起来，满身的汗水都在红T恤下边变成了血水。有一个女生指着我的鼻子，说，不要装千金，也不要装疯子，你要给他们道歉。还有一个女生拍拍我的脸蛋，说，都说你书包里装了一把弯刀，是真刀就拿出来见点儿血，是假的就赶紧卖给收荒匠。其他人都跟着咋呼，是啊是啊，卖给收荒匠！

我说，好的好的。我掏出刀来，连刀带鞘把弯刀朝桌子上一拍，很多手立刻章鱼似的舞过来，都争着要把它卷走。但就在我把刀拍到桌上时，我的左手按住刀鞘，右手已经把刀子抽了出来。刀子在人群的包围下，看不出光芒，也没有风声，更闻不出它金属的酸味。假的！那为首的两个女生大叫起来。假的，其他人合唱一样跟着吼，假的！我冷笑一声，说，谁说是假的，谁他妈的就来试一试嘛！

又是那两个为首的，捏紧了拳头，把手臂递到了我的下巴底下。所有人都捏紧了拳头，把手臂朝我递过来，就像宣传画上争先恐后的献血者。我扑哧一声笑起来，我说，作什么秀呢！我杀条狗也比杀你们痛快啊。

我的脸上立刻挨了一耳光，接着我的胸脯上也挨了一拳头。拳头正打在我的左边乳房上，嘭的一声闷响，我就跟噎了一口气似的，难受得不行。无数的手挤过来，要打我、揪我，我的身子被掀得歪靠在后边的桌子上。我把刀子猛地插进了桌面，我说，妈的 ×，今天我死了也要抓一个人来垫背！

但是，没有人理会我的威胁，她们把我最绝望的话当作了又一个谎言。我的脸被涂了黑色或红色指甲油的手抓破了皮，衣领被撕出了几道口子。还有人开始冲我吐唾沫，又酸又臭的唾沫弄得我眼睛都要睁不开了。她们哪里晓得，她们的戏弄，正在把一头野兽唤醒呢。她们的撒野，比起一头野兽的危险来，太像骂街的泼妇撞见不要命的恶魔了。

噢，是的，在那个时候，我就像野兽、恶魔一样，我很危险地冷笑了一下，说，玩够了没有？没有玩够的，我陪着她单独玩一回。你？我指着一个女生的鼻子问。你？你？你？……我变换着方向，一个一个地追问。我任那些拳头、手指在我脸上、身上撕咬，不依不饶地追问着。我的声音并不很大，但是沙哑、坚定，只有我自己晓得，我已经到了崩溃的边缘了。

她们在我的追问下，慢慢安静下来。那为首的两个还在嘴硬，指着自己的鼻子，拖声拖气地说，我，是我又怎么样？又怎么样了？

我没有等她俩拖完最后一口气，我朝着那个胖一点儿的扑过去，一下子把她的头按在桌子上，我的弯刀套着她白嫩嫩的脖子，就像镰刀套着一只熟透了的葫芦。妈的×，我很平静地骂着，我脸上被抓破的血痕在烧灼，还有一口痰顺着眉毛掉下来，妈的×，不就两条狗命吗，还活什么活呢？我嘘了一口气，手上开始用劲。那女生尖叫起来，声音破肚而出，又刁蛮又悲愤。全体女生都叫起来，又惊慌又恐怖。我再次冷笑了一声，说，不着急，一个一个来。我闭了眼睛，把刀子没命地一拉……

就在这时，我的手被另一只手攥住了。

金贵的左手就跟铁钳似的，把我攥住再朝后一推，我啊呀一声，倒了下去，但又立刻被提起来，依然站在自己的座位上。我的手腕还在烧灼一样地疼痛，但刀子已经不见了。金贵不说话，只对我撇了撇嘴角，看起来也像是笑了笑。我想骂他，啐他一口，可我叹口气，一屁股坐了下来。

上课铃声很及时地打响了，朱朱拨开人群，婷婷袅袅地站在我跟前。但是她看都不看我一眼，她说，都回到座位上吧，密斯宋的课，蒋校长要来旁听呢。

人群就散了。没一个人说话，安静得就像一群吃了蒙汗药的乌鸦。

我一直都在想着，我应不应该去找任主任的侄儿。我的那股狠劲已经过去了，我现在很怕他。他最后指着我说的那句话，声音尖锐得就像一根银针在寻找着穴位，我感到自己的身子都在轻微地颤抖。我不是刚才豁出去了一回吗？现在怎么变得像个受了惊的麻雀呢？

到了下午放学的时候，我还是神思恍惚的，都走到铁栅栏门口了，朱朱挤过来对我说，风子，今天你不去找他，你就死定了。

我明白朱朱的意思，我现在属于留校察看，如果他在他姑妈那儿下一帖烂药，我当然就是死定了，就要像包京生那样滚出泡中了。但是我对朱朱说，我怕。

怕什么呢？朱朱说。

不晓得，我说，就是怕，从来没有这样怕过。你陪我去吧？

朱朱叹口气，说，陪你去，只怕更糟糕。说着说着，她莞尔一笑，说，就想着你书包里的刀子吧，无非就是一刀了结了，对不对？

朱朱居然能说出这样悲壮的话，这让我微微一惊。我伸手到书包里边摸了摸，刀子真的还在呢，我一点儿不晓得金贵是什么时候放回去的。

我折了身子，一个人磨磨蹭蹭往教学楼走。高二语文组的教研室在最顶层，一天到晚都安静得很。到了门口，我见门开着，却一个人都没有，正像是很有耐心地等待我的到来。小任的桌子擦拭得干干净净，整整齐齐地叠着本子和教案，还有一尘不染的烟灰缸，在暮色中闪闪发亮。青瓷的笔筒里，插着几枝栀子花。在一只玻璃茶杯里，茶叶在水中悬浮着慢慢地飘，我摸了摸，是热的。这时候，我听到脚步声，回了头，看到小任正进来，他很随意地把门一带，门闩滑腻腻地响了一响，就锁上了。我听见自己的胸口咚咚地响，我说，老师，真的对不起。

小任对我点点头，拉过藤椅，坐了下来。他说，你坐不坐呢？我说，不，我不坐，我站着很好的。他打开抽屉，扯了一张纸巾揩着手，他的手是湿的，也许是刚刚从盥洗间回来吧。在昏沉沉的光线下，他的手指是细而短的，这样反复地揩着，半天都没有说话，光线就越来越暗了。然后他起身去拧开了电风扇，电风扇嗡嗡地叫，声音大得像一台发电机，风吹到身上痒痒的，不舒服。他看看我，再次站起来，就把电风扇关掉了。

老师，我说，我真的对不起，我不是故意的。

但是，小任就像没有听见一样。他把茶杯递到嘴边，慢慢地喝，直到喝干了，茶叶成了一条斜线，从杯底斜到了杯口。我说，老师，没水了。他微微一惊，把杯子搁在桌子上。请你给我斟杯水吧，他说，眼睛有些迷糊地望着其他空荡荡的办公桌。

我给小任把水斟满了。他转过头，这才第一次看着我。在那一小会儿里，我发誓我很吃惊，我觉得自己面对的是一个完全陌生的男人。他本来就很矮小，现在就连他的样子也显得很小了，他眼睛里有一种躲躲闪闪的东西，就像电影里演的那些艺术家，又胆怯、又脆弱。他说，请你不要紧张。

他的声音是疲惫的，一点儿都不尖锐了，温和得就像跟自己在说话。我勉强笑了笑，说，我没有紧张啊，老师。

哦，没有紧张，是吧？他说，你需要我怎么做……才算原谅你呢？

我保持着那个笑，说，随便，老师。

噢，我不晓得要是换了你，你会怎么说，但我发誓当时我说的都是真心话。我没有别的选择，我只能说随便了。随便就是随便他做什么，只要他给我一条生路，其实是给我爸爸一条生路，我要是被开除了，爸爸还怎么活？

小任咕哝了一声，你是说随便吗？他叹口气，又说，你过来一点点。

我挪了挪，靠在了他办公桌的当头。请再过来一点点，他低了头看着桌面，用微弱的声音说，请再过来一点点吧。

我再朝他身前挪了挪。他看看我，眨眨眼睛，用他的目光告诉我，再过来一点点吧。

我把书包从背上解下来，放在桌子上，书包的拉链是张开的，里边藏着我的刀子。我继续走拢去，我的大腿已经抵住了他藤椅的扶手。他的头仰起来，几乎都要碰着我的腹部了，他吸了一口气，他的样子就像被谁敲了一棒子，有些晕眩，有些呆滞。过了一小会儿，他把他的手伸出来，说，可以吗？

我不明白他的意思，至少，在那个时候，我是做出不明白的样子。我说，老师，我不明白，你，随便，随便吧。

他喃喃地重复着，随便吗？可以吗？可以随便吗？……他就像在重复着"开轩面场圃"一样，哆哆嗦嗦的，语不成声。

什么？我说，老师，你想做什么事情吗？

小任把手贴在我的胸口上，也就是我被别人打了一拳的那个左乳上。左乳现在还在胀痛，除了胀痛，什么感觉都没有。我没有躲闪，只是瞅了一眼我张开的书包，我拿不定主意，是不是要把刀子抽出来。小任的手贴在我的左乳上，我一点儿感觉都没有，就像他贴在别人的左乳上。因为，我那儿只有胀痛和胀痛。

我很平静地俯看着他，他的样子真的跟被打昏了差不多，眯着眼睛，不断地吸气。我说，你没有事情吧，老师？

他睁开眼，很吃惊地望望我，把手从我的胸脯上拿了下来。室内的光线已经非常糟糕了，他的受惊的眼睛亮得就像撕了皮的两颗葡萄。

过了很久，他恢复了在藤椅中的坐姿，他说，请再给我斟一杯水……你走吧。

我给他斟了一杯水，提了书包，走掉了。

打开门，外边的光线还很明亮，这让我也像被棍子敲了一下似的，有些发晕，还有些呆滞。走廊上有风吹来，吹得我左胸凉津津的，一阵阵地发冷。埋头看了，原来是小任的手出了很多汗，把我那一块全都弄湿了。

22
别弄疼了我的左乳

晚上睡觉前，我把自己的身子洗了又洗，温水从喷头里流下来，流成了好看的雨伞状。从前妈妈总把盥洗间的灯泡弄得很小，灯光就跟月光一样模糊。现在，我换了一只最明亮的灯泡，非常地明亮，亮得就像一颗太阳，当我仰起头去接温水的时候，我就像看见太阳天的雨水在淅淅沥沥地落，落到我光滑的身子上。这是我对自己最挑剔的时候，让温水把我身子的每一个旮旯、每一条缝隙，都冲洗得干干净净。温水还带来了疲倦和不安，是不安分的那种不安。我不说出来，你也晓得的，我是十八岁的女孩儿了。盥洗间的墙上贴着一面很大很大的镜子，那是从前妈妈贴上去的，这么大的镜子是适合她的，她并不算特别地高大，但是镜子可以晓得，她的心有多高、心有多大。当然，在昏暗的盥洗间里，镜子也可以告诉妈妈，她的湿漉漉的身体还是结实的、光滑的。她还没有回家来。

我现在洗澡的时候总是很有耐心,我的头发长了,我得仔细地冲洗头发里的风屑。我常常出汗,陆战靴里的脚,涤纶校服里的胸、背和腋窝,都要好好地洗。今天我不仅仅是仔细,而且小心翼翼,我的被拳击过的左乳、被抚摸过的左乳,还在一阵一阵地肿痛。我在灯光和温水下端详着它,它上边有一小块青紫的痕迹,是被打出来的,也像是被拧出来的,但是它依然是饱满的,甚至比右乳还要坚挺一些,昂着它的乳头。我用温水淋它,它就颤巍巍地跳一下,它就像是一个女孩儿,它如果写出来,应该写成是"她"。

睡觉的时候,我小心翼翼地朝左边侧卧着。这样,我的左乳就可以轻轻地搁在凉席上,青竹的凉席是凉津津的,缓解了它的肿痛。我迷迷糊糊想起任主任的侄儿,他的手出了那么多汗,贴在我的左乳上,还是没有一点儿温度,仿佛死去的蛇。天亮的时候,我醒过来,发现我的左乳一直都被自己的右手轻轻地捏着。

我去上学的时候,左乳没有了肿痛,身上没有了唾沫,撕破的校服已经被换下了,就连小任抚摸过我的那只手,也被我淡忘了。到了学校,时间还早,滨河路车水马龙,而街沿上行人稀少。铁栅栏门外的几棵泡桐树湿气迷蒙,一个人靠着树干在等着我,那是朱朱。

朱朱的脸色是少有的严肃,这是她第一回在我面前做得像一个班长。她说，风子，你好好跟我说，昨天你和小任做了什么事？

我吃了一惊，脸发起烧来，赶紧大声呸了一口，我说，我做了什么事？这跟你又有什么关系？

朱朱细细地看着我，像一个警察在沉思着怎么让嫌疑犯开口。我被她看得很不舒服，我说，怎么了呢，又怎么了呢，朱朱？昨天他摸了我的胸脯。

朱朱哦了一声，她说，胸脯？……小任自杀了。

没有人能够确定小任是什么时候自杀的，甚至连警察都只能说，他死了，是自杀，不是他杀。他是在盥洗间用两根女人的长筒丝袜把自己吊死的，丝袜的另一头系在固定喷头的螺钉上。警察说，丝袜是茶色的，有八成新，洗过两次，在阳光下晾晒过两次。但没有任何人晓得它们的来源。任主任也许明白一点点，但她已经昏死过去了。宋小豆也许晓得一点点，她就住在他的楼上，但她说自己什么动静也没有听到过，从来也没有听到过。

那天上午，整个学校都推迟了上课时间。很多人都往小任的住处跑，想看到一些让人惊奇或者让人恐惧的场面。朱朱拉了我也往那儿走，我说，我不去，我不想去。但是，她还是把我拉去了，她说，你不去，反而让别人疑心。我听得一头雾水，我说，疑心，疑心我干什么？朱朱说，算了，你不说，别人也不晓得你是当事人。我急了，我说，什么叫当事人？她说，也许不叫当事人，反正是和他的死有关系的人吧。我还是发急，我说，我有什么关系呢？朱朱停下来，盯着我冷笑一声，说，全班人都晓得，他要你单独去见他，你去了，还让他抚摸你的……乳房，然后，他就死了。我喘口气，嘴唇和牙齿都在打哆嗦，我想跟她说，摸乳房算什么，比这个还厉害的事情我都干过呢！可我实在是说不出话来。

　　我们到了那幢楼下，看见许多人在沿着楼梯爬上爬下，像一根电灯线上爬满了苍蝇。芭蕉丛的边上，警车和救护车停在那儿，套了皮套的狼狗在打着响鼻。所有这一切，都造成了莫名其妙的兴奋。那是一幢老式的红砖楼，楼梯都裸露在外边，楼梯连着阳台，门就开在阳台上。我的眼睛朝上跳了一层，看到宋小豆的门关得严严实实，橄榄色的窗帘也拉得严严实实，阳台上还晾着一件橄榄色的套裙，橄榄色现在就是她的颜色。挂在阳台上的裙子，就像宋小豆正背了手站在阳台上。在每一本时尚杂志上，橄榄色的女人都是神秘的女人，她们的眼睛都像是狮子的眼睛。对对对，你说对了，就是那个狮子，非洲沙漠中狮身人面像的那个狮子。

　　噢，我居然因为宋小豆说到了狮子，说得那么远，又说得那么玄，可发生在这儿的事情，不都是玄乎乎的吗？

在那个时候，人群在红砖楼下骚动了起来，任主任的侄儿被一颠一簸抬下来了。这个死去的男人，晓得他的名字，提到他的人，都叫他小任，或者任主任的侄儿，一直叫到他死掉、消失，人们还会这样叫。他被裹在一床白色的被单里，由于他的矮小，倾斜的担架显得很空旷。人群向两边侧让着，都装模作样地捂住自己的鼻子。我没有闻到尸臭，但我晓得在夏天死人是容易发臭的。伊娃曾经写过，死去的人会发出臭咸鱼的味道，死掉的皇帝、平民、美女和麻风病人，他们发出的臭味都是一样的。我就想，可怜的任主任的侄儿，现在也和皇帝一样了吧？

我们其实还什么都没有闻到，但朱朱已经在干呕了，她说，风子，我们赶紧走吧。

三天之后的下午，泡中在殡仪馆为任主任的侄儿举行了遗体告别仪式。任主任提出，要有学生代表参加。她说，一个老师以身殉职，却没有学生参加悼念，这是很荒谬的。哦，是的，讣告上说，他是以身殉职的。你想一想，这也是对的，一个老师死在自己的学校里，是应该叫作以身殉职吧？学生代表的人数落实到我们班，刚好有十个名额。

宋小豆不管谁去谁不去，她授权给朱朱，说，你说谁去谁就去。朱朱先是让大家自由报名，但没有人响应。那天下午有计算机课，这等于是大过网络游戏瘾，而课后还有一场班级足球赛，男生自然不肯放过，女生也等着要去给自己的明星喝彩。朱朱有些慌神，看看我，我说，我去。她又看看陶陶，陶陶说，我去。阿利和金贵也说，我们也去。朱朱说，还差五个人。陶陶扔了一个纸团子到台上，朱朱拆开看了，就点了五个人的名字。

那五个人是同一类人，每个班都有这种人，缩头缩脑，个个都很干瘪、矮小、胆怯、愚蠢，平日就跟鼹鼠似的往角落里边躲，我们从没有把他们看清楚过。宋小豆提到他们的时候，爱用一个词，渣渣。全校大扫除，她说，我们班连渣渣都不要放过。运动会拔河，她说，我们班连渣渣都要用上。渣渣们也不吭声，总是低了头，叫做什么就做什么。朱朱点了这五个名字，加上一句，期末的操行分，每个人加十分。但是，有一个渣渣令人震惊地表示了反对，他说，明天下午我有别的事情。朱朱像宋小豆一样哼了一声，说，个人的事小，学校的事大。

然而他也冷笑了一下，说，学校的事，关我×事！

从没有哪个渣渣敢这样说话，而且居然还冷笑。我侧身看了看他，他的脸色苍白，眼睛很可怕地虚成了一条缝，上下嘴唇都长满了青春红疙瘩。我就晓得，这个家伙是想借机造反了。朱朱闷了一下，很严肃地说，一个人说话做事，不要没心没肺的。小任……老师以身殉职，尸骨未寒……

那人又冷笑，说，×，他还不是自找的！

陶陶站起身，大踏步走到他的座位前，抓住他的衣领把他提起来，扬手扇了他一个大耳光。×，陶陶说，这也是你自找的。

那家伙也不反抗，也不哭闹，还是冷笑，说，自找有什么不好？你老爸坐班房不是自找的！你老妈守活寡不是自找的！

陶陶僵在那儿说不出话来，全班安静得可怕。陶陶一定在想，没有人笑，但是每个人都在心里笑。那个渣渣把头昂起来，把满脸的红疙瘩冲着陶陶的眼睛和鼻子。但是，他的脸上立刻又吃了一记大耳光。金贵就坐在他的左后边，金贵直起身来，隔了两张桌子，一把把他转了一个圈，劈面就扇在了他的面门上。这一记耳光比陶陶打得更响亮，血从渣渣的鼻子、嘴角喷出来，渣渣扑在座位上呜呜地就哭了。金贵什么都没有说，只是用右手揉了揉左手，又坐了下去。

遗体告别那天，天上一直都在落着小雨。殡仪馆的对门是一家奶牛场，现在已经荒废了，院墙坍塌，大门虚掩，院子里的芭茅草和树木都在生气勃勃地生长，绿得让人眼睛都痛了。太阳从雨水的缝隙中穿出来，把湿漉漉的地面、瓦屋、树叶……都熏出一片白色的水雾烟雾，热得让人心头发闷，也热得让人恰到好处地萎靡不振。在这个活人告别死人的时候，谁有心肝表现得欢蹦乱跳呢？任主任的侄儿躺在塑料花丛中，蜷缩成很小很小的一小团，他那被女人丝袜勒过的脖子，现在套上了白色的硬领和宝蓝色的领带，什么都看不出来了。告别室小而又小，有一个学生站在门口发放玫瑰，黄的、红的、白的，进去的每个人都能领到一枝，然后放在小任的脚当头。小任的脚上穿着一双千层底的布鞋，白色的鞋底纳满了黑色的线头，像一个人的脸爬满了蚊子。我们躬身放花的时候，那鞋底就在我们头上沉默着，如同一张沉思的脸。外边还在落雨，我们的头发衣服都被雨水紧紧地粘着脸和肉，屋子里充满药水和雨水的味道。高二·一班的十个人，朱朱在前，那个挨打的渣渣在末，我们绕遗体一圈，都把头低着。唯有那个渣渣却撅着脑袋，狠狠地瞪着死去的人，咬牙切齿的样子，脸上的红疙瘩都涨成了紫肝色。

出了告别室，我们又一一和死者的亲属握手。除了任主任，还有几个长着同样宽阔下巴的男女，大概都是任家的人吧。任主任的手结实、有力、茧巴生硬，这种女人的手，谁握过一回，谁一辈子都不会忘记。握完了手，我们就沿着屋檐站着躲雨，等着雨停。可事后想起来，我们不像是等着雨停，倒像是在等着什么人走来。

一切都快结束的时候，我的意思是说，整个告别仪式和雨水都已经到了尾声了，远远地，我们都看见一个人踏着坑坑洼洼的雨水来了。他很高很瘦，步子坚定，但也有些无法控制的摇摆，他的大脚板踩在水洼上，就像车轮碾过去，溅起大片的水花和白花花的热气。

朱朱捅了我一下，她说，你看是谁呢？

我说，我看不出来。我说的是实话，我的眼睛被热气蒸得快要睁不开了。

朱朱说，你别装蒜了。

就这么说着，那人已经走到告别室的门口了。所有人都用吃惊的眼睛看着他，然而他什么也不看，隔着雨帘，他首先向躺在屋里的那个人鞠了一躬，随即从发花人的手里抽了一枝黄玫瑰，就进去了。他进去的时候，最后一个人刚好出来，两个人都走得很谨慎，自然不会像电影里通常表演的，撞了个满怀。他们只是僵在那里，对视了一小会儿。一个说，您好，密斯宋。一个说，是你吗，包京生？

我也是在宋小豆叫出包京生的那个瞬间认出他来的。他变多了，就像被人用斧子劈成了三瓣儿，只留了中间的那部分，真是瘦得不行了。他还穿着春天的校服，身子裹在里边看起来就像是一根旗杆，只不过他的脑袋还是那么大，甚至更大，鼻孔、眼睛和嘴巴都跟洞穴似的，向着娇小的宋小豆俯瞰着。宋小豆不说什么，侧身让了包京生，就往门外走，但是包京生把门堵住了。

包京生问宋小豆，我来，您很惊讶吧？

宋小豆不说话。

包京生又说，学生来给老师告别，没做错什么吧？

没错，宋小豆说，你没做错什么。

我没做错什么，那么，包京生说，您、你们，干吗要把我赶出学校呢？

我们都站在屋檐下侧耳细听，雨水从瓦槽子里淌下来，滴滴答答的声音很让人惊心。过了好久，才听到宋小豆说话，她的话里夹着冷笑，也夹着颤抖。她说的是英语，大概是要包京生滚出去吧，但也许只是请他让开，她要出来。在她的声音里，听不出是愤怒还是请求，这在宋小豆真是少有的事情啊。

但是，包京生还是捧着黄玫瑰，堵在那儿。遗体告别室外那么多学生、老师，还有任主任，都不晓得如何是好。蒋校长又到武汉取经去了，他如果在场，也只会用手指头不停地梳头发吧？

这时候，陶陶开始向包京生走去了。他的陆战靴踩在水洼上，却没有溅起什么水花来，因为他走得磨磨蹭蹭的，一点儿没有气力的样子。我偷偷看了看金贵，金贵没动，只是用右手轻轻揉着左手。

包京生没有回头。他没有回头，却好像晓得有谁在朝他走来了，就在陶陶走近他后背的时候，他让过宋小豆，径直走了进去。他跪在小任的脚当头，咚咚咚地磕了三个头，然后把那一枝黄玫瑰放在两只布鞋的夹缝中。黄玫瑰很奇怪地从小任的脚缝里翘起来，跟高射炮似的。包京生把自己铸造的高射炮看了一小会儿，转身走了出去。他一直走，没有回头。雨已经停了，他走在忧伤的、白花花的雾气里，消失了。

23
他把他劫持了

包京生再一次出现在我们的视野里，已经是六月中旬的事情了。天气热得不能再热，就连早晨起来，你都会发现芭蕉的叶子、泡桐树的叶子，还有草的叶子，都是蔫儿的、卷的、灰心丧气的，没有露水，没有生气，就像大象总耷着的大耳朵。我是在上学的时候，在校门口看见包京生的。他正拦着朱朱在说话，看见我过来，他笑笑，说，朱朱这姐们儿不仗义，一点儿不帮助我重新做人。朱朱说，人你是每天都在做的，谁能难为你？可你想做的是学生，学生是老师管，老师是校长管，偏偏我没法管啊。朱朱又说，风子，你说对不对？

我说，对不对我说了有什么用呢？

我看着包京生瘦骨嶙嶙的样子，心里有些发酸，我说，包……包大爷们，你还好吧？

我还好，包京生说着，咧了咧河马一样的大嘴，接着又说，我其实很不好。我父母从西藏写了信出来，说如果我继续上学，他们就供养我，如果我不上学，我就自己供养自己。他们以为我是在逃学、泡网吧或者泡妞呢，天晓得我是一个好学上进的乖孩子，只不过报国无门罢了。帮帮我……活出一个人样来，我父母年龄老大不小了。

我说，我愿意帮你，只怕我也没有活出一个人样子。

朱朱沉吟了一小会儿，说，能帮忙自然是帮忙，只是怕……越帮越忙。唉，学校的事情，已经乱得不能再乱了。

包京生说，我就是想上学，学校再乱，学生还是要上学，对不对？

我说，都不要婆婆妈妈了，你要我做什么呢？

包京生说，给学校的领导说，我要念书。再给阿利说，放学的时候，我在河边等他。

朱朱说，不要把阿利牵进来。

我也说，不然，你要后悔的。

包京生说，好吧，与阿利与你们都没有关系。

我忽然想起一件事情，我说，你那天为什么会去跟……他的遗体告别呢？

这个，包京生说，连我自己也说不清楚，我听说他死了，就想去看看他。包京生的样子是有点儿黯然神伤的，他说，一个人连命都不要了，我还是很佩服的。他低了头，看着自家的脚，哎了一声，说，操……

早晨的阳光从树叶间落到包京生的大脸上，特别明亮、特别温暖，而且特别诚实。这张大脸上颧骨高耸，除了疲倦和皱纹，看起来真的就只有温暖和诚实了。

我不敢去找蒋校长，因为我很怕他，这种怕来自我对他的无知。我可以说，所有的人，泡中所有的老师和学生都惧怕他，因为所有的人都对他一无所知。可他却通过小楼上爬满青藤的窗口，把我们都看得清清楚楚，这就是一个人让所有人惧怕的根源吧？

但我还是去了那幢小楼。我答应了包京生，就应该去履行我的诺言，对不对？在高二·一班，我已经没有诚信可言了，我用不着去跟他们啰唆，我自己晓得我是一个什么样的人。我现在一直都带着我的刀子，将军的千金也好，灰狗子的女儿也罢，我没有给过谁脸色，我也不怕谁给我脸色。我径直走进了蒋校长的私人城堡，阴惨惨的绿色迅速就把我吞噬了。

我差一点儿就在小楼里迷失了方向。因为狭窄的走廊是弯曲的，向前走的时候，你发现走廊不知不觉就变成了楼梯，像升降机一样把你升到了更上的一层。要命的还在于，走廊两边的小门全都一模一样，全都虚掩着，全都没有门牌号，也全都没有暗示，看起来它们全都客客气气，说，请进吧！可操他妈的，这才是真正的拒绝呢。你推吧，你好意思一个一个门地推？你敲吧，门本来就没有关。我根本弄不清蒋校长藏在哪一扇门背后，现在唯一的办法就是扯开嗓子喊，蒋校长！蒋校长！我吞了口唾沫，真的就这么喊起来了，蒋校长！蒋校长！蒋校长！……

一扇门嘭地一下开了，就像被风猛然吹开一样，一个人站在门框里，严肃地看着我。这不是蒋校长，也不是任主任，而是一个中年男人。他穿着深色的衬衣、浅色的长裤，没有任何特点，一个典型的中年男人，他唯一的表情就是严肃。他说，什么事情？

我不晓得他是谁，但他肯定是我唯一能够叫出来的人了，因为所有的门在我的呐喊下都没有动静。我简单讲述了包京生的请求，我说，给他一个机会吧？

他说，我知道你是谁，进来吧。

他的房间里只有一张办公桌和一把椅子，他坐下来，其他人就只能站着了。我站在他的对面，他坐下来在一张纸上不停地写，我想他是在记录我的请求吧。他写得很慢，一字一顿，就像中年人恪守的稳重和原则。他终于写完了，把那张纸朝我一抹，纸就滑到了我的面前。我没有想到，桌子还会这么地滑刷呢。我把纸拿起来还没有看，他的笔又接着滑了过来,他说,如果没有意见,你在下边签个名。

我没有弄懂他的意思,赶紧读了两行,目光扫过中间的一大段,径直就到了结尾。我再笨也明白了,这是代我写的一份退学申请书,如果我一签字,即刻生效。也就是说,我马上就得提起书包滚蛋。我问他,并且努力压抑着自己的情绪,我说,凭什么!凭什么你要这么害我呢?!

中年男人站起来,眼睛望着窗外的操场。很奇怪,操场从这一扇爬满青藤的窗口望出去,变得绿茵茵的,跟美国电影里的校园一样漂亮和幸福。从我们的教室望出去,操场是和盐碱地差不多的。难怪,小楼里的人会对泡中那么热爱呢。他说,严惩一个害群之马,挽救泡中全体学生。泡中滑到今天这一步,就是蒋校长太菩萨心肠了。你去给包京生做伴吧,我不怕你们干什么。

我压了一口气下去,把那张纸悄悄在手里揉成了一个小团、一只小蛋、一粒丸子。

走出小楼,走到八九点钟火辣辣的太阳下,我还是不明白他是谁。我现在也只晓得,他是蒋校长的一个狠将,他什么都不怕。

铁栅栏门已经关上了,我想出去给包京生说句话也不行了。隔着栅栏,我看见他坐在街对面的河岸上发呆,我本来想扯开嗓门吼的,可吼了对谁都没有好处。灰狗子很快就把我赶走了。我才发现，泡中一下子变得假模假样的了，把自己包装得跟一中和文庙中学似的，好像里边关的全是乖孩子。

我只好去跟朱朱说。朱朱倒是神色不变，还笑了笑，说，我早料到了，谁像你那么天真烂漫呢。

噢，原来我在朱朱的眼里一直都是天真烂漫的。可她居然对她父母说，是我在一直保护她。天！

我说，朱朱，当班长真是委屈你了。朱朱说，那我应该当什么呢？我说，联合国秘书长。为什么……朱朱说，为什么不是美国总统呢？我也学她的样子，莞尔一笑，说，美国总统是到处示强，联合国秘书长却到处示弱。

朱朱忽然正色说，你在骂我？

我骂你？我说，天下那么多人都想当联合国秘书长。那个中年人是干什么的？

朱朱做出冷笑的样子，说，泡桐树中学新来的秘书长，他崇拜曾什么藩，说了好多次，要乱世用重典。

重点？我都想呕了，我说，泡中是狗屁个重点！

到了中午，铁栅栏也没有打开。任何学生，除非持有班主任的条子，都不得跨出校门一步。至于吃烧烤嘛，那简直就是妄想了。不过，卖烧烤的家伙都转移到学校背后的小街上去了，他们每天都在坚守岗位。他们说，我们绝不下岗，我们要看谁能坚持到最后。他们说的那个谁，多半就是泡中的秘书长吧。这一天真是苦了我，我没有替包京生办成事情，还要让他苦等。伊娃说过，世界上最痛苦的事情，莫过于一个人等待另一个人。噢，是的，包京生今天就成了世界上最痛苦的人了。但是，反过来讲，伊娃又这样写道，世界上最幸福的事情，莫过于等来了另一个人。那么，今天包京生是等不来任何人的了？

　　但是，包京生还是等来了一个人。这是我和朱朱都没有想到的，他居然在校门外等了整整一天，也就是说，他可以把出来的任何人都当作他要等的那个人。放学的时候，陶陶自然是眨眼工夫又蒸发了。朱朱挽着我的左手，阿利走在我的右边，就像两个护驾的侍卫。在任主任的侄儿自杀之后，校园里罩上了一层肃杀的气氛，虽然时令刚到盛夏，却跟秋天似的冷得让人揪心。没有人把小任的死和我联系在一起，他们反而自这件事之后，把注意力从我身上卸下来了。只有朱朱不时要在我跟前提两句，她暗示我，她晓得我应该对小任的死负责，但她什么都不会说。我也懒得跟她去啰唆，我说，我简直不晓得应该怎么感谢你，我就当你是我的教母吧，需要我再找一个教父给你做伴吗？朱朱老气横秋地叹口气，说，你怕把我气不死啊？

　　朱朱挽着我，看起来是松松地挽着，我才晓得她用的劲有多么大，我把胳膊抖了抖。她说，风子，你不要没心没肺。我笑笑，罢了。你为什么不去找个男孩儿来挽呢？我说，满校园色眯眯的眼睛都落在你身上，你就没有一个动心的？朱朱说，都是些臭男人。她侧身向着阿利，说，阿利除外，阿利是乖孩子。

阿利靠着我，我觉得他的身子一直在轻微地发抖。我说，你哆嗦什么呢？阿利说，我心里有些发慌，我怕要出什么事情了。

我说，你不会出什么事情的。阿利嗯了一声，再不说话。

出了栅栏门，我们还可以往右同行一小段路，到十三根泡桐树下再分手。阿利说，先别散吧，我请你们去吃麦当劳，或者烫火锅？红泡沫？朱朱笑道，算了，去我家玩吧，我把嫩蛋炒西红柿让给你们吃。

我没说话，两个人好像都在等我的意见。这时候，一只冰凉的手叉在了我的后颈窝子上。我试图回头，但是那手叉着我又走过了好几棵泡桐树，我带动着朱朱和阿利一起走。我听到朱朱在呵斥，包京生，你疯了！

包京生把手松了。风子，我等了你一天了。他的声音怪怪的，他说，风子，我不吃不喝，等了你一天了啊……

我怔怔地看着包京生，说不出话来。如果说早晨见到他的时候，他的瘦削让我吃惊，现在他的疲倦则让我发酸。他像一棵被晒蔫儿的青菜一样脱了水，萎靡、憔悴，就连河马大嘴的嘴角，都爬着血泡结着血痂，满脸都松弛了，看不出一点点生气。他的声音是哑涩的，但还是和蔼的，他说，风子，我没有吃饭，没有喝水，我等了你一天了，你知道吗？

我想给他说我去找蒋校长的经过，可这个经过比起他的一天又算什么呢？我叹口气，什么也没有说。

朱朱说，包大爷们，你以后不要再来烦她了，她有点儿心事就丢不下，你等了一天，她也苦了一天。你们之间什么关系都没有了，晓得吧？

包京生说，我想回来上学。

朱朱说，不可能。

包京生说，我去求他们。

朱朱说，不可能。

包京生说，我去贿赂他们。

朱朱说，不可能，你没有钱，什么都不可能。你还没有吃饭、喝水，是不是？

包京生笑了一下，是那种惨然无助的笑。他笑着，慢慢地，他的眼睛却放出光来了，炯炯有神，冷得刺人。他的眼睛落在阿利的身上，他说，阿利，好兄弟。

阿利退了一步，说，我该回家了。他对我笑笑，对朱朱笑笑，他没有接包京生的目光，埋了头，说，我爸爸还等我一块赴约呢，我得赶紧走了。阿利一边说着，一边往街边退。包京生把手长了长，差一点儿抓住阿利的后颈窝。阿利说，我明天请你们吃西餐吧。他挥了一挥手，一辆黄绿相间的出租车吱呀一声停在他跟前，他跨上去，朝我们摆摆手，说，明天见。

我和朱朱也摆摆手，热气从河上蒸腾起来，把我们的衣服、头发都弄湿了。阿利坐的是副驾，他一上去就把门嘭地带上了。隔着玻璃，也隔着两个世界，我们在蒸笼里，他在冰箱里，他摆摆手，车就开了。

就在这时，包京生做出了一个让所有人——我、朱朱、十三根泡桐树下等车的人——都目瞪口呆的举动：他猛冲几步，追上正缓缓启动的出租车，并坚定地拉开后车门，一下子钻了进去。

我和朱朱在泡桐树下傻站了半天，车子就跟河水一样从我们眼前流过来流过去，直到金贵在我们肩上分别拍了一下，我们才回过神来。金贵说，波、波是在等我一起吃晚饭？他乱蓬蓬的头发下，已经找不到一点儿紧张不安了，他总是挂着些微笑，抄着手踱步子，乡巴佬儿的厚嘴唇看起来居然很时尚，显得我们都有些乡气了。我忽然想起来，难怪金贵面熟，金贵的样子贴在所有药铺的外边，我天天走过天天看见，他不是一个印第安人，而是一个印第安人的酋长，举着洋参雄狮丸的、红皮肤、高颧骨的酋长。不过我只是觉得熟悉，却没有想到酋长就像金贵，金贵怎么会是酋长呢？我急了只会骂金贵是乡巴佬儿。

我说，我等你妈的……我想骂一句脏话的，却忽然骂不出口了。

朱朱说，包京生把阿利劫持了。

我说，放屁！可我还是没有说出来，我看着金贵发呆。

朱朱说，赶紧，金贵，赶紧去报警啊。

金贵转身就走，走了几步又折回来，他说，你们先把事情说清楚好波好？

24
电视或是街头的枪声

那天傍晚，在河边的一把橙红色太阳伞下，金贵替我和朱朱做出了决定，千万波能去报警。他说，报警只会激怒包京生，最终两败俱伤。他的右手藏在桌下，左手在桌上画了一个圈，他说，穷寇勿追，我们波要逼着包京生干傻事。

朱朱问他，不报警，那阿利怎么办？

金贵说，包京生劫持人质，无非是为了上学或者要钱嘛，伤害人质对他没有好处啊。

包京生没有劫持人质，我提高了嗓门，说，阿利不是人质。

朱朱瞪了我一眼，说，你倒是有情有义的。

我说，不报警，报不报学校呢？

金贵说，报学校等于就是报警了，报阿利的父母吧？

我和朱朱相对摇头，我脑子里晃过那个戴金丝边眼镜的男人，但晃过也就晃过了。我不想把事情弄得更复杂，我宁愿相信谁也没有见过阿利的父母。就是开家长座谈会，黑压压坐一片，也不晓得谁是谁的老爹或者老妈。甚至我们都不晓得阿利家的电话，他从没有给我们留过电话，只有宋小豆晓得，因为学生必须在班主任那里做登记。

朱朱跑回学校找宋小豆去了。夜色正像小雨点子一样落下来，铁栅栏紧锁着，除了班干部谁都不可以出入。我望着朱朱的背影，对金贵说，你也想当个班长，对不对？

金贵久久地看着我，看得我脑壳皮都有些发麻了。我说，你玩什么深沉呢，你这个乡巴佬儿？

金贵轻轻笑了笑，小声地说，小到我几乎听不见声音了，你小看我了，风子。

噢，对不起；其实金贵不是这么说的。金贵这么说，他还是金贵吗？他选择了另一种更含蓄的说法，同时也更露骨地说出了这个意思，他说，风子，我从前在乡下就是做班长的。他说着话，点着头，又一次表达他的谦卑和诚恳，又一次让我觉得他的诚恳不同于一般人。

正说着，朱朱回来了。朱朱是小跑着回来的，她很少这样一路小跑，因为她说自己心脏不好，就连体育课的很多项目都是免了的。她的脸上汗水淋淋，白一块红一块，说话也是气喘吁吁的。我说，是宋小豆不在吧？她说不是。我说，是宋小豆不开门吧？她说不是。我哼了一声，说，那一定是你撞见鬼了。

朱朱喘过气来，居然还笑了一笑，说，金贵，撞见一双鬼穿的靴子，算不算撞见鬼呢？

金贵抠抠头皮，支吾了半天，说，鬼？班长也迷信啊？我和风子都是不信的啊。没有鬼，哪来鬼穿的靴子呢？对不对，风子？

我不说话，定定地看着朱朱。朱朱被我看得发了怵，她说，哦哦，对不起，也许不是一双靴子，是一双鞋子，随便一双鞋子。密斯宋开了门，她就站在那双……鞋子边上，化了浓妆，抹了口红，项链、耳坠闪闪发光，还叮叮当当地响，我还以为敲错门了呢。

我说，她穿着橄榄色的裙子吗？

朱朱说，是啊，你就跟在我后边？

我说，是啊，我看见你敲错了门，她不是宋小豆，她只是一个像宋小豆的女人啊。

朱朱把汗淋淋的手摊开，手心里是一张浸湿的纸。她说，喏，这是什么？这是阿利他妈的手机。

我说，朱朱，你又骂粗话了。

朱朱呸了一声，她说，这是阿利他妈妈的手机号码，我错了吗？

我们在河边的电话亭给阿利的妈妈打电话，IC 卡居然是从金贵的口袋里掏出来的。他说,还有五元三毛钱,打市话可以打好长一阵呢。手机很快就通了,过了好半天才有人接,话筒里夹着搓麻将的声音,稀里哗啦地一片碎响。感觉阿利妈妈很疲倦,声音发泡,一点儿都不干净,她说了一声"喂",就没有吭声了。我三言两语说清我是谁、为什么打电话,只听到她那边一声尖叫,就被一片乱哄哄的声音淹没了。可手机居然又没有断线,我只得和朱朱、金贵交换着握话筒,因为等待的时间太长了,话筒都被捏出了满手的汗。我们说,我们必须有耐心,阿利都被劫持了,我们还有什么好说的呢?

不知过了有多少时候,已经有蝙蝠像乱箭一样在河上乱窜了,阿利的妈妈终于在那一头说话了。她的声音意外地平静,就像刚才什么事情都没有发生,甚至,刚才不是她接的电话,只有她发泡的声音让我确信,她就是她。她只说了两句话,一句是,他要什么,给什么;再一句是,阿姨谢谢你们了。手机就挂了。

朱朱说,给什么?我们有什么给他的呢?

金贵笑笑,说,包京生要你,就把你给他算了。

朱朱扬手一耳光扇在金贵的脸上,说,乡巴佬儿!她的脸上烧得烂红,就像挨了一耳光的人是她。我从没有见过朱朱打人,更别说是扇别人的耳光了,我说不出话来。金贵摸摸自己的脸，也不说话，也不发怒，也不道歉。

僵持了一小会儿，朱朱看着我，柔声说，我们散了吧，谁有消息，相互通一下。她做出勉为其难的样子，拍了拍我的脸蛋，说，回去吧。

朱朱转身走了。我对金贵说，别生她的气，她心里难过，阿利是她的好朋友。

金贵抿着嘴，不说话，他的头发还是我们第一天见到的，乱蓬蓬的，嘴唇很厚地嘟着凸着。我在想，他其实什么都没有变啊，但金贵不是那个金贵了。我们一起走到十三根泡桐树，他陪我等候公交车的到来。晚风从河那边吹过来，把暑气略略地吹散了一些。

金贵说，风子，朱朱居然会对你那么好，真是奇怪啊。

你才奇怪，我说，我和朱朱从来就很好。

金贵笑起来，说，朱朱对你好，朱朱的脾气波好。她难过，就扔给我一个耳光，扔给你一双靴子。

我说，你他妈的什么意思呢？

莫得什么意思，金贵看着街口那边，说，车来了。

当晚，我们都没有得到阿利的消息。第二天上早自习的时候，宋小豆走进教室，目光跟刀子似的在人头上扫视。她看看朱朱，朱朱不等她问话，就站了起来，说，阿利的病还没有好，他妈妈还一直守在病房呢。宋小豆噘噘嘴，无声地笑了笑，噘嘴是她才有的新动作，有些像娱乐新闻里的小明星。但是她的声音仍然是冷冷的，她咕哝了一句英语，自己翻译出来，这个班充满了谎言。她说完这句话，就用眼睛直直地盯着我，沉默了一小会儿。很多人的眼睛，都随着宋小豆的目光刷过来，看着我，脸上都有了无声的笑。

我举起手，请求发言。这是我为数很少的举手发言之一，宋小豆有些吃惊，但是她无法拒绝我。我站起来，对所有人说，谎言不一定会伤害人，而说真话，也不一定就是善意的。

宋小豆的表情格外地严肃，她说了两个英文单词，我晓得，那就是示意我继续。

我说，密斯宋，如果我提醒你，你的嘴角粘着一颗饭粒，或者，你的牙齿上粘了一片韭菜，你会怎么样呢？

说完之后，我没有坐下，我看着宋小豆的嘴角，好像那儿真有一颗饭粒。我告诉她，我在等待她回答。宋小豆不自觉地伸手在嘴角上抹了一把，教室里传来轻微的笑声。但宋小豆还是不动声色，不然，她如何还是宋小豆？教室里的人开始发出嗡嗡的声音，他们都在看着我，也看着宋小豆。我听到有人说，脸皮真厚。有人说，黄荆条子出好人，她是挨的打太少了。但是我还是站着，我要听到宋小豆的一个回答。慢慢地，所有人的眼睛都刷向了宋小豆，他们都在等待着。

宋小豆吁了一口气，说，你是对的。

我说，密斯宋，你还想晓得阿利的下落吗？

宋小豆挥了挥手，用中文的发音、英文的语调，说，让我们把他忘了吧。

我啪地一下坐下来，随便抓起一个东西，大概是一本书吧，就埋头看起来。我看见有一颗水珠子滴在书页上，像破碎的玻璃一样裂开了。

我们又给阿利的妈妈打过两次电话，都是在朱朱家打的，用免提，声音在屋子里回响，夹杂着放大的灰尘一样的电流声，就像隔了千山和万水。手机一通，阿利的妈妈马上就接了，她的声音沙哑、疲惫、焦急。我们本来是要问她阿利有没有来过电话，但是我们一问，她忽然就沉默了。我们都以为阿姨要哭了，可沉默了一小会儿之后，她说，再等等吧。

我们第二次去电话，已经是两天之后了。阿姨的声音简直就是气若游丝了，她也没问阿利的情况，晓得问了也是白问，阿利回来了，还不会自己给她打电话吗？她说，报警吧。

朱朱的爸爸就是退休的老警察。朱朱说，阿姨，是你报呢，还是我们替你报呢？

阿姨又叹了一口气，幽幽地说，还是别报吧。

炎热的天气，把每一个人都烧晕了。好在鼓楼街罩在老槐树的阴影中，墨一样浓的阴影，把鼓楼街泼出了一点儿凉意。朱朱的家，窗内和窗外，阳光或者灯光，就像一把刀子切出了两个世界，一个明亮得炫目，一个阴暗得揪心。我们喝着从冰箱里取出来的鲜橙多，有一眼没一眼地瞟着电视机。

朱朱说，这个时候他们会在哪儿呢？

我说，管他们在哪儿呢，哪怕他们去了阴曹地府，只要他们还能冒出来。

朱朱说，风子还是没心没肺。阿利呢，就算是只请你吃过饭的朋友吧。包京生呢，对你那么痴情，你真要送他去阴间啊？

我心中咯噔了一下，沉了脸，说，朱朱，你别诅咒他。

金贵说，我们乡下人迷信，说波吉利的话，出波吉利的事，梦见被砖头打，必然死于头破血流。风子、朱朱，话波能乱讲啊。

我和朱朱看着金贵，他的脸上没有一点儿笑容，在恶热得让人发昏的天气里，他的脸上冷得像结了一层霜。

别吓我，我说，我心口在咚咚乱跳呢。

金贵笑起来，说，我怎么会晓得你心口乱跳呢？

朱朱的面前放着一大杯鲜橙多，她端起来，很平静地说，金贵，你不道歉，我全泼在你的脸上，而且永远都不要看见你。

我有些吃惊，我说，朱朱，你疯了，道什么歉呢？

朱朱还是看着金贵，她说，你道不道歉？

金贵说，我错了。

朱朱说，你看着风子说。

金贵说，风子，我错了。

我说，朱朱，你要把金贵当朋友，就不要伤他的面子。

金贵笑了一下，说，乡巴佬儿有什么面子？能把我当朋友，就是我的面子。

朱朱说，我没有把你当朋友。

我瞥了一眼金贵，金贵却只当没有听见。

电视机的画面晃动了一下，开始颤抖起来，大概是记者扛着摄像机在街上追拍什么吧，画面上全是行人惊诧的脸，一声炸豆般的枪声，还有尖锐的刹车声磨得地面嘎吱嘎吱响。金贵说，还跟真的一样呢。

我手里正握着遥控器，随手就把频道换过去了，我说，我最烦这种装神弄鬼的节目。但朱朱一把抢过遥控器，又把频道换回来，她说，什么装神弄鬼！包京生出事了。

我说，什么？

朱朱说，你们看，包京生拒捕，被警察开枪打倒了。

我们是在病房里见到阿利的。病房已经不是病房了，有点儿像是乡间度假的别墅。不过，我从没有去过什么别墅，我说是别墅，只是这么觉得罢了。阿利躺在一张雪白的床上，四周摆放着好多盆开放的兰花，兰花的香味过分浓郁了，兰花也都不像是兰花了。阿利说，我躺在兰花里看你们进来，就觉得是来给我做遗体告别呢。阿利笑着，眼里流下泪来。他剃了一个精光的光头，我发现他的光头其实是坑坑洼洼的，如同一颗不规则的土豆。

我在他土豆一样的脑袋上摸了摸，我是最喜欢摸他头发的，但现在没有头发可摸了。我说，太难看了，为什么呢，阿利？

阿利侧身朝阳台那儿望了望，说，是妈妈要让我剃光头的，妈妈说，把晦气都剃走吧。

这时候，我们才看到阿利的妈妈，她背靠着阳台的栏杆，在平静地打量我们，也像是什么都没有打量。我从没有见过像她那么脸色苍白的女人，即便是阳光照在她的脸上，也没有温暖的感觉，反而让她的皮肤白得透明。她的眼影是黑黑的，也说不清是画上去的，还是自己就有了。她的眼里有一种不安，就像是初次见面那种紧张和不安。其实，我们在电话里早就交谈过了，可她依然只是看着我们，并不进屋来说话。

我们和阿利都小心翼翼地不去谈到包京生，我们给他讲了些学校的事情，也提到了会考。我们都说，妈的，会考算什么！给了报名费，还能不让你毕业？朱朱说，密斯宋说了，除了被开除的，都能毕业。阿利说，哦，就是包京生一个人嘛。大家立刻又没话了。

过了好久，阿利说，他在医院呢，还是在监狱？

金贵说，是在医院，也是在监狱，监狱里都有医院的。他把你害惨了，你还惦记他？

阿利说，害我？你是说，包京生害我了吗？

25
兰花揉成了泥丸

阿利说，那天下午，包京生吆喝着出租车在城里兜了一个大圈子。阿利胆战心惊，他问，去哪儿呢？包京生闷了半天，突然大叫，停车！的哥吓了一跳，嘎吱一声尖叫着把车停下来，三个人的头都猛然向前撞去。撞倒是没有撞出事，但却被撞得懵里懵懂。

他们站在街沿边好久，包京生把手搭在阿利的肩膀上，说，对不起，哥们儿，陪我很无聊吧？

阿利弄不清楚这是城东还是城西，天麻麻黑了，街上的车很多，人很少。阿利心里发毛，他说，我没有说无聊啊。

包京生很勉强地笑了笑，把手收回来，说，你赶紧回家去吧，啊？可怜的阿利。

阿利的脚犹犹豫豫退了几步，他说，你呢？

包京生说，我，管我干什么？还没有想好。操，找个地方寻乐子吧。

阿利就问，寻什么乐子？

包京生说，寻乐子嘛，就是寻乐子，什么乐就是什么吧，操。

阿利就跟着笑了起来，他说，我也跟你去乐一乐吧？

阿利忽然想去乐一乐，他从来都没有好好地乐过一乐。他后来告诉我，妈的 ×，从来都是别人找我的乐，格老子也该找别人来乐啊。阿利说，包大爷们，我跟你去找吧。

包京生听阿利这么一说，原先是胸有成竹的，忽然就像是没有一点儿主意了。他拿手背在脸上揩了一把汗，说，天哪，我的少爷，我该怎么侍候您呢？泡红泡沫？

阿利怪怪地笑了笑，说，还是找个能出汗的地方吧，我不喜欢酒吧，酒吧里的冷风吹得人心慌。

包京生就带了阿利去一条小街上吃麻辣烫。麻辣烫其实就是小火锅，只不过都是矮桌子矮凳子，挤在一间铺面里，或者蹲在尘土飞扬的街檐下，二十四个火头的煤油炉在桌下熊熊燃烧，红辣椒在水里滚滚翻腾。包京生和阿利把鸡零狗碎的东西还有很多剑南春、528 啤酒灌满了一肚子，一身都是大汗淋漓。阿利都撑得要走不动路了，包京生说，去洗个脚吧。阿利睁着醉眼说，洗脚就洗脚，我还想洗洗肚子呢……小街上洗脚房一间挨着一间，挂着红灯笼，门口站着被红灯笼映得红通通的小姐们。包京生带着阿利进去，洗到天快亮了才出来。

朱朱说，就只是洗了两只脚？

阿利浮出一丝笑来，那笑是从嘴角浮出来的，他说，该洗的地方都洗了。

朱朱愣了一下，红了脸，说，阿利，你变了。人要堕落，只需要一个晚上，对吗？

阿利在床上侧了侧身，摘了一枝兰花，放在鼻孔那儿久久地闻着。过了好一会儿，他说，风子，人做了什么事就算堕落呢？

我说，狗屁，你算什么堕落！真正堕落的人，站你面前，你也看不出来的。

朱朱说，风子，你真是疯了，包京生劫持他，拉他去洗脚……你都觉得很正常，是不是？你不要跟我争，你跟我争，我会难过的。阿利，你接着说吧。

阿利把兰花从鼻孔那儿拿开，放在手里捏着，捏了又捏，捏成了一团淡蓝色的泥丸子。他说，没什么要说的了。后来，我们找了一家酒店住下来，就是假日酒店，隔了河可以望到皇城广场的毛主席像。白天睡觉，晚上我们出去找乐子、玩，当然，也就是鬼混吧？

我说，阿利，你就没有想到给阿姨打一个电话吗？

阿利傻了一下，哈哈地笑，说，你们不是说我被劫持了吗？做人质，还能想做什么做什么？！

阿利的笑声里有一种撒野的东西，至少是做得有些狠劲，还有些满不在乎。我觉得心里酸酸的，我说，阿利，你真不是从前的阿利了。

阿利看着我的眼睛，说，风子，你觉得我真的变坏了吗？

我摇摇头，柔声说，你变得不再需要别人来疼了……你接着讲吧。

阿利说，我们最后一次从酒店出来的时候，在大堂远远望见一个人，很像是陶陶呢。可他不是陶陶，是一个侍应生，穿着红衣红裤，还戴着红帽，胸前的金色绶带闪闪发光。他正在帮老外提着箱子上电梯，虽说是侍应生，样子倒是气派得不得了。我说，陶陶要是来干，也准是神气活现吧。包京生就哼了一声，说，他也只配干这个了。后来我们就去了芙蓉楼喝啤酒，要了一桌子的菜。包京生说，我们出去就散了吧，本来就不是一条道上的人，还是各走各的道吧。他喝了很多，连声给我说对不起。我说，有他妈的什么对不起呢？我是痛快得很啊。

金贵笑了，这是他第一次发出声音，他说，你们哪晓得，陶陶正在门外候着你们呢。

阿利瞥了金贵一眼，说，陶陶，你怎么晓得有陶陶？

哪有什么陶陶！是他妈的条子，还有记者扛着摄像机追着赶，他们瞎咋呼着，说要抓住劫匪。我不晓得我们怎么就成了劫匪了！我们没命地跑，后来跑不动了，包京生回身一拳把个条子打翻在地，他们就开枪了……我倒在地上，觉得子弹射中的人是我，我就想，让我就这样好好睡他妈的一觉多好啊……

金贵说，包京生要判重刑了。

阿利说，为什么？他犯了什么罪吗？我可以证明，他没有……

金贵说，不需要你的证明，成千上万的观众都看到了，劫持人质，暴力拒捕。

阿利说，这不公平、不公平。

这时候，一直靠着阳台的阿姨走了进来。她的脸色仍然是白得不得了，我还发现，她其实是意外地瘦削和高挑。她伸出手来，她的手指也是意外地细长又细长，但是是竹节那样坚硬的细长，和小葱蒜苗的细长不一样。她把手放到阿利的眼前晃了晃，突然抢开了手，啪啪啪地扇起了他的耳光来。她接连不断啪啪啪地扇着，用手心手背扇，狠狠地扇，我们全呆了，没一个人想到要去劝阻她。等她住了手，我们才看见，阿利白皙的面孔已经变紫变乌了，鼻血淌下来，把被单、铺盖、枕头全都弄脏了。阿利艰难地喘息着，就像是马上要死了。

但是，他妈妈的脸上并没有一点儿表情，她冷冷地说，公平，你晓得啥子是公平吗？浑蛋！

泡中的师生都预感到，包京生劫持阿利的事情既然上了电视，下一步就是媒体的大肆炒作了。至少蒋校长在扩音器里是这么认为的，他说，一切敢于以卵击石的家伙，都将落到自绝于人民的下场。全社会都在关注这起中学生绑架案，各班都要注意媒体对此进行的跟踪报道、深度报道、连续报道、述评报道……喇叭安静了一小会儿，那是扩音器在做出深刻的思考，然后，他接着说，当然，还有等等等等。

但是，接下来我们并没有看到等等等等的报道，甚至没有任何的报道。我们每天都在晚报和商报上寻找，我们要找的东西却没有一点儿蛛丝马迹。这给我们一种清风鸦静的感觉，静得让人不舒服。这的确很奇怪，在这个夏天，闷热、潮湿、烦躁和安静居然是同时到来的。肥大的泡桐树叶在热风中翻卷着，柏油马路踩上去，都要留下深深浅浅的坑。朱朱说，谢天谢地，包京生可能要逃过这一劫了。

我对朱朱的话不以为然。逃过是什么意思？好像他本应受到惩罚的，却侥幸过了这一关。我相信阿利的话，包京生是无罪的。晚上我常常热得睡不着觉，就坐起来望着窗外发傻，就好像在等待一口清风吹来。当然，我什么也等不到。我想起包京生，我已经很少很少在单独一个人的时候想起他了。我努力不去想他现在的模样，他睡在哪里，吃的什么，穿的什么，我只是去想他从前跟我说过的话，可是那些话没一句是让我难忘的。后来，我想到了他热腾腾的气息，那种气息是真实的，好像他还把我圈在他的怀中，我身上被他咬过、啃过的地方，在轻轻地发辣、发痛。包京生啊，我想，你在怎么熬啊。

爸爸的保卫工作从白天转到了晚上，因为厂子在一天天垮掉，就像一个臃肿的人在一点点地死去。总有人乘着夜色从车间里搬走工具、零件，或者割走几十米电缆。灰狗子们呢？他们睁着眼睛呼呼大睡，等于告诉对方平安无事。而且灰狗子也越来越少了，厂里养不起那么多能把品碗吞下去的大嘴巴。厂长，就是爸爸口口声声尊为首长的那个人，亲自把爸爸找去谈了话，还拍了拍他的肩膀，说，你就值夜班吧，老何，你值夜班我吃得饱，也睡得着。拜托你守住厂门，就像卡恩守住德国的大门一样。厂长还很年轻，高大、结实、声如洪钟，大热天也穿西装、系领带，而且是出了名的足球迷。可怜我的爸爸，他根本不晓得卡恩是谁，他从前只晓得守仓库，现在只晓得守厂门。厂长的话，让爸爸的脸都涨红了，他站起来立正，哆哆嗦嗦敬了一个军礼，他说，请首长放心吧。

厂长笑笑，再拍拍我爸爸的肩膀，说，稍息，请稍息吧。

当天晚上，爸爸在厂门口堵住一个扛着砂轮出去的工人。爸爸说，把东西放回去。那工人是个络腮胡子，光着上身，在路灯下，胸脯上的汗珠就跟猪油一样闪闪发光。爸爸边说边拿警棍指着对方肩膀上的砂轮，很温和地补充道，放回去你就没事了。

络腮胡子闷声闷气地说，我可以把砂轮放回去，我女儿的学杂费你来给我出？

爸爸说，我没有钱给你出，我女儿也要交学杂费。

络腮胡子说，那你就让开，当心砸了你的脚背啊。

但是爸爸不让，还拿警棍有节奏地敲着那人肩上的砂轮，砂轮当当地响着，比他们说话的声音好听多了。而且是在又湿又热的晚上，立刻就有许多闲人围了过来，都是厂里的工人和家属，都在脸上挂了笑，要看怎么个收场。

络腮胡子就侧着身子撞了爸爸一下，他那么魁梧，又带着砂轮的重量，爸爸哪里经得起，他摇摇晃晃一阵，总算没有摔倒。爸爸把警棍横起来，在络腮胡子的胸脯上戳了一戳。络腮胡子的胸脯上长着一片卷曲的毛，被黑油油的汗水浸泡着，像野猪鬃一样可怕，警棍在上面一戳就滑了开去，好像一个没有站稳的小脚老太太。围观的人群哈哈笑起来。络腮胡子很不高兴，就把砂轮小心翼翼地搁在地上，他说，妈的×，你多管闲事！他忽地一拳打在我爸爸的肚子上，爸爸捂住肚子，很艰难地跪了下去。络腮胡子又说，妈的×，厂长不管要你管！他又提起脚来，蹬在我爸爸头发斑白的头顶上，爸爸就慢慢地仰天倒下了。

人群嗡嗡地闹起来，一个老婆婆刚刚还在露着牙梗笑呢，这一会儿气得脸都发青了，她冲进来一把抓住络腮胡子的手臂，说，没有王法了！你来打我嘛！你来打我嘛！络腮胡子一甩手，老婆婆的手就被甩脱了，她又叫，打电话，给110打电话！不要让他跑脱了！

那络腮胡子也不跑，长长地唉了一声，在树影里蹲下来，点燃一根烟，闷头闷脑地抽起来。

爸爸爬起来，一头的灰、一头的泥。他说，不要报警，不要报警，让他走吧。他再不会做这种事了，对吧？

络腮胡子拿拇指把烟头摁熄，直起身来就走了。围观者一片寂静，没一个人吭声。

爸爸给我讲这件事情的时候，非常地平静。他抽着烟，坐在屋子中央那把苍老的藤椅上，让风扇呜呜地吹着他。我一直都弄不懂，这把藤椅为什么总是放在中央呢？而爸爸只有在家里才抽烟，一支接着一支地抽。我说，爸爸，这是部队上的习惯吗？爸爸笑了笑，说，是我的习惯。我又问他，那个络腮胡子怎么处理呢？爸爸说，处理什么呢？谁去处理呢？不会有什么处理的。

我忽然觉得，爸爸很伟大，他什么事情不晓得？厂长听说爸爸护厂受伤后，打了电话来慰问，是我接的电话。隔着话筒，我都能闻到刺鼻的酒精味，我说，他没什么，他喝酒去了，喝完酒去唱歌，唱完歌还要泡桑拿。谢谢你总是想着他。我就把电话挂了。爸爸就坐在苍老的藤椅上抽烟，一言不发。

我们已经很长时间不去谈到妈妈了，因为我们一谈到妈妈，就会觉得她更加遥远。她开始给家里汇款，一般是一个月，有时候是半个月，还有一段时间是三天两头。她不打电话了，也不写信了，汇款的节奏就好像她的心情一样，一阵平静，一阵折腾。汇款单从来没有去支取过，爸爸把它们放在一只铝制的饭盒里，搁在枕头边。我也从不问有多少钱，问过一次，爸爸说，你要花钱就自己去取，不要让我看见。

噢，你说，我还能再问什么呢？

那天晚上，我把包京生和阿利的事情讲给爸爸听了。我也不晓得为什么要给爸爸讲，大概是我们在一起总得讲点儿什么吧，爸爸讲了他挨打的事情，而我似乎就在回报他一样。

我讲着讲着，就看见爸爸把头吊在胸前，跟睡着了一样，只有风扇还在呜呜地吹。我犹豫了一下，不晓得是不是还要讲下去，爸爸却嗯了一声，说，讲啊。我就接着讲，讲完了我说，爸爸，包京生会没事吧？这一问，连我都觉得莫名其妙，我问爸爸，爸爸晓得什么呢？

爸爸抬起眼皮，手指里夹的香烟全都烧成灰了，扭成了一条弯曲的灰虫，细细的烟灰在慢慢地飘落。爸爸看看烟灰，并不弹掉它，他说了一句粗话，这是部队里经常说的口头禅，所以也就不算是粗话了。他说，该死 × 朝天！

我觉得爸爸真的很伟大。

26
鱼刺卡了朱朱的咽喉

阿利返回了学校，而包京生始终都没有消息。

阿利其实已经不是阿利了，因为他身上穿的不再是 Lee 了，而是我们根本不认识的牌子，他看起来好像更加随便了，却反而让我们觉得生疏了。阿利衣服上的洋码就连宋小豆也不懂，有一回她虚了眼，凝视着那些字码，动了动嘴唇，试图要把它们读出来，却一直都没有能成功。她很难得地笑了一下，说，不是英国货，也不是美国货，阿利，你更阔了啊？

那时候正是课间休息，阿利很矜持地笑了笑，说，密斯宋，我还是阿利啊，真的，密斯宋。

阿利是坐着一辆红色小跑车返校的，后来这辆小跑车就天天都来接送他。如果还没有放学，车就停在河边的树荫下，静静地等候着，就像一个非常有耐心的仆从。跑车的车窗总是关着的，黑黑的，仿佛涂了一层墨水，从里边看出来，全世界一定都是阴黢黢的下雨天，就像老外用灰色的眼珠看世界，全世界都是一片灰蒙蒙。从没有人看到过开车人的相貌，有一回我走过车头时，透过挡风玻璃瞟了一眼，只看见一个戴了大墨镜的人坐在方向盘前。我问阿利，什么意思呢？那么黑，黑手党啊？

阿利耸了耸肩膀，把两手摊开，他说，这跟我有什么关系呢？

我说，阿利，我讨厌你这种动作，还有你这种腔调。

对不起，阿利的脸红了一团，他说，我不是有意的。

噢，是啊，阿利从骨子里讲，似乎真没有什么变化，除了衣服的品牌，还有那辆红色的小跑车。他还是那么慷慨，经常请我们去下馆子、喝咖啡。事先他会掏出一个亮晶晶的小手机，小得就像女人的指甲盖，走到一旁，和谁通通话，声音小得就像特工人员在接头。然后，那车就会在我们分手时出现在他的身边，好像一头海豚静悄悄地游过来。朱朱就说，阿利，弄得这么神乎其神的，不等于是在暴露目标吗？

阿利老气横秋地叹口气，说，谁都晓得防护栏招引小偷，可住楼房的人家，谁不安装防护栏呢？

朱朱笑了，她说，阿利，这种格言你说得出来？

阿利说，我妈妈说的。

我从旁边看着阿利，我觉得阿利其实还是阿利。他对我们还是那么友好，他看着我的时候，还是从前那种眼光，怯怯的、柔柔的。但是，他慷慨的方式有了微妙的不同，从前他总是应邀请客，现在他几乎都是主动邀约，而且请谁不请谁，都是他自己说了算，每一次都有一两个人出现变动。我、陶陶、朱朱是不变的，但有好几次都没有叫金贵。阿利对金贵视而不见，显得故意地冷漠。我提醒过阿利，如果像从前一样把金贵当朋友，你就要注意金贵的感受。阿利很温和地反问我，我从前是不是太把他当朋友了呢？我何必呢？

我不懂阿利的意思。但是，只要阿利请客，金贵都是去了的。请不请金贵，他都去。他跟我说，风子，乡巴佬儿还顾什么面子呢？本来就没面子，是不是？

我觉得金贵说得很在理，要是换了我，我说不定也偏去呢。不过，我又不是乡巴佬儿，天晓得我去不去，也许根本就不屑去吧？即便真的请了我，我也可能不去啊。陶陶给我讲过一件事情，他小学的时候特别迷恋打乒乓，上课的时候也在悄悄地玩乒乓球，他把它顶在指尖上旋转，而且还可以从一根指尖旋转到另一根指尖。老师是一个漂亮的女孩儿，陶陶说自己打乒乓都是为了她——让她为他骄傲，让她为他脸上放光。可是老师并不领情，有一回上课，她走过来把他的乒乓球抓过去，一脚踩得稀巴烂。她说，你显什么洋盘！还把他的红双喜球拍没收了，至今也没有归还他。陶陶说他哭了，哭得从来没有那么委屈过。他对所有安慰他的人说，我今后做了世界冠军，她来给我献花，我也要扭头不看她。陶陶给我讲这件事的时候，我们当然是正在好着呢，而且他还把我横搂在怀里。我把身子直起来，说，如果是宋小豆给你献花，你也头不看她吗？陶陶哈哈大笑，说，她凭什么给我献花呢？

现在的陶陶已经和我形同路人了。他看见我，只是咧咧嘴角，也不说话，就擦肩而过了，就像逃出笼子的豹子再次见到了猎人。真是好笑啊，我还能把他吃了，我还有胃口吃他？不过，包京生被抓走之后，陶陶倒是频频在阿利的饭桌上和我相逢。陶陶长胡子了，而且是络腮胡子，他把胡子都刮得干干净净的，一脸都是青乎乎的颜色，偶尔把一颗青春疙瘩刮破了，青色的上面就有了红色的痘疤。他看起来就更沉默了，更阴郁了，也更有心事了。吃饭的时候，陶陶就坐在我的对面，他的目光落在我的脸上，就像夏天的阳光落在一片树叶上，火辣辣的，却没有一点点的情义。

那天的晚饭是在谭砂锅鱼庄吃的。鱼庄里的空调吹得人背心冰凉，我们的座位临着南河，透过挂了竹帘的窗户望出去，河面就像滚着油的沸水。金贵说，河里的鱼都要煮熟了，这狗日的天气！朱朱喝了一大口干红，脸颊红得像横着竖着乱抹了胭脂。她大概是被酒呛了吧，又急着夹了一条葱烧鲫鱼送进嘴里。听了金贵说话，她想插一句什么，但话没有说出口，就艰难地咳了起来，脸上越咳越红，最后把胭脂涨成了猪肝。天，阿利说，她被鱼刺卡住了！我给朱朱捶着背，我说，别咳别咳，求求你，别咳了。朱朱喘了口气，指了指自己的喉咙，说，我要死了……要死了……然后她就不要命地咳，恨恨地咳，就像跟谁赌气一样，真的是咳得要死了。我把她搂在怀里，我说，朱朱，别这么娇气，啊？

朱朱的眼泪噗噗地落下来，她像个温顺的孩子一样，把头埋在我的胸口上。她的脑袋，还有她的身子，就跟纸糊的美人一样，只有呼吸，只有淡淡的体味，却没有一点点的重量。朱朱说，我要死了，死了……就好了……我拍拍她的脸蛋，说，朱朱朱朱，你别这样好不好？

金贵说，她是被鱼刺卡住了，喝点儿醋，吞一大口饭，鱼刺就下去了。

阿利瞪了金贵一眼，他说，是你们家的偏方吧？不行。

金贵说，这是最管用的办法，我们村的人全都这么做，没有一回波管用。

朱朱不是你们村里的人，陶陶说。他一直在抽烟，面前的杯子、筷子、碗，几乎动都没动一下。朱朱不是你们村里的女孩子。你们回回都管用，回回是多少回呢？他轻微地笑了笑，说，你们村里一年能吃几回鱼呢？

我看看金贵，又看看陶陶，我说，金贵是乡巴佬儿，糟蹋一个乡巴佬儿，算什么英雄呢？

陶陶把烟头摁在烟灰缸里，冲我张开了嘴。但是金贵不等陶陶说出话来，就先笑起来，他说，我波是乡巴佬儿，进了城我就波是乡巴佬儿了，风子。金贵把 T 恤上的那几个 **PTSZX** 往陶陶跟前拉了拉，说，从前我是乡巴佬儿的时候，吃的是鱼塘里的鱼，想吃就吃，可惜现在只能吃阿利的鱼了，吃阿利的鱼就像是吃偷来的鱼。

阿利沉默一小会儿，像陶陶一样撇了撇嘴角，他说，看不出，金贵家里还是养殖专业户呢。

波，金贵说，是我们家隔壁有鱼塘，我想吃鱼的时候，就去偷。鱼塘那边还有苹果园，全是红富士，我想吃的时候也去偷。

就没有被狗咬过？陶陶又点燃了一根烟。朱朱躺在我怀里，很安详地听着他们的话，她脸上的红晕消失了，变得那么苍白和惬意。

我打死过两条狗，金贵看着陶陶的眼睛，把这句话说得很平静。金贵又瞟了一眼阿利，补充说，都是用左手打死的。说到左手，他就用右手轻轻地抚摸着左手，很爱怜的样子，真的就像一个印第安枪手在爱怜地擦枪。

陶陶说，你的意思是，要用右手就更不得了了？

然而，金贵就像是没有听见陶陶的话，他转身看着朱朱，说，朱朱，喝口醋吧？我波会害你的。

朱朱望望我，我对她点了点头，她也就对金贵点了点头。

金贵打了一个响指，跑堂的伙计变戏法一样，就端来了一碟醋。我简直看得目瞪口呆，什么时候金贵变得可以扮酷了，那伙计什么时候听到我们谈话了，全他妈像在装神弄鬼！我环桌子瞟了瞟，我瞟见陶陶、阿利都发了傻，坐在那儿一声也没有响。

但是金贵把那一碟醋挡了回去，他说，你也端得出手，这么一小碟！倒半碗来。

半碗醋很快就来了，金贵端到了朱朱的嘴边。朱朱扭了扭头，说，我怕酸。

金贵就伸了手去托住朱朱的下巴，把碗顶住她的小嘴朝里灌。朱朱的下巴在金贵的手心里又扭了扭，却没有扭开，她小声小气地骂道，金贵，拿开……金贵不听，手下得反而重了。我看着金贵的手这么摆弄朱朱的脸，也没觉得有什么了不起，鱼刺卡住了气管啊，还有什么好婆婆妈妈的！

金贵一边在手里使了劲，一边却在逗乐子似的说，来吧，乖……

一记清脆的耳光扇在金贵的脸上。阿利叉手站在那儿，把脸都气得惨白了，他说，妈的×，"乖"是你说得的？

这一记耳光把我们都打蒙了。朱朱"喀"的一声喷出一口痰，嘤嘤地哭起来。我把她的身子推了几推想站起来，却怎么也推不开，刚才还是纸糊的美人，现在就跟铁铸的一样了。朱朱哭道，风子，你也不要我了？

我说不出话，只得看看这个，看看那个。

金贵僵在刚才给朱朱灌醋的动作上。那一记耳光太狠了，他红泥巴一样的脸上虽然看不出掴过的痕迹，但是浓浓黏黏的血还是从鼻孔和嘴角浸出来。我们甚至都没有看清那耳光是谁扇的，然而陶陶在拿左手很爱惜地抚着自家的右手。陶陶的嘴角叼着烟，烟雾熏得他把双眼都虚起来了，但是我看出来，他其实在紧张地注视着金贵，金贵的那一只左手。

金贵的左手还端着那半碗醋。让我吃惊的是，半碗醋竟没有一滴溅出来，醋平静得如同静止的水面，看不到一丝波纹。我又偷偷瞟了一眼陶陶，他眼里却只有金贵的手，没有金贵手里的醋。

接下来，我想金贵要么和陶陶死拼了，要么就知趣地走掉了。但是金贵坐了下来，就像什么事情都没有发生，他把杯子里的干红分几口干了，把面前的一大盘大蒜鲢鱼也吃了，还舀了一碗饭，也吃了。他吃的时候，我们都很紧张地看着他。他不慌不忙一样一样做完，还拿湿手巾擦干净了脸上的血和嘴边的油。他很和蔼地问朱朱，刚才把鱼刺都吐出来了，是吧？

朱朱小心地咳了咳，指指喉咙，说，真没有了。

金贵笑笑，说，那好那好，你莫得事了，我也莫有白挨一耳光。他转过身，也不看谁，就若无其事地出去了。

朱朱看着金贵下了楼，就对陶陶和阿利说，他也是为了我好，你们打他干什么呢？乡下人也是人，对不对？

陶陶阴沉着脸，阿利则在笑。朱朱说，风子，你说呢？

我说，乡下人？我觉得，城里人的命，到了头都是拿给乡下人收拾的。陶陶、阿利，过两天再在这儿摆一桌，专请金贵，我和朱朱作陪。我没有说笑，你们要有麻烦了。

阿利噘噘嘴，说，×！我才不信。

过了两天，什么事情也没有发生。再过了两天，依然如故。金贵和从前一样，上学放学，看不出变化。陶陶的书包却一直沉甸甸的，坠着一坨重物，他脸上的表情，有点儿阴黢黢的。我晓得那重物是什么东西，我对朱朱说，那玩意儿打到金贵的身上，他能吃得消几下？朱朱说，包京生能吃几下，金贵就是几下吧。她怪模怪样地笑了笑，说，陶陶就是陶陶，对不对？我也笑了笑，说，陶陶当然就是陶陶，但是金贵也是金贵，对不对？

金贵不再去吃阿利的东西了，跟阿利和陶陶也都不说话了。但金贵对谁都不怒目相视，就像他现在对谁都不谦恭地微笑了。金贵只是见了我和朱朱，要捋一捋他乱蓬蓬的卷发，做得羞涩地点点头。我对朱朱说，要出事了。朱朱说，天大的事情都出过了，还会出什么事呢？我说，哪个晓得呢？天气那么热，人都热昏了头，要做出任何事情来，我都不会吃惊的。

阿利的手机上每天都有气象信息，气温已经到了四十年来的新高，百叶箱的温度超过了四十摄氏度。没有风、没有云、没有雨，早晨一睁开眼睛，太阳就已经在天上了。阳光落在皮肤上，就像被鞭子抽了一下，而且是用水牛皮鞣的鞭子。喜欢阳光的泡桐树也彻底蔫儿了，最灼热的阳光和最寒冷的霜雪一样，一下子把泡桐树肥大的叶子都打蔫儿了。当然，全校的人在树叶被打蔫儿之前，也都垂下脑袋，先他妈的晒蔫儿了。就连蒋校长也从喇叭里边跑掉了，整个泡中安静了不知有多少。

虽然没有风，但是有风传，据说蒋校长快要当教育局的蒋局长了。他现在正陪着老局长，也就是我们的老校长，在海南开会、泡海水、吹海风呢。我们谁都晓得，夏天开会是避暑的别名，冬天开会是取暖的诨号。宋小豆就说过，看似相反的东西，在外语里边却可以和谐相处。比如她说，我正在学日语，娘就是女儿，汽车就是火车，都很有意思嘛。阿利就问她，密斯宋，你为什么还要学日语呢？宋小豆摊开双手，说，不为什么，好玩，你不觉得好玩吗？噢，你不会觉得的。

哦，是这样，我就想，开会如果真是一种职业，那该有多好，我什么都不做，我就只是去开会，一年到头追着气候转。我也很想到海南去避避暑啊，谁不想去呢？我们在太阳下走着，就像烧烤摊上的肉串，谁不想变成海水里的鱼呢？没有冷热，也不晓得快乐和苦恼。唉，到现在我也没有去过海南，我也没有见过海是什么样子。在麦麦德的故事里，他说过一句话，看啊，这油腻腻的海！

在这样的天气里，就连麦麦德也要寻个角落打盹吧。

然而，全泡中还有一个人在忙忙碌碌、喜气洋洋，好像她走到哪里都自带着空调，风在她的额发上吹着、在裙摆下飘着。你应该晓得，这个人只能就是宋小豆了。在这个该死的夏天里，任主任已经主动提出要让位给宋小豆了。朱朱说，任主任活了一大把年龄，终于活成一个知趣的女人了。

27
英语节，秘密的花

宋小豆正在为泡中筹办首届英语节，她给英语节取了两个名字，"泡桐树之夏"和"仲夏夜之梦"。但她没有办法取舍，她说，把它们同时包含进去多好啊，可那样实在太长了。宋小豆的眉头很难得地皱起来，还在眉心那儿打了一个小疙瘩，看起来真的像是一颗小豆子。她要同学们都来替她想办法，她说，我希望每位同学都参与想办法，参与的方式是多种多样的，有的用英语，有的用中文，有的用游戏，都可以啊。她笑着，脸蛋上露出了我们从未见过的浅酒窝。

麦麦德说过，世界上有两棵树，一棵向着天上长，越长越大，越长越苍老，最后就成了一座山；一棵朝着地下长，越长越小，越长越稚嫩，最后就成了一株苗。

我把麦麦德的话转述给朱朱，我说，宋小豆就是在夜晚生长的树，漆黑的夜晚，不就是地下的感觉吗？

朱朱说，她在夜晚生长，还要在夜晚开放呢。

我说，开放，你说的开放是什么意思啊？

朱朱吃了一惊的样子。我说了开放吗？她说，我没有说什么开放啊。真是见了鬼了。

噢，是的，现在我明白宋小豆为什么要办英语节了，可那个时候，我们都只是觉得太搞笑。把英语节和泡中捆在一起，就像麦麦德形容过的荒谬——把水和火放在一个桶里，把绫罗绸缎穿在赤脚人的身上，让一个俊逸的骑手提着一把生锈的菜刀。真的是太他妈的搞笑了，泡中要搞英语节！

就说高二·一班吧，全体学生背诵的单词加起来不够一个人考大学，还要参与什么英语节？宋小豆说，正因为如此我们才要办英语节啊！两个目的，她伸出左右两只手，两只手的两根细长的食指，她把它们交叉重叠在一起，用一根敲击着另一根，她说，一个是培养兴趣，一个是推出尖子。

尖子？阿利说，密斯宋，你觉得谁是尖子呢？我今天就去跟他好好学习啊。

宋小豆倒也不生气，她说，谁是尖子，我说了不算数，上帝说了也不算数，他自己说了才算数，对吧？她顿了顿，我们都以为她要用英文重复了，可是她没有。她拿食指遥遥地点了点阿利，说，也许阿利就是尖子吧，谁晓得呢？你满身都印着洋文啊，法文、德文、意大利文……

全体同学一片掌声，同声欢呼，阿利、阿利！阿利、阿利！！

被热慌了的家伙，不吼出一点儿声音来，真要去咬谁一口才解气啊。

宋小豆费了很多唇舌，才让我们弄清楚，英语节不是元旦、春节、国庆节，不是某一天的节，而是持续很多天的节，前者是单数，后者是复数。复数，晓得吧，宋小豆从没有这么循循善诱过，复数就是很多的数、很多的活动、很丰富的活动，唱歌、跳舞、游戏、话剧、谜语……我们说，我们一样都不会。宋小豆就很宽容地笑了笑，说了一句中西结合的格言，除了先知，每个人都是学而知之。

宋小豆给我们班排练了两个节目，都是唱歌，一个是《字母歌》，一个是《小星星》。全班哗然，说，太小儿科了嘛！我们是高二·一班啊！

好吧，宋小豆就挥了一挥手，让一个小组的同学唱《字母歌》。唱到一半，他们就开始跑调了，再唱就根本是七零八落了，自己都在嘻嘻哈哈地解嘲着，说，不唱了，不唱了！

宋小豆也不说什么，就亲自指挥大家练这两首儿歌。我不得不佩服宋小豆，她挥动双臂，就像岸上的水鸟展开了两翼，那么优美、高雅，虽然矮小，却仿佛随时都要向上飞翔。我们排练了一天下来，已经晓得什么是四重唱了，而且把一首儿歌唱得好听极了，真的，好听得简直要命。一群十八九岁的老儿童！谁都不相信，《字母歌》会唱出这种味道来。懂了吧，宋小豆说，最简单的就是最好的。阿利说，请密斯宋用英语再说一遍吧。她摇摇头，说，让尖子来说吧。

英语节是在糊里糊涂中到来的。有一天当我发现许多彩旗在热风中飘动的时候，朱朱说，英语节已经开始几天了。我说，那我们应该做什么呢？朱朱说，什么也不做。我说，不唱歌了？不表演了？朱朱莞尔一笑，说，你不是天天都在教室里唱吗？还表演给谁看呢？重在参与，就是自我娱乐啊。哇，我呼出一口热气，说，宋小豆把我们耍了。

但是，谁都没有想到，英语节闭幕那天，宋小豆居然把它推到了最高潮，所有人都瞠目结舌，大吃了一惊。瞠目结舌，死去的任主任的侄儿说过，瞠目结舌就是全都傻了！

我记得那天早晨一直在吹风，而且间歇地落着雨，大家都以为闭幕式搞不成了。但九点一过，雨就很及时地停了，而且还送来了两三个小时的清凉。这两三个小时对宋小豆已经足够了，她请来的外国客人刚刚踩着湿地走进来。

起初我们以为老外是外语学校的老师，宋小豆一介绍，才晓得都是外企的家属，也就是说，全是老婆和孩子，白皮肤、黑皮肤、黄皮肤都有，说的却统统是英语。有一个身子长、脖子也长的太太缠着一个陕北红肚兜，红肚兜里伸出小娃娃的脑袋，就像一只袋鼠，好玩极了。阿利说，那太太是尼斯酒店的老板娘。我问他怎么晓得的，他说，去多了就晓得的呀。我说，难怪呢，她有点儿像尼斯湖的那个宝贝，对不对？阿利说，你别骂人。我说，宝贝是骂人吗？我不可以叫你一声宝贝吗？真是怪了。阿利说，风子，你今天火气怎么这么大？我不惹你了。说完他人一钻，就不见了。因为操场上乱糟糟的，到处都是人，一个人要在人群中消失，简直比泥鳅滑进泥里还容易。

宋小豆的理念，是要把学生都赶到操场上来。晓得吗，是理念而不是主意，宋小豆说，我们的理念就是要把闭幕式开得像一个酒会，当然她说的是"趴踢"，怕我们不懂，还啪地将腿伸起来踢了一下。她显然太兴奋了，忘记了把玉腿从裙摆下伸起来是很不雅观的。朱朱说，密斯宋有点儿失态了。我说，她还会给我们惊喜的。其实我心里在想，唉，宋小豆还从来没有这么可爱过。

闭幕式没有搞任何花里胡哨的东西，操场周围除了那些被淋湿的彩旗，就是成箱成箱的可乐、橙汁、冰红茶……小卖部的人都赚欢了，学生也吃欢了，因为他们找到了欢天喜地的借口。这时候我才注意到，教学楼的栏杆上挂着一条大红的横幅，横幅上该是英语节的名字吧，可全是英文，除了年份××××，我一个字也不认识。后来我才明白，那是

"××××泡中之夏英语节"。据说这是蒋校长亲自拍的板，他说无论季节还是树木，重点都在于泡中——泡中有了英语节，而英语节来了老外做嘉宾。

然而，没有人去注意这条也被雨水淋湿的横幅，大家像观看外星人一样围绕着老外，或者确切地说，那些老外的老婆和孩子。老外自然不是稀罕的东西，可到我们泡中来还是开天辟地头一遭。客人的脸上始终浮着微笑，她们很想跟我们说点儿什么，而我们围上去又退回来，保持着一个可以不说话的距离，因为我们什么都不会说。在那个袋鼠妈妈一样的太太后边，还有一个黄头发的小男孩儿，头发黄得像透明的金色蚕丝，脸却白得像石膏，看起来他真的就像一个石膏娃娃呢。有人用手去掐他的脸蛋，他看都不看，就骂了一句，妈的×！他用的不是英语，不是中国的普通话，而是我们这个城市里地道的方言、街头的话，除了嫩声嫩气，简直和我们泡中男生一模一样。所有人都乐了，老师和学生都争着去掐他的脸蛋，听他骂人，他也不抵挡，来一个骂一个。那太太急了，把小男孩儿一把扯到身后去，用她们的话大叫了一声什么，我们都听不懂。太太肚兜里的小娃娃拍起巴掌来，还露出红色的牙床傻兮兮地笑。

宋小豆站在一边也在笑，我必须承认，她笑得非常得体。她把长长的辫子盘成一个髻，绾在脑后，上边插了一根闪闪发光的银针。她穿了一条拖到脚背的湖绿色吊带长裙，这让她看起来就像雨后的树，散发着薄荷的味道。她说得很少、很简单，似乎在为另一个高潮做着铺垫。她的样子，真是又和蔼又骄傲，把她放在泡中，实话实说，就像把英语节放在泡中一样不合适。她当一个泡中的老师委屈了，她可以是尼斯酒店的女老板，而不是老板娘；她可以是一座城市的旅游大使，而不是女导游；她可以是很多好东西，却偏偏是我们的密斯宋。那时候我们还小，不懂得什么叫作荒谬。现在我们懂了，我们还晓得荒谬就是荒谬的土壤，宋小豆要做出任何事情来，都不需要再找任何理由。

在那天的闭幕式上，宋小豆一边说着什么，一边把客人往校园的深处让。高二·一班的学生不知不觉地跟随着她，很好奇也很得意地，在全校学生的面前，簇拥着自己的班主任。这样的景观和心情，对我们对宋小豆，都还是第一次，也可能是最后一次吧。她的顾盼、她的巧笑，就像课本上说的那几句话，把泡中提升了好几个档次。外国太太们会错把泡中看作什么呢，英文的贵族学校？

朱朱说，才不会呢，贵族学校还没一个英语说得呱呱叫的学生？

我点点头，正要说是啊是啊，那个呱呱叫的学生就浮出水面了。

通过我多次的讲述，就像你现在晓得的那样，蒋校长的小楼覆盖着浓绿的常春藤，在这个阵雨暂时洗去暑热的上午，它忽然变得像是一座有年头的庄园。花圃、菜畦、芭蕉……都不缺乏，而且它主人的优雅、神秘，也正像是一位仿制的古人呢。蒋校长已经回来了，朱朱说，一切搞定，下学期的时候，他就是蒋局长了。

小楼前插着几把杏黄色的太阳伞，伞下是白色的小桌子、沙滩椅，还有两个穿 T 恤的男人。

一个是蒋校长。

一个竟然是陶陶。

蒋校长穿着白色的 T 恤，他被海南阳光晒黑的皮肤显得更黑了，他笑着，笑得学者、慈祥和时尚，因为他是一个校长、一个老人和一个欣欣向荣的老男人。

陶陶穿着红色的 T 恤，紧绷绷地箍着他的骨架和肌肉。他的长发从中间犁出了一道河谷，那只隆起的鼻子，让他更像是一只食肉的鹰隼。我们都在疑惑，陶陶站在这儿干吗呢？然而，陶陶已经小小地跨前一步，用一口流利而又流利的英语，把蒋校长介绍给了老外，把自己介绍给了我们。

经历了这件事之后，我对世界充满奇迹就没有一点儿怀疑了，什么都是可能发生的啊。你说一只猫发出了虎的啸声，我觉得这没什么稀奇；你说亲眼见到乌鸦长出了孔雀的羽毛，我也觉得理所应当。陶陶的英语简洁、清晰，有着适度的顿挫、抑扬、强弱、起伏……他脸上的表情和手上的动作都很少，却做得恰到好处、天衣无缝。他应该有一米八十了吧，却显得更加瘦削了，仿佛他的长高是被拔高了一节，细长而柔韧。我听不懂他在说些什么，我只是觉得他那么不真实，就像屏幕上的人突然走到了我们中间。

那个像袋鼠一样的尼斯太太，可怜的宝贝，用着了迷的灰眼珠盯着陶陶。当然，在几步之外，陶陶的班主任也在用同样的眼光盯着他，哦，这一回我不会说错吧，他是她创造出来的果实，而她是在黑暗中开放的花朵。说得多酸哪……哦，不是心酸，我早不心酸了，就是酸而已。

英语节成了陶陶一个人的节日，宋小豆、蒋校长，还有外国太太和孩子，都成了烘云托月的道具。他光彩照人，一抬手一投足，一颦一笑，都经过严格的训练，都打上了宋小豆的印戳。没有人看不出来，陶陶受到了宋小豆手把手的调教。没有人不去想，宋小豆为什么要这么做呢？当然，这是一个愚蠢的问题，对不对？一个女人再精明无比，她也会犯一个低级的错误，并且把这个错误暴露在众目睽睽之下。但是，因为这个低级的错误，在我眼里，宋小豆就更像是一个女人了。也因为这个错误，我觉得她真是太可怕了，这种可怕只有到可以把她踩在脚下才能减轻，因为，我也是一个女人啊。

噢，你同意我的话吗？有些女人生下来就晓得自己的性别，有些女人却要经过生死折腾才晓得自己是女人。既然是折腾，失恋就比恋爱重要，嫉妒就比爱慕深刻，这就好比死的分量远远超过了生，黑夜的秘密远远胜过了白昼。哦，现在说起来我是非常地平静，而且非常地那个……哲学，对不对？哲学，你自然比我更清楚，哲学就是那种似是而非的真理。不过，在那一个时刻，我真的忽然明白了，自己虽然留板寸、穿军靴、随身带着刀子，但我的的确确只是一个女人啊。我看着我第一次爱过的男孩儿其实是在另一个女人手里长大的，就像一团湿泥被那个女人的手捏着、揉着、塑造成形，我觉得两眼发黑，差一点儿就要栽倒在地了。

我对朱朱说，朱朱，我要死了。

朱朱掐着我的人中，她说，胡说，你说什么胡话呢？

我说，你们都欺骗了我，你们都在欺骗我。你们什么都晓得了，就瞒了我一个傻瓜。

朱朱说，如果他们都欺骗了你，那还有一个人对你诚实，这个人就是我啊。

我说不出话来，软软地靠着朱朱的肩膀。朱朱的身上有青蒿洗浴液的味道，腋窝里还有淡淡的汗味道，我靠着她，一点儿劲都没有了。朱朱笑笑，说，你还没有看出来吗？哪个男孩儿是靠得住的呢？

　　热风再次把那些淋湿的彩旗吹干了，并让它们重新在热风中徐徐飘扬。英语节已经结束了，下午放假半天，全校已经清场了，在安静得泡桐树叶子的翻卷声都可以听到的正午，朱朱携着我最后从教室走出来。高二·一班的学生今天获得了一种权利，可以放肆一回——这么说，好像我们平时都是乖孩子——因为英语节是由我们的班主任主持的，而且还出了一个镇住老外（婆）的大酷哥。尼斯太太当着全校师生的面，啵的一声吻了陶陶的额头，她说，孩子，你可以来酒店当大堂经理了。噢，她继而拍拍自家的额头说，当然，我的意思是大堂副理，对不对，亲爱的？她红肚兜里的娃娃把手含在嘴里啵啵地响，会用方言骂人的那个小家伙则斜眼望着陶陶，似乎在估算着他的分量。

　　尼斯太太的话是宋小豆翻译的，她虚着眼睛望着陶陶，她的声音就像专业的配音演员，韩国电视剧里那种靡靡之音。

　　陶陶一点儿都没有受宠若惊。他彬彬有礼、落落大方，抬起尼斯太太的手，轻轻吻了下，说，三客哟！我们都晓得，这是谢谢。

　　蒋校长带头鼓了掌，然后掌声一波一波地向外蔓延着，就连栅栏门外那些不知所以的灰狗子也跟着鼓起了掌，真是掌声雷动、波澜起伏啊。

28
烧烤摊的狂欢

当陶陶凯旋般走回教室的时候，雨点一样的纸团子纷纷打到了他的头上、脸上、肩膀上，纸团子是彩色的，就像彩球一样缤纷绚烂。女生们挤满了楼上的栏杆，大声呼叫着，陶陶陶陶陶陶，陶陶啊陶陶……那些纸团子里写着她们的名字和奇奇怪怪的句子。这种把戏除了我，所有的女生，恐怕还有所有的男生，他们都干过。为什么是纸团子呢？他们说，纸团子就是不长尾巴的绣球啊。他们在音乐厅、体育馆的门口，朝着那些明星使劲地扔，仿佛巴勒斯坦的青年朝着以色列的战车投石块，一个是因为爱，一个是由于恨，相同的是他们都在没命地扔！我曾经捡起一个纸团子拆开看，里边写的不是"我爱你"，而是"我咬你！"。记得有一回××芳来这儿开个人演唱会，陶陶也追着要去"咬"她一口。我说，她已经皮老肉厚，你当心硌了你的牙！陶陶很不高兴，他哼了一声，说，放心，我啃得动豆腐，也啃得动骨头。我当时真被他逗乐了,就替他把这句话写进纸团子里了。其实,××芳哪里看得到呢?陶陶也不过是参与参与罢了。

今天,当我看见陶陶若无其事地穿过如雨的纸团时,忽然升起一个念头,宋小豆不是长得很像××芳吗?我问朱朱是不是这样,朱朱说,是还是不是,都不重要了,对吧?我吁口气,说,我不晓得。

当着全班同学的面,陶陶一只手叉在腰杆上,另一只手半搂着阿利的肩膀,这个姿势似乎表明,他愿意让阿利,而且只是让阿利一个人,来分享他的快乐和荣誉。阿利的脸是惨白的,就连嘴唇都在哆嗦着,有些语不成声了,他说,陶陶,我们去白果庆贺吧?

白果川菜馆是我们这儿最好的川菜馆,我自然是没有去过的。听说一顿饭下来,热毛巾都要换上十二遍,一碟泡菜也要卖上十八块钱。阿利要请陶陶到白果吃饭,再拉上不少陪客,这一次他真是破了天价了。我看着阿利,他的脸色从来没有这么白过,他也在笑,可笑得有些惨然,让人不忍心多看。

我也看着陶陶,远远地,透过别人的肩膀和脑勺,他的脸从来没有这么红过。当然,可以解释为天气太热的缘故,也可以认为是那件鲜红T恤的映衬。他其实没有笑,表情甚至可以说是很冷漠,他那只放在阿利肩头的手好像在不断地施压。阿利的笑变得越来越难看了，他垂着头，显得那么低声下气，那么卑微无助。陶陶呢，自从他爸爸被抓进去之后，他从没像现在这么挺起胸膛过，就是家长会那天打垮包京生，他也没有一丁点儿的喜色呢。现在他成了一个神话中的人物，从前他是心狠手辣、慷慨仗义的大哥，如今他是凤凰什么的，从火里钻出来，他又成了他，成了一个天才的大人物！

但我都没有想到，陶陶否定了阿利的提议。陶陶说，不，不去白果，去白果干什么？乡巴佬儿才把这种事情当大事。他拖长声音说了一句英语，发音就和宋小豆一模一样，我不懂，但我晓得，那就是乡——巴——佬儿——

阿利的样子很糊涂，他说，哪儿都不去吗？阿利的声音充满了迷惑。

陶陶久久地沉默着，把两手收到自己的眼皮下细细地打量，像一个女人很挑剔地摆弄着葱头。他的沉默，把阿利的迷惑拉长了，也把围在教室里的人都拉进了迷惑。所有人都看到，阿利在像过去一样请求陶陶，而陶陶还没有给他答复。

陶陶终于说话了，他从左手大拇指的边上撕掉一块皮屑，说，我们去吃烧烤吧，啊？

阿利的表情，显然是怀疑自己听错了。他说，你是说吃烧烤吗，河边上的烧烤，陶陶，就跟过去一样？

是啊，还跟过去一样，陶陶再次把手搭在阿利的肩头上，说，跟过去一样不是挺好吗？陶陶的目光环绕着男生和女生，他殷勤地笑起来，说，不怕热的，就一块去吃烧烤吧？

人群乱哄哄地响应着，吃烧烤吃烧烤吃烧烤……声音把人群卷走了，一干二净，只剩下两个人，朱朱，还有我。

朱朱说，阿利又是从前的阿利了，阿利还是可爱的阿利。

可爱吗？我说，可怜的阿利。

朱朱笑笑，说，我们不是刚学过一篇古诗嘛，可怜就是可爱啊。她说，算了，换个话题吧，我们去哪儿呢？去我家吃西红柿炒嫩蛋，还是我们找个地方吃小吃？

朱朱的手还一直挽着我的胳膊，保持着我差一点儿昏过去时的动作。她的手是纤纤细手，又软又凉。但我还是有一点儿不舒服，好像一头牦牛被一只绵羊挽扶着，感觉怪怪的，怪得让我不舒服。我试图小心翼翼把她的手卸下来，可朱朱挽在我胳膊上的手臂虚弱却又坚强，我真是无可奈何呢。

我说，哪儿也别去了，我们也去吃烧烤吧。

天，朱朱说，你一说烧烤，我觉得又热起来了，火都要烧着我的手背了。

难怪，我说着，指着朱朱缠着我胳膊的手，你的手烧得我出汗呢。

对不起，朱朱不情愿地把手放下来，她说，那就去吧，我们去自讨没趣。

管他呢，我说，我们不去，阿利要难过的。

烧烤摊就是从前的烧烤摊，当乱世用重典的秘书长堵住前门时，它们就转移到学校的背后去了。学校在那儿有一扇狭窄的后门，也是铁栅栏的，上边套着一把铁锁，但是锁和栅栏全都锈迹斑斑，生出了铁锈色的小花。从街上看过去，小门隐在树荫和青苔里，就像它通向一道长长的防空洞。这扇门从来没有打开过，但它生锈的栅栏现在却成了买卖烧烤的通道。蒋校长从他的小楼里可以俯瞰后门，也自然可以闻到臭烘烘的香味，他也常常在广播里强调要堵住后门，但是我们听不懂他说的后门是泡中的后门，还是社会上的不正之风。所以，就像你可以想象的一样，后门就依然还是后门，栅栏和铁锁上的锈迹最后都被磨干净了，还透出均匀的光芒，像是一个狡黠的家伙在发出鬼头鬼脑的笑。朱朱告诉我，秘书长是动了真格要堵住后门，蒋校长说，前门的事你管，后门的事我管，啊？前门要严格开关，后门要灵活疏导。总之，不要堵，堵不得，治校如治水，堵是要把人憋死的。为什么学生成天喊痛苦，痛即不通嘛。疏就对了，水有地方流，气有地方出，钱有地方花，嘴有地方吃，一通百通啊。再说，当然是蒋校长在说，人都喜欢偷吃禁果，吃不得的偏要吃，摸不得的偏要摸，光天化日之下的东西总没有偷偷摸摸得来的东西有味道。留着那门吧，娃娃们想得到的，就都得到了。

哦，你瞧，我们的蒋校长又是很哲学，对不对？他是用哲学在治校呢。当然这是他的哲学，他的哲学是什么呢，就是把平常的道理再兑一点儿酸果汁，让别人似懂非懂，又止不住频频点头。

陶陶他们都是从小街绕到烧烤摊去的，人太多了，而又要欢天喜地地庆贺，挤在栅栏门后偷偷摸摸地吃，像什么样子！我和朱朱走到离烧烤摊还有三五十步远，就觉得热浪滚滚，烟雾弥漫，就像河边的清洁工移到了小街烧落叶。当然，烧落叶的烟雾不会有臭烘烘的香味，那是食肉动物钟爱的味道，而且他们自己也嗜血嗜肉，他们发出的气味也就成了臭烘烘的汗味和臊味。

小街的正午，尤其是这个热得柏油路一踩一个坑的正午，本来是安静得只有蝉子的叫声。沿街都是低矮的平房，青瓦上长着青苔，铺板已被磨得看不到漆水，有胖老汉在竹马架上打盹，手里还捏着苍蝇拍。直射的阳光从树叶间落下来，地上就像是铺了一张又一张的渔网，一切都那么安静，好像是为了不惊动游向渔网的鱼儿。不过，渔网一样的安静，等来的不是游鱼，而是陶陶他们带来的喧腾，他们打破了安静，把小街变成了一个狂欢的集市。好几个烧烤摊都闻风推来，摆成了一条烧烤的长蛇阵，高二·一班的学生就在摊子前随意地取着吃着喝着，就像在享用假日酒店的自助餐。他们好开心啊，高声谈笑，或者扭着屁股唱歌。泡中的学生，没有你们想象的那么自卑、猥琐、自暴自弃，他们其实永远不缺吃喝，不缺欢乐，那种聚众相庆时的欢乐。至于相庆什么？狗屁的，谁管他是什么呢！

朱朱皱着眉头，说，算了算了，风子，我们别去了，我恶心。

我说，为什么不去，为什么不去呢？你又不是第一次闻到这种味道啊。

朱朱说，我说了是味道吗？我是觉得心里恶心。你看到陶陶志得意满的臭假样子，你心安理得吗？她说完这句话，就斜着眼睛看我，眼光就跟针尖似的，刺得我的眼皮发抖，眼睛发痛。

我说，这有什么呢？跟我没关系……

我还没有说完这句话，就看见陶陶在人群中高高凸起的身子。他一手搭在阿利的肩上，一手举着一罐可乐，也可能是啤酒，在接受也举着什么罐子祝贺他的人群的朝拜。他的脸上浮着笑，冷漠和矜持的笑，从今天他出场到现在，他的表情就被这冷漠和矜持锁定下来了。不晓得除此之外，他还会是一个什么样子？如果说这次烧烤是陶陶的盛宴，那么盛宴总会散去，对不对？他还会去面对宋小豆，是不是？他还会去面对黑暗，是不是？他不是在黑暗中成长起来的奇迹吗！他也是这副神态吗？

朱朱自然也是看到了，她笑起来，说，陶陶有点儿像教父了，他是有点儿那个派头了，对不对呢？你还在喜欢他？女孩子都喜欢被阴沉、狠辣的男人玩在手心里，我说得对不对呢？

我没有理睬朱朱，不晓得她从哪儿弄来这么多怪问题。同时我发现，朱朱碎碎叨叨的时候，横着竹签子大吃大嚼的人都扭过头来看我们，闹哄哄的声音慢慢安静了，只有咀嚼的声音在均匀地响着，还有焦味十足的烟雾在炙热的空气中飘啊飘的，一直飘不完。那些人的眼神也是飘啊飘的，飘着迷惑、惊讶、不安……我被这些眼睛注视着，觉得自己成了从动物园跑出来的猩猩，一丝不挂却又全身是毛。朱朱的手握住我的手，它在不住地颤抖，而且在不断地浸出冷汗。我又看看陶陶，他的手仍然牢牢地抓住阿利，好像一个猎手片刻不离自己的猎物。陶陶也在看着我们，但他的脸上没有什么表情，就当我们根本不存在。

我忽然心里咯噔了一下，慢慢转过身去。我看见在我和朱朱的身后，稍稍靠左侧一点儿的地方，已经站着一个人，这个人就是金贵。

29
小街正午

两个强人在沙漠上决斗，麦麦德坐在一边喝着马奶观战。他俩曾请求麦麦德主持公道，一个说另一个要偷走自己烤熟的全羊，另一个说只是看了一眼，就被扇了一个耳光。麦麦德笑了，他说，哪有什么公道？你们哪需要什么公道！你们只需要一个理由。打吧打吧，和这只全羊比起来，荣誉就是沙子，风一吹就飞了，公道如同枯草，火一点就没了。只有全羊还是全羊，你们就打吧打吧，打吧。两个强人说，谢谢指点，就打了起来……我不晓得输赢的结果，因为那本连环画的后边被撕破了。

那天正午，站在陶陶和金贵之间，我其实什么也没有多想。我是在向你讲他们的故事时，才想起这另外一个故事来。两个故事有没有什么联系？当然有联系啊，不然我怎么会从这个联想到那个？不过，没有谁是麦麦德，从来没有，就连连环画上的麦麦德也是画上去的。真的，我没有相信过真有这个人。

在那个突然喧腾又突然安静下来的正午，金贵的眼睛从我和朱朱的肩膀越过去，直直地望着陶陶。他们之间的对视，其实跟我和朱朱并没有关系。

金贵穿着厚型的牛仔裤和夹克式的迷彩服，更像是盖楼房或者疏通下水道的民工了。但是，他脚上却令人吃惊地蹬着一双标准陆战靴，好像在大声否定我们的看法，哪有穿着陆战靴的乡巴佬儿？！甚至他的鳌黑的红皮肤、乱蓬蓬的卷发，都让他看起来是一个驯化的印第安酋长——只差屁股上挂一壶弓箭，或者一把啪啪作响的左轮。他站在小街的中央和两个女孩子的身后，笔直地站着，双手下垂，很熨帖地贴着裤缝。他迷彩服上的扣子都严严实实地扣着，领口、袖口都裹扎得纹风不透。这是什么天气啊，夏天正午的太阳通常被称作毒日头，金贵顶着毒日头，他自己看起来也成了一个毒日头，汗珠像胡豆大的玻璃珠，硬粘在他的脸上、手背上，发出暗淡的光、黏糊糊的光。噢，今天，在我今天的记忆中，金贵和陶陶的对视，好比雪亮的光柱，一柱射着另一柱，射得人眼睛发黑，也射得人一身发冷。

朱朱说，我们走吧？我说，我不走，要走你走。她叹口气，拉了我，悄悄退到了街边的屋檐下。屋檐下是正午发黑的阴影，朱朱的手在轻微地哆嗦，我没有放开它，我想让她镇定下来。她的手在我手里紧了紧，好像在说，真的要出大事吗？我也把它紧了紧，我是在回答她，要出事就出吧。

我当时的心情就是这样的，要出事就出事吧，天大的事情，不也就天那么大吗？！

噢，我又要说到麦麦德了。在这个时候说到麦麦德，就像在情节剧中插播一则保健品广告，吊胃口、卖关子、捞钞票，一箭三雕呢。可是，这些东西麦麦德都不需要，是我在需要着麦麦德啊。当我看不清某个事情、说不清某个事情，麦麦德就会在我的心里蹦出来，让我变得清醒一点儿。麦麦德可能真是虚构的人物吧，可我们自己的故事不也像虚构的故事吗？虚构和虚构重叠了，麦麦德就始终站在我故事的交界处，弹刀微笑，如同骏马咴咴。他说出的一句话两句话，句句都像是对我说的话，他说，万事不必焦虑，再大无非天大。天若有边际，事情就会有解决。

金贵站立在小街上的造型，就是来解决事情的样子。他好像已经在那儿站了很久了，其实也就是一小会儿的时间。而且他也可能没有停过脚步，而是一直地走着，自顾自地走着，走得很慢，好比某个人说话，听起来字斟句酌，其实心意已决。哦，这是我的记忆，金贵是在我的记忆中走着的。记忆就这么可怕，把快的变成了慢的，又把慢的变得更加慢了。太阳那么毒，金贵的汗水把自己的衣服都湿透了，都有点儿像潜水衣一样沉重了，像古代的甲胄一样笔挺了，可他还是只管走去，什么都不理会。他接近的目标，当然就是陶陶和阿利了。

在陶陶和阿利的前边，站着一个胖乎乎的家伙，一个好心肠的男生，他举着一串烤煳的鸡屁股递给金贵。就是从前包京生喜欢吃的那种鸡屁股，还流着油，焦黄焦黄的，竹签子头上还在冒着火。包京生不在了，可他对鸡屁股的爱好却流传下来了，成了大家的爱好了。金贵接过来，像个有文化的城里人那样说，谢谢谢谢，就大口大口地把鸡屁股啃了起来。他的嘴巴吧嗒吧嗒地响，油脂从嘴角滴下来，滴到地上和他的陆战靴上。胖乎乎的男生没说什么话，但他的样子在告诉我们，什么话都好说，什么话都可以好好说嘛。

金贵把鸡屁股啃完了，竹签子一直捏在手里。他走到陶陶和阿利的跟前，却不看陶陶，他说，阿利，好兄弟，你可波可以请我去吃一顿白果呢？我是一个乡巴佬儿，能去吃一顿白果，我就有个东西垫底了，是波是呢？

阿利冷笑一声，说，你想吃白果吗？如果我们去吃，你可以跟着我们去，就算白果给你垫底，你给我们垫底吧。可我们不去白果。阿利说完，侧脸看看陶陶，意思是，陶陶，你说是不是呢？

但是陶陶没有说话。

金贵却笑起来，他说，阿利啊阿利，你一个百万富翁的儿子，怎么也跟我这个乡巴佬儿一样贱呢？你请人家去吃白果，人家波去，你还引以为荣、津津乐道。我们乡下人爱说一句话，打狗欺主。人家把你当作了狗，还叫你爸爸也丢尽了脸，你跟我这个乡巴佬儿凶，逞什么英雄呢？

阿利嘴皮哆嗦着，连胸脯子都在一起一伏的，他犹豫了一小会儿，扬手朝着金贵扇了一耳光。但他的右手被金贵的左手挡开了，金贵说，扇我的耳光算什么呢？我波过替你说了心里话，出口恶气罢了。

阿利又看看陶陶。陶陶把一只手放进书包摸了一摸，又拿了出来，书包沉沉的，放着那个狠家伙。

先前那个胖乎乎的男生又踱过来，手里拿着一把竹签子，全穿的是鸡屁股。他笑嘻嘻地说，金贵，你不要开口乡巴佬儿、闭口乡巴佬儿，我们五百年前哪个不是乡巴佬儿？你不当自己是乡巴佬儿，谁把你当乡巴佬儿？吃吧吃吧，吃吧！

金贵刚接过鸡屁股，啪的一响，陶陶开了一罐可乐，塞到金贵的另一只手上。喝吧，陶陶很和蔼地说，吃了喝了，什么事情都没有了。有什么事情，咱回学校说，啊？

金贵灌了一大口可乐，把嘴里嚼碎的鸡屁股冲下肚子去。他说，学校？学校是说话的地方啊，你在学校和我说过几句话？

阿利突然当胸给了金贵一拳，他说，妈的×，谁给你说话，正眼看你就是瞧得起你了，你给脸不要脸！说着，他又是一拳，又是一拳。拳头打在金贵的胸脯上，就像打在水桶上一样，发出咚咚咚的空响。金贵手里拿着吃的，竟然没有避开。阿利出手也够狠的，像把积了几百年的恶气都使在了拳头上。金贵的身子摇晃着，总算没有仰天倒下去。陶陶说，够了，阿利。但是阿利又打了两拳才住手，我看出来，阿利在表示，我就是要我行我素呢。

金贵慢慢地缓过气来。阿利的拳头击在他的胸口上，气往上涌，血都从嘴角蠕了出来。我实在看不过去，就过去递给金贵一叠纸巾。金贵的双手还拿着东西，他勉强地笑笑，说，风子，你波给我擦擦？

我把手伸到金贵的嘴角给他擦了擦，血擦在雪白的纸巾上，竟然是酱色的，像番茄酱，像电影里的道具血。我说，金贵，你何苦呢？金贵动了动嘴唇，还没有说话，阿利已经把我的手拉开了。他说，风子，是我的朋友就不要站在乡巴佬儿那一边。

我说，阿利，你说谁是乡巴佬儿呢？我只晓得这里没有一个叫乡巴佬儿的人，你是吗？不是，那当然不是，可你的名字也不叫公子哥儿，对不对？

风子，陶陶瓮声瓮气地说，风子，男孩子的事情你弄不懂，你走吧。

我说，我要是不走呢？

朱朱过来拉拉我的手，说，我们走吧，走吧。

陶陶说，你不走，不走就不走，我们还能怎么样？

我忽然冷笑了一声，我都不晓得自己为什么会冷笑。我说，我们，谁是我们啊？就是你和阿利吗？

陶陶摇摇头，阴森森地说，所有的人。你除外，还有，陶陶又朝着金贵努努嘴，说，他也除外。

朱朱怯怯地望着陶陶，她说，那我也除外吧，我不怕你。

我说，朱朱，你为什么要说怕呢？他陶陶又算什么！牛皮吹破了，也就是会说几句洋腔洋调嘛，还不敢光明正大。

陶陶的胸脯一起一伏，他咬着牙，总算是忍住了。人群都慢慢聚拢来，围在陶陶的身后边，他们的手里还拿着竹签，嘴里也还在嚼着。陶陶朝着他们稍稍侧了侧身子，说，别让他扫了我们的兴，对不对？

第一个应声跳出去的人，居然是那个胖乎乎、好脾气的男生。他不用手也不用脚，而是抱紧双臂，埋了头，用整个身子向着金贵撞过去。

金贵如果侧身一让，那家伙肯定要扑个空，摔翻在地。但是金贵没有，他的手里还拿着鸡屁股和可乐，他也不让，也不退，迎着撞来的身子，也硬邦邦地撞了上去。只听得嘭的一声闷响，胖乎乎的男生就慢慢地软了下去，娘儿们似的屁股稳稳地坐在滚烫的路面上，不哭不闹，非常安静地坐着，就像一摊黄泥巴。

金贵身上的汗水从衣服里面浸了出来，迷彩服染出圈圈点点的汗迹，汗迹又迅速被正午的热风吹干，成了银色的盐霜。金贵的手里还握着吃的东西，鸡屁股和可乐。他喘了一口气，似乎是调匀了呼吸，然后不紧不慢地吃起来，他很认真地嚼着、喝着，他的喉头在均匀地蠕动。忽然，人群中有个女生啪啪啪地拍起巴掌来，掌声起初是稀稀落落的，后来就越来越响亮了，简直就像潮水在冲刷闸门。

阿利愣愣地看了看金贵，接着蹲下去，把两手捂在脸上，呜呜地哭了起来。陶陶抓住阿利的头发，一把就把他提了起来。阿利大叫一声"不"，惨烈得像要撕破了肺腑，但是陶陶硬把他提起来直直地立在自己的身边。陶陶笑着，用空余的那只手指着金贵，骂了一句英语，然后自己翻译了一遍。他说，小丑扮靓只会更加丑陋，乡巴佬儿装酷只会徒增可笑。金贵，我看你还是去建筑工地最合适。

陶陶说完，也是一片掌声和喝彩。这是我们第一次听到陶陶在我们中间说英语，说得轻松、随便，就像用我们的方言说油盐酱醋。如果说陶陶在老外面前像一个明星，那么现在陶陶已经成为陶陶了，一个理所应当的今天的陶陶。

陶陶一只手放进裤兜，一只手打了一个响指，立刻就有五六个男生向金贵围过去，动手要拉要推，嘴里骂着，妈的×，还摆不平一个乡巴佬儿！

但是金贵没等他们碰到自己，抢上一步，一口啐在陶陶的脸上。那不仅仅是唾沫，还有可乐、酱色的血和染成酱色的鸡屁股残渣，陶陶的脸立刻成了一张丑陋的脸谱。

金贵大声叫着，乡巴佬儿都晓得欺人不要欺上脸，老子今天欺到你脸上了，你还要找别人代劳啊？！

所有的一切，我们所能看到的、听到的，都安静得不得了了，只有烧烤摊上的火在呼呼地燃烧，树叶在风中翻卷，我们的呼吸在被放大、放慢和慢慢地拉长。朱朱扯了一叠纸巾递给陶陶，陶陶接过去，慢慢地擦着自己的脸，有些地方擦不下来，就变成了脸谱上的油脂。他又拿手指梳理了一小会儿头发，头发柔顺地从中分开，中间犁出一道优雅的山谷。然后，陶陶朝地上啐了一口，竟是殷红的血水，他把自己的舌头咬破了。

就在这时，后门洞里传来一个焦急的声音，很压抑地叫着，陶陶陶陶陶陶……但是没有人理会，因为陶陶突然一脚踩在了金贵的脚背上！也就是说，一只陆战靴踩在了另一只陆战靴上，踩得如此突然、如此狠命，谁都没有料到陶陶会来这么一脚！金贵惨叫一声，弯下身子去，徒劳地要去捧起自家的脚背。

只有我听出了那个呼唤陶陶的人是谁。我悄悄转头望了一眼，在浓密的阴影中，在后门的铁栅栏后，站着一个穿湖绿色吊带长裙的女人。她就像关在牢狱里的囚徒，攥着栏杆叫着，陶陶陶陶陶陶……但除了我，没有谁回头看她一眼。

30
靴子和拳头

　　我的故事讲到这里，其实就差不多该说剧终了。这类上学、放学、斗殴、打架的狗屁事情，哪一拨中学生都相差无几。你听多了，也觉得无聊透顶极了吧？真的，真的很没什么意思的。不过，有什么办法呢？我们就是这么没意思过来的，你让我讲，除了这个，我还能讲什么呢？老师、校长、班干部，从小就在给我们归纳意义，就像归纳一串数字的方程。可我们还是不晓得，什么才是有意义。我曾经请教宋小豆，就是我不断提到的班主任，请她举例说谁的生活是很有意义的，她一口气用中英文举了很多名字，可所有的名字都是死人，或者远天远地的人。我没有追问她，那么您呢，老师？这个问题会让她尴尬的，除非她只用英语回答，回答了等于不回答。

　　我还请教过一位历史老师，他是一个前来应聘试讲的男人。我说，某老师，对不起，我不晓得您姓什么，你们讲的历史怎么全是那么有意义啊？历史真的是这样吗？一千年之后，人们看我们的历史也是很有意义的吧，可我怎么觉得很无聊？

那位某老师沉思了一小会儿，他说，我用一小时讲了一千年的事情，这些事情当然都很有意义啊。不过呢，被减去这一小时的一千年，可能真是很无聊，所以它们就被忽略了。其实你比我乐观啊，你的生活、我的生活、我们的生活，你还在指望它们进入历史呢，是不是？然后，某老师笑起来，说，你问了一个很幼稚的问题，也是我听到的最可爱的问题。

后来，某老师就再没有出现过，因为他没有通过试讲，也就没有被聘用。他永远从我的视线中消失了，他本来就属于注定要消失的人。

当陶陶死命一脚踩上金贵的脚背时，金贵惨烈的喊叫就像刀子一样，把我们的心肺都捅破了。对于那个寂静的正午来说，这一声惨叫、这两个男孩儿，都成了让我们铭心刻骨的主人公。但是，在我给你讲述这一切时，这一切都已经过去了，就像沙从麦麦德的指缝中流下去，再被风吹向四面八方。麦麦德说，让沙子留在沙子中吧……

我不懂麦麦德的意思，但我还是记住了这句话，因为我的无知，它显得更有意义，可以让我去琢磨一辈子。哦，请你一定不要笑话我。当然，笑话也无所谓。我现在越来越爱琢磨事情了，包括那些已经成为沙子的事情，比如，在陶陶突然一脚踩上金贵的脚背时，那扇阴暗的后门里真有一个女人的身影吗？如果没有，她为什么会出现在我的记忆里？如果有，为什么所有人都没有看见她？

　　噢，你急于晓得陶陶和金贵之间的结局吧？好的，好的，我这就告诉你。我不是有意卖关子，因为结局就在我心里，它搁在我心里的时间太长了，已经陈旧得像缩水、风干的豆腐了，没有一点儿的新鲜，碰一下都会成为碎屑、粉末，没意思透顶了。当然，我也晓得，对每一个初次听到这个故事的人，它都是扣人心弦的。好吧，我这就接着讲下去。

　　陶陶朝地上啐了一口带血的唾沫，突然就一脚踩在了金贵的脚背上。那一脚踩得太他妈的狠劲了，金贵惨叫一声，弯下身子去，徒劳地要去捧起自家的脚背。其实他的惨叫并不强烈，听起来甚至就像是鸟的叫声，但千真万确是痛苦无比啊。他的腰还没有弯到底，陶陶又已经飞起一脚踢在了他的腰杆上。金贵倒下去，滚了几滚，左手在地上一撑，迅速就站了起来，但他已经站得不那么挺直了，有点儿费劲才能维持住平衡了。但是，陶陶哪等他站稳呢？陶陶照准金贵的左手又踢了一脚，这一脚快得就跟闪电一样，闪电是什么？你没有听到雷鸣，闪电就已经从天空划过了。这一脚，传回来咔吧一声，把金贵的左手踢得几乎骨折了！这一次金贵倒地时发出了轰隆隆的声响，他的左手如同被挑了筋的大象耳朵，无力地瘫在街面上。陶陶跨上一步，把靴底压在它的上边。这一回，要比收拾包京生利索多了，陶陶的呼吸是均匀的，而且用不上书包里的狠家伙。

金左手，陶陶问，你还是金左手吗？

金贵摇摇头，说，波……

陶陶又问，金贵，你晓得我最讨厌哪两样东西吗？

金贵摇摇头，说，波……

陶陶说，乡巴佬儿、左撇子，你都占齐了。

金贵再次摇摇头，很艰难，可是也很执拗，他说，我波是乡巴佬儿了，我也波是……

陶陶脸上没有表情，但靴底上在暗暗地加劲，因为金贵的脸歪得越来越可怕了。陶陶朝金贵可怕的脸上啐了一口，仍然是殷红的唾沫，他笑起来，说，你也不是左撇子，是不是？

人群从街沿上移下来，圈子越围越小，空气中浮着浓浓的汗味和柏油味。

金贵的嘴歪着，却很意外地浮出一点儿笑意来，他举起右手，慢慢拧成一个拳头，有麦当劳的双层汉堡那么大。他说，我真的……波是左撇子。

陶陶冷漠地看了看金贵的右手，飞起空余的那只脚就踢了过去。金贵也不闪避，就用右手拧成的拳头向陶陶的靴子迎上去。拳头和靴子打在一起，连一点儿声音都没有，陶陶晃了晃，收回腿站稳了。而金贵的手上已经碰破了一大片皮，真是血肉斑斓。人群鼓起掌来，有人哼了一声，文绉绉地说，以卵击石。

但就在这一刻，金贵的第二拳已经打在了陶陶的膝盖上，而且一反手，又打在了陶陶的另一只膝盖上。这两下，真像有千钧之力啊，陶陶噗地一下就跪了下来（我听到一个女人在后门洞里嘶叫一声，好像接着就晕死了过去）。

金贵站起来，人群向后散开一大步。每个人，包括我、朱朱、阿利，脸上全是呆若木鸡，看着金贵的左手软软地拖在他的肩膀上，而右手却跟铁臂一样自如和有力，它揪住陶陶的脑袋，使劲地摁下去，咚咚咚地叩在麻石板铺的街沿上。叩了多少下？我不晓得是一百下还是一千下，这有什么关系呢？后来我们才晓得，陶陶在跪下去之前，几乎已经是昏死了。

然而，金贵就当陶陶是一个清醒的人，他低声地喝令着，说，叫爷爷！

陶陶的嘴里嚅出两个字，爷爷。

金贵伸出一根手指，说，你！

我们顺着他的手指望去，被指的那人竟然就是阿利。金贵说，你，过来。

阿利怯怯地走过去，走到陶陶的跟前。

金贵对陶陶说，叫他爷爷！

所有人都吃了一惊。陶陶垂着头，说，爷爷。

金贵手上一使劲，就揪住陶陶的头发把他提了起来。陶陶一米八十的个子，居然被金贵的右手提了起来。金贵说，阿利是爷爷，你是狗屎！然后一送，陶陶就扑出去，压垮了一排冒着烟雾和恶臭的烧烤摊。女生们惊叫起来，我冲过去，和几个人用力地把陶陶拖了回来。陶陶长大的身子软软地瘫在几个女生的怀里，一个女生把头伏在陶陶的颈窝那儿，呜呜地哭叫了几声，但他一点儿反应都没有，就跟死沉沉地睡过去了一样。

阿利，金贵柔声说，阿利，你波会有事吧？

阿利捂住脸，过了好一会儿，尖声尖气地哭了起来，像个突然断了奶的奶娃娃，哭得伤心委屈，越哭声音越大，弄得很多女孩子都跟着哭出了声，哭成了一片。朱朱递给阿利一叠纸巾，我过去把他的头往怀里搂。但是阿利忽然一掌把纸巾打落在地，又一掌把我推得差点儿摔倒。他摸出一盒烟，抽了一根叼在嘴上，又摸出手机，一边打着，一边从生长着夹竹桃的墙根下走掉了。正午的阳光穿过树叶，零零碎碎地投在阿利身上，他看起来就像是一只受伤的豹子，迅速脱离了我们目光的追捕。

后来朱朱说，有人看见阿利家的小跑车就停在不远的地方，在一座大门紧闭的老宅外，在一棵泡桐树的阴影下。车和树的阴影合为一体，以至于没有人注意到它。但是，朱朱也说不出，那车上的人为什么不下来帮帮阿利呢？

31
那时候的未来就是现在

后来的事情？噢，我真的不想多说了。我们有多少后来呢？后来就是未来的意思吧，未来就是理想的意思吧。如果任主任的侄儿还活着，他再让我们写"我未来着我未来的未来"，我就连那些字也码不出来了。因为，我的后来，不就是我的现在吗？你都看到了，就是这样的。

我们班很多人没有念到高中毕业就散了。也就是说，在第二年夏天到来之前，教室里的学生已经稀稀落落了，教室里冷冷清清的。宋小豆上课的时候，还是习惯用英文和中文重复一句话。她说，冷冷清清，正是这个季节奢侈的享受啊。

宋小豆看起来老了十岁了，甚至更老，细密的皱纹像括号一样，从她的眼角一丝丝地牵进了嘴角。她还是那么昂着头，但长长的辫子再没有拖到她的右边屁股上了，她保持着前一年英语节上的发式，从此没有改变。她结了婚，丈夫就是我们从前的蒋校长，今天的教育局蒋局长。蒋局长应该比宋小豆年长三十岁吧，他为她离了婚，还为她染了发焗了油，黑黝黝的，看起来他年轻了十岁，他和她的差距就缩小了二十岁。宋小豆没有担任教务主任，是她主动拒绝的。每晚她都在计算机上敲打一部书稿，而且始终都没有完成，有人说是一部小说，也有人说是一部回忆录，谁晓得呢？她敲打的时候从不回避丈夫，因为她是用英文敲打的，蒋局长看了等于没看。清脆的键盘声在安静的蒋家响起来，把蒋家弄得更加安静了。

这些事情我都是听别人说的。在金贵和陶陶的小街决斗之后，我很快就离开泡中了。我觉得无聊、发腻，在学校待上一个小时都成了疲惫的折磨，好像一把钝刀在慢慢地割肉。有一天我逃课去了瓦罐寺，就是我说过的南桥那头那座小小的寺庙。寺庙的红墙、黄瓦被绿树林遮挡着，又被四周的高楼覆盖着，真是隐蔽得不能再隐蔽了。伊娃曾经写过，隐蔽的地方必有高人。我相信伊娃是对的，她的长相、才华，就是上帝派到世上来发妙论的。对我来说，瓦罐寺就是隐蔽的地方，因为我从来没有进去过。

瓦罐寺其实要比我想象的大很多，山门很狭窄，进去了照样宝殿三重，回廊四合。要不然，毛主席为什么要说瓦罐里头有名堂呢？我去的时候是下午四点多，也可能是五点多，寺庙里人很少，除了葡萄架下坐了几个茶客，就是回廊里有一些小贩在卖仿古的小玩意儿。我听到花木后边有敲木鱼的声音，敲到得意处，敲了一遍又一遍，却看不到和尚在哪里。反正没有事，我就胡乱地走走。

西边有一间厢房，也许就是厢房吧，我看见这个词在课本里边出现过，就是侧边的房子、侧室的意思吧？谁晓得呢。厢房的门口写了两个字：测字。这两个字我明白，就是算命的意思了。

我站在门口呆看着，厢房很长，长得就像是长长的地道，光线暗得人眼睛发痛。一个先生坐在藤椅上，正在给另一个先生测字，我看不清他们的样子，却听得清他们的声音。你在空空如也的剧场里说过话吗？你哪怕说的是悄悄话，也会像翅膀一样飞遍每个角落呢。其实他们的谈话已经接近尾声了，测字先生正在做概括，就像蒋校长讲话总要做总结。他说，合者，合也。合吧，好合就合。

来测字的先生就问，真的好合？他的声音我觉得很耳熟，但是不该有这么多的不踏实。

测字先生就说，嗯嗯，好合好合，当合就合。

那我就合了？

合吧，合吧，合者合也。

那人交了钱，就出来了。

我侧身让了让。他戴着墨镜，却遮不住他的儒雅、派头，还有喜气洋洋。我认出他了，他就是我们的蒋校长、蒋局长。他倒是认不出我，不过认出我又会怎么样呢？认出了我，他也当作认不出，我跟他又有什么关系呢？他和测字先生的问答很好耍，就像春节晚会上两个人说相声，我一直记到今天。当然他不是去说相声的，他是为了一件事情去找一个答案的。后来我在别的城市里看见迎娶新娘的车队，车牌号上都贴着百年好合、百年好合，我哦了一声，才晓得蒋局长是多么认真和痴情啊。

那天我也测了一个字。我把口袋里的零花钱都抠了底，抠出一堆角票和硬币，堆在测字先生的桌子上。我说，老爷爷，我也要测一个字。

测字先生穿着不长不短的袍子，留着不长不短的头发，既像一个和尚，也像一个教授。他说，测什么字呢，姑娘？

我一下子哑了，嗫嚅了一会儿，说，"合"的反义词是什么？

测字先生说，分久必合，合久必分，合的反义词应该就是分了。

我说，那就测"分"吧，老爷爷。

测字先生在阴黢黢的光线里看着我，看了又看，忽然嘿嘿地笑起来。他用一只手把桌子上的零钞仔仔细细地拣到另一只手，然后送到我的面前，他说，走吧，姑娘。

我说，什么？老爷爷你说什么呢？

走吧，他说，走吧。他挥挥手，朝着门外。门外的光线亮得耀眼，就像电影里拍摄的陕北窑洞，当然，是从里边往外边拍。

我说，你要我走吗？你是说，走者，走也吗？

测字先生摇摇头，又嘿嘿地笑，他说，这个姑娘有意思、有意思，走吧，啊？

我跟爸爸说，我要走了，我不念书了。爸爸说，走吧，你走吧，你也不容易啊。

我没有过完留校察看的日子，我就把我自己开除了。当初我是多么害怕被开除啊，爸爸那么软弱，我被开除了，爸爸怎么活？我现在才晓得，男人身上最摧不垮的东西，不就是软弱嘛。

我从此没有再上学，没有再进过一次泡中的门。噢，人都是没心没肺的东西，一个地方、一个人，曾经和你粘得那么紧，就像一团泥粘着一团泥。可是后来掰开了，说掰开就掰开，除了含含糊糊的记忆，也就和我什么关系都没有了。

我开始找地方打工。我打工的第一个地方，就是我们家附近的那家小花店，老板就是小拳头。后来，就是火车站的批发市场，再后来就越走越远了，去过外地、外省、外国，在东北、云南那边都跑过边贸。我随身带着刀子，可从来都没有用过。外边的世界不像人们说的那么野，况且我也不是嗜血的人，我带着刀子，只是像随身带着一个朋友。晚上摸着刀子睡觉，我不会感到太孤独。

朱朱几乎是和我同时离校的，她是警察的女儿，被内招到了一所武警护理学校。她是穿着警服和我告别的，肥大的警服把她衬托得更加娇弱了，就像草原会把一只羔羊衬托得更加渺小一样。朱朱拥抱了我，还用纸巾擦了擦我的眼睛，其实我一点儿没有泪水，倒是她的泪水弄湿了我的衣服。她说，别忘了我。我笑起来，刮了刮她翘起来的鼻尖，我说，天，怎么会呢？

朱朱破涕为笑，她说，因为你没心没肺啊。

朱朱的学校在云南的一座边境小城，靠近滇缅公路和澜沧江，她几乎每天都要给我写信，说那里阳光如何强烈，美人蕉如何鲜艳，而日子如何寂寞。最后她总以这么一句话来结尾，来看看我吧，风子？

而我几乎没有给她回过信，我不晓得该写什么。而且她的信都寄到了我家里，我回家的时候，信已经有一大堆了，爸爸把它们放在一只装压缩饼干的铁盒里，迷彩色的盒子让人联想到云南。读着她的信，我会觉得很安宁，即便这个世界都把我遗忘了，还有朱朱记得我。但我不晓得该给她写什么，也不晓得我写的信应该回她的哪一封信，于是我就干脆不写信，我到现在也没有回过她的信。噢，朱朱，反正她都觉得我没心没肺的，对不对？

陶陶被金贵出其不意打败之后，也再没有去过学校了。至少，没有人见过他白天出现在学校里。后来，他也没有能够到尼斯酒店去，像尼斯太太说的，担任大堂经理，或者是大堂副理。我再没有看到过他，很多人也都没有再看到过他。朱朱在来信中说，天晓得她是怎么晓得的，陶陶去了哈尔滨，在一家不大不小的酒店里工作，站在大堂的大玻璃门内，负责开门和关门。

说起来你可能不相信，前几天我在一份叫《过路客》的杂志上读到一篇文章，居然是伊娃写的。你还记得我给你讲过的伊娃吗？就是那个有八分之一俄国血统的女才子。我是在一个汽车站转车时读到的，确切地说是翻到的，我读什么书呢？随便翻翻而已，翻翻照片、漫画，等等等等。我先是看到了伊娃的照片，我一眼就认出了她的鹰钩大鼻子，虽然鼻子上架了一副大眼镜，耳朵上挂了些零零碎碎的小东西，但我还是确信她就是伊娃。伊娃看着我嘻嘻地笑着，这是她从未有过的表情，比在学校时不知开心了多少倍。接下来，我看到了她的下身仍然穿着拖地的长裙，她倚着一棵巨大的雪松，看不出她的瘸腿是不是已经痊愈。她的文章叫作《我的生活》，其实她写的仅仅是她今天的生活，对我们那座城市只字未提，倒是提到过一句泡中，但却很奇怪地写成了泡××中学。之所以要提到泡××，是由于实在避不开，她写到了她的男友，就是从前泡××的同学。现在他和她居住在同一座北方城市里，呼吸着同一种北方空气，她爱他，就像他也爱她一样。他像雪松一样挺拔，她每时每刻都在想念他，想到他的时候，他总是像雪松那样站立着，因为他的工作需要他保持站立的姿态。而她呢，最后她谈到了自己的身体。她在手术中确实被割错了一条神经，但是她没有成为瞎子，却成为了一个哑巴。她没有想到自己会成为一个哑巴，她对成为哑巴抱着深深的感恩之心，她不需要再说废话了，却可以清晰地看到男友的容貌和身体，而他也越来越不需要说话了。她要写作的时候，就用手，要示爱的时候，也用手，她和他在一起的时候，都是用手在说话呢。伊娃最后写到，世界是多么地安静啊，我是一个多么幸福的女人啊，不是吗？就这一句话，我都能闻出伊娃的味道来。当然，文章真正结尾的那部分，是别人代写的一段简历，或者，是以别人的口气写出的文字——伊娃，原名不详，俄罗斯族，自由作家，发表作品××万字——谁晓得呢？

　　我说××，是因为我忘了具体的数字。没有别的意思，真的，没别的意思。

我相信伊娃的男友就是陶陶，虽然我没有多少依据。伊娃在那本杂志里向我微笑着，我却流出了泪水。真的，离开泡××之后，我这还是第一次流眼泪呢。不晓得是为自己流泪，还是为伊娃流泪，至少，不是为伊娃难过吧？可怜的伊娃，她甚至都不能发出哭声和笑声了，可她觉得她的幸福是多么地真实啊！

说起来你都不会相信吧，阿利和金贵在高二·一班坚持念到了毕业。我不晓得后来的情况是怎样的，只记得在小街决斗之后，金贵和阿利就形影不离了。他们总是在同一场合出现，阿利在前，金贵在后，阿利自作主张，金贵适当补充。金贵处处向别人显示，他从没有想过要去当陶陶或者包京生，他总是把自己安置在阿利的身后或者侧边，阿利说什么他都接受（而他建议什么，阿利也都点头）。我和朱朱离校，都是金贵安排在白果饯别的，请谁不请谁，金贵定了，给阿利说，阿利说，行啊。事情就成了。金贵有时还是自称乡巴佬儿，但他已经不再用左手握筷子、握笔了，他的右手的确比左手更利索。有一回隔壁班有个学生不知水深水浅，要找阿利借钱吃烧烤，金贵一耳光就把对方扇到地上去了，当然他用的是右手。

还有一回，阿利一边进校门一边在开可乐，汽水突然嘭地喷出来，溅了灰狗子一脸。灰狗子是刚来的复员兵，一耳光就扇到了阿利的脸上。阿利给扇蒙了，看看金贵，金贵却不动手，只是双手揪住那灰狗子的衣领大叫，保安打人了，保安打人了！灰狗子挣红了脸，可哪里挣得脱？结果弄得校门口人山人海的，一直闹到校长出面，金贵才松了手。三天之后，那灰狗子卷着铺盖卷就走人了。他走到河边发呆的时候，据说被人一掌掀到了水里去，灌了一肚皮的臭河水。

阿利的父亲曾经请过两个人去谈话，一个是金贵，另一个就是我。

他和金贵的谈话，也是朱朱信里说的，天晓得她是怎么晓得的。阿利的父亲说，金贵，大家都小看你了，你欺骗了所有人，所有人都以为你是左撇子。

金贵说，波，伯伯，我波是左撇子，我没有承认过我是左撇子。金贵说着，就看看阿利。

阿利就坐在一边，他说，爸爸，金贵从没有承认过他是左撇子，真的，所有人都可以做证。

阿利的父亲笑起来。金贵、金贵……他的手指在桌面上轻轻地敲，他说，好吧，金贵，你现在怎么对待我儿子，今后也怎么对待他。

金贵点点头。阿利的父亲又问，你晓得为什么阿利上泡中而不是一中、文庙中学吗？

金贵点点头，说，需要我来回答吗，伯伯？

阿利的父亲说，不了，你们走吧。

他和我的见面又过了很久，是我从外边回家之后阿利来约的。就在红泡沫，就在那个我熟悉的小包间，一切都在意料之中，他就是我说过的那个他，包京生说他是活雷锋，而我猜到了他就是阿利的父亲，一个温文尔雅的生意人。

他还像我们第一次见面一样，和蔼、平静，还多了一些亲切。他在微笑，看得出他虽然和蔼，却是很少微笑的。他说，风子，我们有缘分，对吧？

我说，是啊，叔叔，阿利一直是我的好兄弟。

是好弟弟，对吧？他点点头，做了一点点补充。我承认，他补充得很得体。他什么都晓得，什么都在他的掌握之中，他看上去那么温文尔雅，可我晓得他该是多么强大。

我说，叔叔，你找我来，就是说我们的缘分吗？

是啊，他还微笑着，说，从前你和阿利的缘分，今后加上和我的，我们的缘分。你留下来吧，你从前怎么对阿利，今后还怎么对待他，啊？

阿利不在这间包间里。我说，叔叔，让我考虑一下吧，啊？

　　但是我到现在也没有把答案交给他，我再没有去找过他。他的和蔼和阿利的和蔼不一样，他让我有些吃不准，是的，他让我害怕。我又走了，一直在走，到处走走，反正我还不老，还走得动，是不是？

　　上个月我回家的时候，阿利和金贵找到了我，请我去红泡沫吃了一顿饭，就三个人，忽然觉得没有话可说。对他父亲见我的事情，阿利只字不提，好像根本没有那回事。我对红泡沫的记忆已经很少了，记住的只是包京生在包间里说的几句话、阿利父亲说的几句话。包京生还在监狱里，也许已经出来了，总之他没有和我联系过。我问阿利，那个用红酒洗澡的女老板还在吗？阿利笑笑，说，哪有这么个女人啊？他笑得很狡黠，又说，如果有，也早就卷着被子走人了。

　　阿利依然穿着字码奇怪的休闲服。而金贵是全身黑色的套装，很合身、很得体，就连宝蓝色的领带也很适当地歪着点儿。阿利更不爱说话了，只是拿点头和微笑来示意。直到要走的时候我才明白过来，红泡沫的老板是阿利，金贵是他的总经理。

　　所有的故事都会有一个结尾。结尾就是一个小结吧，就像有的人轰轰烈烈了一辈子，写成一个小结，装进一部辞典，也就是几十字百来字吧？当然，这个你比我清楚，因为你们更有文化，读的书更多，对不对？你瞧，我给你讲了那么多人，到了最后，几句话你就把他们了解了，真是简单得不得了。只是对于我自己，我不晓得应该怎么说。哦，我还没有告诉你，我都打过一些什么工吧？我不想说，说出来你会不会觉得，真的是没意思透顶了呢？

后来阿利曾经打来电话，请我到红泡沫去当调酒师，他说，风子，你会喜欢这份工作的。我的眼睛一下子湿润了，我觉得还有一个阿利是了解我的。是的，我会喜欢这份工作的。站在灯光暗淡的柜台后边，把闪着暗淡光芒的杯子、瓶子弄来弄去，嘭的一声开瓶声，叮叮当当的碰撞声，不同酒水的奇怪味道和颜色，都从我的手上流过去，这是很安逸的事情啊。不过，我还没有答应他，我要是答应他了，我早就该答应他父亲了，对不对？

我最想见到的人是我的妈妈，而实际上，我再也没有见到过她了。我现在已经不怪她了，我觉得她没有勇气来见我，我也没有勇气去见她。她很可怜，我呢，可能也可怜吧？她在的那些地方，阳光很炙热。爸爸鼓励我去云南找朱朱玩一玩，他说，云南的阳光也很炙热，明亮得让人眼睛都发黑。爸爸曾经在那儿驻过防，他说，云南的阳光把各种东西都晒出味道来了，空气中什么味道都有呢，你去玩玩吧。爸爸很平静，像灰色的影子一样平静地生活着。

　　我也许真的会到云南去的，找到朱朱，也可能找到一份工作。朱朱在边境的一所武警医院做了护士，她说，她的屋前屋后都是芭蕉树和凤凰竹。

　　麦麦德说，灼热的太阳让沙子晒出沙子的味道，让刀子晒出刀子的味道，让人晒出人的味道。麦麦德后来死了，在被撕破的那几十页百把页里死掉了。不死的麦麦德死掉了，我也会在哪一天把他忘掉吧？

　　我也许明天就去寻找朱朱。谁晓得呢？

　　嗯，我最后还想告诉你，我还是一个女孩子。嗯，这是真的，我到现在还都是一个女孩子。你可能不相信吧，不相信也就算了吧。

2001 年 10 月 31 日—2002 年 11 月 7 日

成都狮子山红砖楼—桂苑，五易其稿

2020 年夏

成都温江，再次修订

代后记

野蛮生长：何大草问答录

问："何平"是你的本名，可作为作家，你抛弃了何平，选择了"何大草"。是否有点对不起为你命名的父母呢？

答：也许有点吧。何平这名字不错，代表了父母和大众的意愿，平安平顺嘛。但从小我就晓得，天下何平太多了，念书时常听到漂亮女生喊"何平"，每回都不是我，这是很让人失落的。何大草则至今没重复，它是绝对个人的，符合作家的特质，即唯一。

问：为什么恰好选了"何大草"？

答：我儿子小名"小草"，我是小草之父，自然就叫大草了。童年经验也在隐隐影响我。我小时候在窗下移栽了一株芭蕉苗，之后蓬勃生长，高过屋檐，蔚然成林，浓荫把一个小院都遮蔽了。冬天，为了跟芭蕉抢夺阳光，我就用菜刀把它们拦腰斩断了。但，不到十分钟，断面上就已有芭蕉芯冒出来，到了春天，依然茂盛如故。后来，我才晓得，芭蕉是世上最大的草本植物。更后来，听说了一个流行词"野蛮生长"。

野蛮生长之于芭蕉，再贴切不过了。

问：何大草的青春，是否也可归于野蛮生长呢？

答：这个不好说。青春，不是温室里的植物，就是关在笼中的兽，要想野蛮，也难。但有一点能确定，内心迷惘和孤独。

问：豆瓣上有人骂《十三棵泡桐》，说"你妹的青春才正该如此"。有何感受，笑不起来吧？

答：哈哈哈！大笑三声。他妹的青春一定美丽而甜腻吧，真值得庆幸。然而，我不信。甜腻的青春就像塑料花，假。回想曾经的青春，它的近义词就是叛逆和残酷。我甚至清楚地记得 16 岁时，一个冬天刮风的下午，我独自走过校园时的苦闷和无助。就在《刀子和刀子》首次出版的这一年，描写中学生暴力的美国电影《大象》震撼了戛纳，破天荒夺得了两项大奖。它也再次证明了，青春残酷，在任何国度、种族，都不是来自"为赋新词强说愁"。

问：你在《刀子和刀子》初版的后记中写道，"我熟悉这部书中的每个人"。是否可以说，这部小说的素材，来自你中学时代的经历？

答：我的确是融入了自己十六七岁的体验，但更有对当下生活的观察和想象。书中人物受孕于真实的生活，继而通过作者的人生积累，被哺育长大了。

问：你是历史系毕业生，登上文坛的发轫之作《衣冠似雪》，写的是荆轲刺秦。之后还写了李清照、崇祯皇帝等历史小说。为啥要在近十年后掉过头来，写高中生的故事？

答：任何一个小说家，都注定要和青春有一次重逢。因为他今天的幸福或痛苦，都在青春期中打好了伏笔。但要真正写好一部青春小说，必得在走出青春之后，登上一个高度来回首往事，那时候，会发现当初只看到表象的东西，逐渐露出了它们的真相。这个高度是由年龄、沧桑以及写作的技巧积累起来的。小说中的主人公还是迷惘的，而作家的内心此刻已经雪亮了。塞林格写《麦田里的守望者》时已经中年，而萨特写有关童年经验的《词语》时已届花甲，而它们都已不朽。

问：写完《刀子和刀子》时，你已经四十岁。写来何益？

答：我也不清楚。但，还是愿借田纳西·威廉斯的一句话聊以作答："我想我的作品对我而言一直就是一种精神疗法。"

问：四十而不惑，但你满三十九岁时，即2001年，困惑特别多。入了秋，你经常一个人到狮子山成昆铁路边的茶铺喝茶。铁轨铺设在浅山的峡谷中，谷地两边是茂密的槐树林，槐叶有些已经变黄，有些还是绿色，风哗哗地吹。你坐在那里喝茶、看书，看着看着，突然很清醒地认识到，你的青春已经消失了。这时候，你的脑子里慢慢浮现一些声音、一些形象，它们是从你三十九年人生中汇聚而成的。于是，你就在铁路边做出了一个决定，要为青春写一部小说。对吧？

答：是的，就是在那个下午的那一刻，我清醒意识到，我再也不年轻了。10月31号的晚上，我在杂牌的386黑白电脑上，敲下了《刀子和刀子》的第一小段。

问：《刀子和刀子》的故事发生在冬天，可你写了接近一半时，却把季节改成了夏天。这意味着要把所有的细节和氛围，从寒冷改成炎热。真是自讨苦吃啊！

答：是啊……可写作不就是自虐吗？

问：你是从秋天开始写作的，熬过一个冬天，随着气温的升高，你就萌发了要把故事放在夏天的念头？

答：是的。气温对我的心情、决断都有深度的影响，而那是一个少有的苦夏。我住在校园南墙内一幢破旧红砖楼的顶层右上角，上边没有隔热层，还有一整面墙西晒，空调全天开着但毫不管用，屋内热浪翻滚。我赤着上身，埋头写《刀子和刀子》，汗水啪嗒啪嗒滴进键盘，把夏天的汗腻和滚烫，浸染进了小说。我觉得这应该是一个夏天的故事，夏天是欲望和怒火之花绽放的季节。阳光强烈，而阴影之中，每一个毛孔都在秘密打开。这些，正是青春的特征。我写得很痛苦，也很过瘾。写得累了，也下楼走一走，从树下经过，阳光从枝丫中穿透出来落到我脸上、肩上，就像鞭子抽打，火辣辣的，却很是痛快。四季之中，夏天有一种暴烈的美，它是这部小说的气场，也是隐含的主角。

问：暴烈，让人联想到暴力。小说刚出版时，似乎有人认为它过于渲染暴力？

答：福克纳说，一个小说家喜欢用暴力，就像一个木匠喜欢用榔头一样，因为尖锐人性的爆发是在对抗中激发出来的，所以暴力本身不应该被回避。而且，更为重要的是，《刀子和刀子》在本质上是反暴力的。

问：你是一个男性作者，为啥要选择以一个女孩的视角来写《刀子和刀子》？

答：换一个女孩的目光看世界，会多发现一些幽微的角落和隐秘的内心。

问：读者会奇怪，你凭啥相信自己能把握好女性的心理呢？

答：这个并不奇怪。古今中外的小说中，最让人难忘的女性形象，几乎都出自男人笔下。舞台上最不朽的女人，也是由男人来塑造的，想一想，今天的女演员，谁比得过梅兰芳？

问：《刀子和刀子》，这个书名有何象征意义呢？

答：也许没有吧，刀子就是刀子。我一直喜欢刀子的形象，锋利、朴素。把两把刀子放到一起，更有张力，意蕴丰富。我也特别喜欢"刀子和刀子"的语感，念出来似乎多了一份缠绵，就像是那个留板寸、穿军靴的女孩，刚烈而又深情。

问：著名的青春小说中，《蝇王》是杰出的寓言，故事在一个荒岛上展开，和时代几乎没有关系。《麦田里的守望者》也很优异，它的魅力主要在于主人公自述的语调、语态和精妙的细节，它没有什么情节，故事几乎就没有展开。《挪威的森林》写得优美、惆怅，也有叛逆，也有眼泪，但止于文青的伤感。跟它们比较，《刀子和刀子》有什么不一样？

答：《刀子和刀子》与时代纠缠得更紧，故事性更强，人物的命运、情感的起落更剧烈。也许捅得更深一些吧，除了泪水，还能见到一些血。

问：你已经发表了五十多个短篇小说，出版了十余部长篇小说。大致说来，它们可以分为两类，一是写古人的，一是写青春的。在完成了《春山》和《拳》之后，你还会写青春小说吗？

答：我一直在写青春小说，古人都很年轻，古代就是人类的青春期。青春期的人和人类的青春期，够我写上一辈子。

问：影响你写作至深的小说应该有不少，值得你反复阅读的大部头有哪几本？

答：每过三两年，我会重读一遍《水浒传》《三国演义》，中国人的生命强度，蕴含在这些纵横驰奔的英雄故事中。我还会重读托尔斯泰的《复活》、陀思妥耶夫斯基的《卡拉马佐夫兄弟》，前者有宽广、慈悲，后者充满了不依不饶的灵魂追问。

问：写作如此艰辛，你为什么而写作？

答：为了逃避人生的平庸。

附录

《刀子和刀子》年表

2001 年—2002 年，五易其稿，最终完成。

2003 年 7 月，《钟山》杂志 2003 年第 4 期全文发表《刀子和刀子》。

2003 年 8 月，《刀子和刀子》单行本由花城出版社出版。

2006 年夏，根据《刀子和刀子》改编的电影《十三棵泡桐》在成都拍摄。同年 10 月，该片入围第 19 届东京国际电影节主竞赛单元，并获得评委会特别奖。

2007 年 1 月，韩国出版机构 Gimm-Young Publishers Inc. 买下了《刀子和刀子》的韩文版权。

2008 年 6 月，北京十月文艺出版社再版《刀子和刀子》。

2014 年 8 月，安徽文艺出版社再版《刀子和刀子》。

2022 年 5 月，乐府文化、北京联合出版公司推出《刀子和刀子》最新修订版。